HERVÉ BELLEC

La nuit blanche

récit

Coop Breizh

Gwen s'est éteinte au terme d'une longue et cruelle maladie, comme il est d'usage de l'écrire, une nuit de printemps, peu avant minuit, à l'âge de trente-huit ans. Le lendemain, un vendredi, une ambulance la reconduisit de l'hôpital de Brest à sa maison du Traon. On l'allongea sur son lit. Les enfants tressèrent alors un collier de pâquerettes qu'on enroula autour de ses mains croisées sur la poitrine. Ce jour fut aussi celui des démarches administratives et des visites ininterrompues de la famille, des amis et des voisins. Son corps fut mis en bière le samedi et les funérailles eurent lieu l'après-midi même en l'église de Kerascoet, Finistère. Ces trois jours ont été placés sous le signe d'une exceptionnelle météo. L'anticyclone des Açores, qui couvrait en cette fin de mai une large partie de l'Europe occidentale, justifiait ces températures nettement supérieures aux normes saisonnières. Le Gulf Stream nous caressait la hanche.

Des semaines ont glissé, des mois, nous sommes en octobre et je regarde à travers une fenêtre l'océan se faire chahuter par les premiers vents de noroît. L'île Vierge est en face. Le plus grand cierge de l'Ouest. J'ai profité de l'après-midi terne d'un samedi pour débarquer à l'improviste chez Fred, ce n'est pas le prétexte qui m'a manqué, rare que son frigo soit vide. On écoute de la musique, vautrés sur le canapé. Les gosses s'amusent dans le jardin. Un quatuor à cordes nous tire par les oreilles. *Ar vosenn pa garo 'deuy en ti Ha ma kar dont ez in-me ganti ! La Peste quand elle voudra viendra dans ma maison. Si elle daigne venir, je partirai avec elle*. Je feuillette le livret, distraitement. J'ai du mal à me concentrer. *Ar Vosenn.* Peste bubonique, septicémique, Peste noire, 1348, le tiers de la population européenne décimé par le bacille de Yersin, les fûts de nos calvaires, couverts de bubons de kersantite, en portent encore les stigmates. *Ha ni'z ey dre ma'z eyo,* dit la chanson. *Et nous irons par où elle ira.*

On boit de la bière en silence et on verse nos cendres dans une coquille d'ormeau. Fred et moi, on se connaît depuis des lustres. Sa barbe est devenue poivre et sel et dans moins de quinze ans, je parie qu'on le confondra avec Karl Marx. Des fois, on ne sait plus quoi se dire. Les mots, on sait les écrire, les chanter, on sait jouer avec, mais c'est une autre histoire que de les prononcer ainsi, cul sec, de vive voix. Qui c'est qui chante ? Qui joue du violoncelle comme ça ? La Peste. *Ar Vosenn.* Un troupeau de moutons blancs sautille sur une lointaine ligne d'horizon. Je vois des rats gris s'approcher par vagues entières vers nos côtes.

Je témoignerai, Gwen et, s'il le faut, que je profane ici même ta tombe pour conter la légende de ta mort. Ces trois journées ont revêtu pour nous tous, j'entends tous tes proches, tous les tiens, un caractère si précieux qu'il me paraît aujourd'hui nécessaire d'en graver au moins quelques instants, quelques images, si floues et embuées de larmes soient-elles. Aucune photo n'a été prise, ni à l'hôpital – on le comprend aisément – ni à l'église, ni même au cimetière. Pas l'ombre d'une preuve. Disparition des pièces à conviction. Dossier clos. On ne photographie pas les enterrements, pas chez nous en tout cas, et Gwen n'était pas princesse. Elle était fille de gueux, comme nous tous, rejetons de culs-terreux. Les armoires regorgent de milliers de ces vieilles photos de famille, mais pas une seule n'atteste des funérailles d'un quelconque ancêtre. Comme si ce mauvais œil pouvait porter malheur.

À la fin du siècle dernier, le peintre Charles Cottet réalisa au cours de l'épidémie de choléra qui ravagea l'île d'Ouessant un tableau intitulé *L'Enfant mort*, exposé aujourd'hui au musée de Quimper. La scène scandalisa les salons de la Belle Époque. Les dames à corset exigeaient des sels et Cottet se vit dégradé par les journaux bourgeois au rang de dernier des barbouilleurs.

C'est une veillée funèbre. L'enfant est au centre de la toile, allongé sur une table, habillé d'une robe blanche, et toute la pièce est décorée de rubans rouges et bleus, de bougies et de fleurs qui donneraient un caractère de fête s'il n'y avait cette sourde douleur gravée comme au burin sur le visage de ces femmes. Des femmes uniquement – nous sommes à Ouessant –, quatre coiffes blanches et austères penchées sur lui. On dirait qu'il dort. Elles ne sont pas effondrées, je les vois plutôt résignées, presque anesthésiées par cette fatalité, et c'en était encore une en basse Bretagne il y a moins d'un siècle, fatalité qui exigeait que la maladie emporte de préférence les enfants, à la courte paille, alors malheur aux gringalets et aux rachitiques. Des chiffres, oui, il y a des chiffres. Un enfant sur six n'achevait pas sa première année, détruit dès l'aube par le salpêtre des murs et les jours sans lait. Celui-ci n'a pas cinq ans et devra sans doute se contenter d'un enterrement de troisième classe, messe à huit heures, deux enfants de chœur, pas un de plus, et tintin pour la musique et les cloches, direction le cimetière des cholériques, hâtivement délimité par arrêté municipal au bout de l'île, là-bas sur les landes acides.

J'étais un gosse et je me souviens d'une ancienne photo découverte dans la boîte à gâteaux où ma grand-mère rangeait ce qu'elle appelait les vieilleries de famille. Sur le couvercle était reproduit un paysage marin, un phare et des bateaux. Mémé n'avait pas eu souvent l'occasion de voir la mer, ce n'était pas notre monde à nous, gens d'Argoat, et une grève à marée basse la désolait. Il s'agissait d'une sœur cadette de mon père morte à l'âge de trois ans. On voyait le petit corps vêtu de son plus beau costume allongé sur un grand lit, mais sans doute était-ce une robe de cérémonie empruntée à des voisins, on ne pouvait pas toujours se laisser aller à de tels frais.

— Morte de quoi, Mémé ?

— Dame, de maladie, avait-elle répondu en haussant les épaules. De ce temps-là, on ne savait pas se soigner. Non, on savait pas. On était bêtes. On appelait le docteur et le docteur nous disait d'appeler le curé et c'était fini.

Ce qui me choquait le plus, c'est que la petite fille, c'est-à-dire ma tante posthume, avait les yeux ouverts et mes pensées oscillaient entre le dégoût et une espèce de fascination morbide. Ce cadavre ne paraissait pas réel. Devant mes interrogations, Mémé avait ajusté ses lunettes, saisi le cliché sépia entre ses doigts.

— Après tout, oui, tu as peut-être raison, on aurait pu lui fermer les yeux, tout simplement, je ne sais plus, je suis vieille à présent.

Elle avait laissé tomber son crochet et soupiré lourdement.

— Thérèse, elle s'appelait, beaucoup de jeunes filles se prénommaient comme ça de ce temps-là, à cause de Thérèse, Thérèse de Lisieux, bien sûr. Sainte Thérèse de l'Enfant Jésus et de la Sainte Face, rappelée par le Seigneur à l'âge de vingt-quatre ans, si c'est pas malheureux.

J'avais remis la photo dans sa boîte. Les yeux de ma grand-mère étaient humides en permanence, elle souffrait de cataracte.

Pas de photos pour Gwen. Au-dessus de son lit de mort, on a punaisé un portrait d'elle, quand elle avait une vingtaine d'années. On dira qu'elle n'avait pas changé, qu'elle avait toujours gardé les traits d'une éternelle adolescente, et c'était vrai. Les cheveux blonds, beaucoup plus longs à cette époque, une cigarette aux lèvres, et le front et le regard légèrement inclinés, non par timidité mais comme si elle souriait en elle-même. Je n'avais jamais vu cette photo. On aurait pu croire qu'elle réfléchissait à une proposition, un week-end à Ouessant, louer une bicyclette, se payer un bon restaurant. Elle se disait oui, pourquoi pas, *a priori*, elle n'avait pas l'air contre. Rends-toi compte, un temps pareil à la fin mai. J'ai songé à un clin d'œil un rien provocateur, la cigarette, le cancer, pas de fumée sans feu. Je me plantais. Gwen n'avait plus la force de jouer.

Léna, la vieille copine avec qui elle avait partagé ses derniers rires, l'avait apportée la veille à l'hôpital, souvenir du bon vieux temps, du temps où elles étaient immortelles, et comme tout le monde l'avait trouvée jolie, la photo, on l'avait accrochée sur le mur de sa chambre à l'hôpital, voilà tout, à côté des dessins des gosses, derrière le machin des perfusions.

Fred m'ouvre une autre canette, me demande ce que j'en pense. De quoi ? De la chanson, *Ar Vosenn*. Oui, je dis oui, je bafouille. Je regarde la mer et les moutons blancs.

La mer est trop froide, la terre est trop dure
Le soleil est trop perçant pour que je puisse voir
La Peste quand elle viendra ici aura gros sur le cœur
Alors nous pleurerons tous deux avant de nous dévêtir.

Pierre avait téléphoné dès le matin à Aline pour lui annoncer d'une voix pâle que c'était le moment. Gwen s'éteignait, c'est le verbe qu'il avait utilisé, et si nous désirions la voir – il voulait bien évidemment dire la voir une dernière fois –, c'était maintenant ou jamais.

Aline était venue me chercher au boulot vers midi et on a pris la direction de l'hosto, service Machin. C'était pas marqué pavillon des cancéreux, ni quartier des condamnés à mort, ni quoi que ce soit de ce genre, corridor des morts vivants, boulevard des allongés, non, juste service Machin, sans doute un grand spécialiste de la question, sur une pancarte défraîchie accrochée au-dessus du portail donnant accès au vieux bâtiment gris à l'apparence d'un blockhaus. Ils étaient en train de nous construire aux portes de la ville un hôpital dernier cri, une véritable vitrine technologique, et donc, il était inutile d'engager des frais pour repeindre les murs d'un pavillon voué à une disparition prochaine, bien sûr qu'on comprenait.

Une infirmière nous a guidés. Puisque je vais par là, vous n'avez qu'à me suivre, ses talons cliquetaient contre le carrelage alors qu'une ancestrale crainte nous obligeait à marcher sur la pointe des pieds comme si l'on traversait le Saint-Sépulcre. On a suivi des couloirs qui paraissaient aussi interminables

les uns que les autres, ça nous laissait tout le loisir de croiser des gens démolis, des hommes et des femmes qui ne savaient plus leur propre nom, qui sortaient hagards d'une chambre et titubaient vers la sortie, sans nous voir, nous et notre petit bouquet de campanules tout frais cueilli du jardin. Après, il suffisait de longer le couloir jusqu'à l'escalier, monter au deuxième et c'était indiqué. On ne pouvait pas se tromper, nous avait assuré l'infirmière.

J'ai attrapé Aline par la manche. Marche moins vite, j'ai supplié. On a grimpé les deux étages, accrochés à la rampe, les jambes flageolantes, la chaleur nous oppressait. La chambre se trouvait au bout d'un couloir sans fenêtre – à y réfléchir *a posteriori*, peut-être y avait-il des ouvertures, que le bâtiment n'était pas si sinistre que ça – mais nous marchions côte à côte en silence, suffoquant et tremblotant comme des vieux, à mesure que les numéros de chambre défilaient et que nous nous rapprochions de celle de Gwen. 216… 217…

C'était là, aucun doute, son nom et son prénom inscrits sur l'étiquette, noir sur blanc, nous ont claqué au visage. Y en avait pas trente-six, des Gwen. On s'est regardés un bon moment, chiens de faïence, têtes d'ahuris, on avait besoin de reprendre notre souffle. Je me suis essuyé le front à ma chemise. On attendait sans doute l'âme charitable qui aurait daigné nous flanquer un bon coup de pied au cul pour plonger dans la fosse, les adjudants-chefs qui forment les jeunes recrues parachutistes connaissent bien ce type de situation, mais l'hôpital ne proposait pas ce genre de service et c'était regrettable.

Aline a pris l'initiative de frapper, je devrais dire gratter, avant d'ouvrir cette satanée porte le plus délicatement possible. La petite chambre était ensoleillée. Nous sommes entrés à pas de loup comme des conspirateurs. Je lorgnais par-dessus son épaule. Gwen était allongée sous un drap blanc, mais ce n'est pas elle qu'on a vue en premier, on est d'abord tombés sur Jean, son père, pétrifié sur une chaise, un mouchoir à carreaux dans les mains, ne comprenant plus rien à rien. Il a tourné vers nous ses yeux vitreux, on aurait eu du mal à lui donner un âge. Qu'est-ce qu'il foutait là ? Qu'est-ce qu'on foutait tous là ? On était paysans ou fils de paysans depuis la nuit des temps, engraissés dans des fermes qui puaient la pisse de poule et le foin vert, on ne nous avait rien appris, on était juste bons à s'étreindre l'épaule en pleurant.

Sa mère se leva du lit pour nous embrasser. Pierre était rentré au Traon, nous annonça-t-elle entre deux sanglots étouffés, prendre une douche et faire une sieste. Des nuits qu'il ne dort pas, le pauvre garçon !

Marie-Annick était une petite femme alerte et ronde aux yeux vifs, enfin jusqu'à maintenant. Ses baisers étaient devenus une bouillie de larmes et de sueur dont je garde encore le goût sur l'arête des lèvres.

Gwen dormait, chuuut, fallait pas la réveiller, elle avait tant besoin de se reposer. La fenêtre était grande ouverte sur la chaude luminosité de l'espace, bleu, nom de Dieu, dense, immaculé, sauf qu'à Brest, bien évidemment, fallait pas compter pouvoir jouir d'un ciel clair sans qu'un goéland le traverse aussitôt en poussant des cris rauques.

Dame la Mort était déjà là, théâtrale, faisait comme chez elle, fauteuil, cigare, champagne, moche et vulgaire. La mort porte des bas troués aux genoux et pue l'acétone. Je me suis assis sans rien dire en regardant machinalement le goutte-à-goutte s'écouler. Des tuyaux allaient se cacher sous le drap comme autant de tentacules d'une pieuvre venimeuse. On l'aurait soulevé, on aurait vu un corps criblé de flèches, on aurait vu le saint Sébastien de nos églises, moucheté de plaies vives, à moitié nu, les mains liées au poteau et les yeux béatement levés vers le plafond, attendant que ça se passe, que ses persécuteurs se fatiguent à lui décocher des traits à tire-larigot.

J'ai regardé autour de moi. La chambre était envahie par des fleurs, imaginez, au mois de mai, tous les jardins du coin rivalisaient d'orgueil, les jonquilles étaient à peine fanées que déjà fleurissait le lilas, et tout le monde en avait apporté parce que c'est tellement frais, n'est-ce pas, un petit bouquet, tellement vivant, vous ne trouvez pas, ça tranche avec la froideur de l'hôpital, non ? Et la chambre de Gwen implosait sous tous ces parfums qui semblaient livrer une lutte à mort contre les émanations chimiques, pour mieux nous mentir et j'ai pensé merde, on est tous des assassins, on est en train de l'enterrer vivante, notre Gwen, sous des tonnes de fleurs. On s'empressait de changer leur eau, on cherchait de nouveaux vases, à se demander si ce n'était pas là l'une des préoccupations essentielles de ce service, plutôt que de rester des heures assis à ne rien faire d'autre qu'à veiller un mourant. Gwen allait succomber par asphyxie dans l'entrepôt d'un fleuriste en gros. Assassins, offrez-lui des bouquins, offrez-lui des jupes d'été, des frous-frous, faites au moins semblant qu'elle va pas mourir, écrivez-lui des poèmes d'amour et même si ce n'est pas bon, offrez-lui une jolie boîte de pâtes de fruits de l'abbaye de Saint-Goustan. En voilà une idée ! Personne ne prenait même plus la peine d'ôter l'enveloppe de Cellophane, on en connaissait que trop le goût, la boîte servirait à une prochaine visite, maternité, départ en retraite, que sais-je, un cadeau de bonne année aux Kermarrec, les nouveaux du lotissement. On se refilait le cadeau. Quand la date limite de conservation était dépassée, on jetait simplement la boîte à la poubelle.

Aline et moi, on n'était pas plus malins que les autres, toc, toc, toc, oh, tout ce qu'il y a de plus simple, pas de chichis, juste des campanules, s'excusa Aline. Intérieurement, je la maudissais.

— Elles sont très jolies, chuchota Marie-Annick en connaisseuse.

C'est alors que Gwen s'est soudain mise à respirer plus fort, agitée de hoquets et de spasmes et un râle pénible est sorti d'on ne sait où. Ses doigts ont saisi un coin du drap pour le tordre. On a tous paniqué. Marie-Annick lui a posé en vitesse un gant de toilette humide sur le front, elle a ouvert deux grands yeux pleins d'effroi en secouant la tête sur son oreiller, je me suis assis sur le rebord du lit, lui ai pris la main, Gwen, Gwenola, c'est moi, calme-toi, tout va bien, et sa main était fiévreuse, ses phalanges n'étaient plus que des brindilles de bois mort, Dieu, a-t-on le droit de devenir aussi maigre, mais sa main était chaude et je l'enveloppais dans la moiteur de la mienne, je lui souris, je répétai son nom. Tout va bien, Gwen, tout va bien.

J'ai fait les écoles, j'ai fait toutes les écoles, j'ai lu tous les livres et je suis incapable d'aligner deux mots cohérents. Toi, Gwen, moi, Tarzan. Le souffle s'est ralenti, elle a jeté autour d'elle un regard circulaire, presque étonné. J'ai relâché la pression de ma main. J'aurais souhaité qu'elle me reconnaisse, moi Tarzan, mais je n'en étais plus certain. Elle sembla s'assoupir, sans doute ne dormait-elle pas, tout cela était trop lourd à porter. Elle luttait seule contre des forces obscures et titanesques qui se déchaînaient.

Bien sûr qu'ils avaient tout essayé, les toubibs, qu'ils avaient sorti de leurs placards l'arsenal thérapeutique au grand complet, mais c'est leur boulot, bordel. Gwen avait subi toutes les analyses, passé des scanners ultramodernes, vu trente-six médecins et quelques escrocs. Elle avait entendu parler de *louzoù* miracles, retirés de la vente parce que trop chers, mais qu'on pouvait se procurer en douce par l'intermédiaire d'Internet. Elle avait tout lu sur la question. Je ne sais quel charlatan aujourd'hui sous les verrous proposait de guérir le cancer par un régime à base de crudités. Elle aurait payé des alchimistes s'ils avaient eu encore pignon sur rue. Elle se serait vendue à des sorciers vaudou, se serait fait pendre des gris-gris de Papouasie autour du cou. N'était resté finalement que la médecine de nos bons vieux mandarins et les heures d'attente dans des couloirs blancs, les feuilles de Sécu qui s'empilaient.

Des mois à se demander si tout avait vraiment été tenté, si plutôt que de se soigner là, il n'aurait pas mieux valu aller ici, consulter le professeur Desclous à la place du docteur Duchmol. Gwen s'éteignait, perdait aux points son dernier combat. Elle était ce jeune taureau agonisant sur le sable brûlant de l'arène, dardé de banderilles, ahuri de douleur. Les goélands faisaient une ronde incessante, lançaient des olé barbares en réclamant les oreilles et la queue, exhortaient la foule à baisser le pouce, et l'arène entière était jonchée de milliers de fleurs écarlates. Alors le taurillon s'affaissait lentement, terrassé sous les coups d'un implacable ennemi fardé de la couleur du sang, et je voudrais me faire croire aujourd'hui, oh, je voudrais tellement m'imaginer qu'au moment précis où elle a fermé les yeux elle voyait la mer, marchait pieds nus sur la plage et se courbait vers le sable à la recherche d'éclats de verre polis par le ressac.

On est restés quoi, Aline et moi ? on est restés une heure, attentifs au moindre battement de cils, silencieux et voyeurs devant une femme qui quémandait ses derniers centimètres cubes d'oxygène. En d'autres temps, on aurait récité la prière des agonisants et invoqué saint Tu-Pe-Du. Saint Tu-Pe-Du, priez pour elle, priez pour nous. Ce saint archaïque avait mission dans la Bretagne intérieure de faire passer les mourants « d'un côté ou de l'autre ». *Tu pe du.* On serait allés vider la fontaine de Saint-Didouan-en-Roudouallec pour écouter attentivement l'eau vive rejaillir de la terre. Si le flot s'échappait avec fracas, nul doute que le malade allait trépasser sur l'heure. On n'aurait pas hésité à chercher chez le bedeau le *mailh benniget*, énigmatique maillet de bois qu'il suffisait de poser sur le front du malade en invoquant la Trinité. Selon une tradition du pays Pourleth, c'était de loin la meilleure recette pour obtenir la délivrance.

Une infirmière a surgi dans la chambre en hurlant Alors, comment elle va, la demoiselle ? Elle a vérifié les perfusions, des bulles d'air remontaient les tuyaux, opiniâtres. Un aquarium. Avait-on besoin de quelque chose, non merci, un distributeur de boissons était à notre disposition au bout du couloir, quel couloir ? on ne devait pas hésiter à l'appeler, merci madame, merci pour tout. Elle lui a tâté le pouls, sans doute parlait-elle normalement mais il me semblait qu'elle tonitruait et que Gwen n'y survivrait pas. Le docteur passera vous voir demain, il faut se reposer à présent.

Gwen, enfant sage, épuisée, s'est inclinée d'un battement de paupières. L'infirmière a gravé quelques signes cabalistiques sur la feuille accrochée au bout du lit puis elle est sortie en affichant le sourire de la Madone de Lorette.

— Elles sont très gentilles, très attentionnées, m'a glissé Marie-Annick à l'oreille.

Elle s'est levée pour rincer le gant de toilette à l'eau froide, a jeté un coup d'œil dans le miroir et s'est lancé une grimace.

— Quel métier, tout de même, ces pauvres filles. Payées quoi ? Trois fois rien. Comment qu'elles font pour s'endormir le soir, pour dorloter leurs gosses, hein ? Comment qu'elles font ?

J'ai pas répondu. Elle s'est baissée pour humecter le front de sa fille le plus délicatement du monde. Ce geste a sans doute été accompli pour la première fois peu après l'apparition de l'homme sur la planète, bien avant l'invention du feu. Il y a trois millions d'années, sur les rives du Nil bleu, une jeune femme a posé sa main humide sur le front fiévreux de son enfant, et ce geste était bon, et ce geste fut le premier et l'ultime sacrement, quoi qu'en disent les prêtres. Et la femme s'est mise à pleurer doucement en serrant très fort l'enfant contre son sein.

Marie-Annick a les yeux rouges. On lui viole sa fille, elle a perdu sa voix. Ensemble, elles passaient des heures au téléphone, le cours du cochon et le rendez-vous pris chez le coiffeur pour le mariage d'une cousine prenaient des dimensions dramatiques, le bonheur était qu'une sonnerie vienne la déranger au moment où elle allait ôter le linge qui séchait sur le fil alors que les premières gouttes de pluie se mettaient à tomber sur le jardin. Aujourd'hui, *mater dolorosa*, elle est cette pietà muette agenouillée au pied du calvaire, sa chair est de granit. Elle invoque la Sainte Vierge et toutes les forces célestes, et tout le savoir des hommes. On lui parachute un gant de toilette.

On s'est embrassés à nouveau, nous étions aussi poisseux que des phoques pourchassés par le grand ours. J'ai tapoté l'omoplate du père, le réveillant de sa torpeur ! C'est pas le tout mais il y a le boulot. Je repasserai ce soir prendre des nouvelles. Jean a hoché la tête.

— Oui, la vie continue, merci d'être venus.

— Tâche de te reposer.

Un coup d'œil sur Gwen, elle dort, maintenant ça va mieux. Chut. On est sortis sur la pointe des pieds.

En effet la vie continuait et les bistrots avaient installé leurs terrasses. Cette fin de mois était résolument magnifique. À peine sortis de ce mouroir, la seule chose qui nous intéressait vraiment, c'était une bonne bière bien fraîche. On s'est assis à l'extérieur, sous un parasol. Un barman taillé comme un pilier de rugby s'est approché de nous. J'ai commandé deux demis.

Une bagnole a calé à un feu rouge, de l'autre côté de la rue. Quand c'est passé au vert, le chauffeur a fait des pieds et des mains, mais impossible de redémarrer. Le moteur n'a crachoté que quelques pets foireux. Les premiers coups de klaxon ont commencé à retentir quand le feu est passé au vert une deuxième fois. Aline et moi observions la scène. Le type est sorti pour faire signe aux autres automobilistes de le doubler, il a ouvert son capot sans conviction, est remonté dans sa bagnole, a fait un dernier essai, mais ce coup de clé a semblé plus pathétique que les autres. On l'a vu claquer la portière, donner un méchant coup de pied dans la tôle et puis il est parti droit devant lui, sans se retourner, sa veste et son cartable à la main, abandonnant sa caisse au beau milieu de la ville.

Aline se cachait le visage derrière ses mains. Ses épaules tressaillaient par saccades.

— Ça ne va pas, ma chérie ?

Je lui ai serré le genou très fort. Ma femme était vivante, elle rigolait comme un bossu, elle chialait, elle buvait de la bière au soleil à la terrasse d'un bistrot, la mousse lui dessinait une moustache blanche au-dessus des lèvres, ma femme à moi, les mecs, elle en pissait de rire de voir une épave laissée sur le carreau, rien que ça, lui fallait pas grand-chose, elle en pissait des flots. À mon tour, je me suis laissé emporter par ce rire délicieusement idiot. La vie continuait coûte que coûte, de gré ou de force.

Elle m'a raccompagné au lycée. Mange ton sandwich, t'en auras besoin. J'ai pas faim, j'ai répondu. Je l'ai embrassée sur la bouche, c'était salé. J'avais besoin d'elle, nom de Dieu, besoin, pas d'autre mot. Elle a rajusté ses lunettes de soleil, son menton tremblait, je savais qu'elle attendait que je claque la portière pour se remettre à pleurer. J'ai serré les dents et je suis remonté dans ma classe. J'avais des copies à leur rendre. Ils allaient passer un sale quart d'heure.

J'ai retrouvé Pierre en soirée à l'hosto, il avait pu faire une petite sieste, un brin de toilette, se raser, oui, il tenait le coup, que veux-tu, pas le choix, avouait-il comme deux et deux font quatre. Les petits étaient chez ses parents, ils allaient bien, merci. Gwen dormait, on venait de lui injecter une dose de je ne sais quoi. Et quoi faire, nom de Dieu, quoi faire sinon attendre. Son souffle me paraissait plus faible et il l'était en réalité. Nous ignorions tout de sa souffrance, nous ne pouvions, impuissants, que guetter la délivrance, j'ai bien dit la délivrance, et croire secrètement au miracle, ça s'était déjà vu hein, ces guérisons inexpliquées, des paralytiques qui galopaient comme des lapins, des enfants leucémiques qui se remettaient à sourire, la science en restait baba. On avait tous entendu parler des prodiges de Lourdes et de Fatima, depuis que Christ avait, jour du sabbat, enduit de boue les yeux de l'aveugle. La fenêtre était toujours ouverte et le parfum des fleurs de mai envoyait au firmament des signaux de détresse. Je ne sais plus à partir de quel moment exact je me suis entendu prier, à la manière des pauvres gens, le dos courbé et la tête oscillant comme une pendule de gauche à droite en fixant le carrelage.

Dieu est lumière, Dieu est amour mes couilles, Dieu est sourdingue comme un pot. Dieu nous a tous vus jeter presque clandestinement notre monnaie dans le tronc. Oui, moi aussi, j'ai allumé des cierges et des cierges, avec la frénésie d'un joueur de machines à sous, j'ai prié, je le jure, les yeux fermés aux autels des églises, j'ai invoqué saint Conogan qui guérit les fièvres, saint Gwenaël qui lutte contre les calamités publiques, mais dans ce superbe panthéon pas un n'était foutu de guérir le cancer. Saint Hervé nous protégeait de la peur, c'est finalement là que j'ai glissé mes dix balles. Les gosses allumaient des cierges et c'était Noël. Gwen nous aurait vus agir ainsi, sûr qu'on aurait pris un sacré savon, qu'à ce prix-là on aurait mieux fait de se payer une bonne bouteille. Après quoi les gosses examinaient le christ en croix, dégoulinant de partout, et nous posaient des questions idiotes, et qui c'est celui-là, et pourquoi il est sur la croix, c'est un méchant ?

Oui, on a fait ça, on a donné nos petits sous au Bon Dieu, des milliards de petites pièces tombent ainsi chaque seconde dans la poche de la curaille, entendez leur plainte. Ils s'en mettent plein les fouilles, en échange de quoi la paix universelle va tomber sur le monde comme une pluie de pétales de roses. Remboursez, bande d'escrocs ! À Lourdes, la demande en cierges est à ce point faramineuse qu'un écriteau vous informe de laisser votre pièce dans le tronc. Un employé se chargera de l'allumer dès qu'il y aura une place disponible, et bien sûr aucune autorité compétente n'est à ce jour intervenue pour mettre le holà à cet odieux trafic. Pourquoi ? Parce que seuls les cierges empêchent les tremblements de terre, et surtout seuls les cierges guérissent le cancer, on en sait quelque chose. Allez à Plougastel, demandez aux anciens comment l'épidémie de peste s'est arrêtée à Kroaz-ar-Vosenn.

Dans cette chambre d'hôpital, notre prière n'était que le contre-chant d'une lointaine colère. Gwen allait mourir, vous entendez, notre Gwen allait mourir, Gwen montait au Golgotha et nous l'accompagnions sur son chemin de croix avec des gants de toilette humides. Les médecins avaient dit que tout ce qui était en leur pouvoir avait été tenté, mais qu'en l'état actuel de la recherche il aurait été vain de semer des illusions. Non, ils n'avaient même pas dit ça. Ils s'étaient tus, retranchés derrière leur bureau, préservés par la déférence innée des gens de peu, et avaient simplement annoncé par le biais d'une infirmière qu'ils repasseraient le lendemain.

Pierre, assis sur une chaise à deux pas du lit, les jambes croisées, me parlait d'une voix calme et grave, s'inquiétait des parents, faisait semblant de lire un journal, s'accrochait aux feuilles, les dépliait dans toute leur largeur, attendant une rafale de vent, que les pages lui servent d'ailes et qu'il s'envole par la fenêtre, qu'on s'envole tous d'ici, tous ici réunis, Gwen la première, et qu'on atterrisse au loin, sur le sable des dunes de Sainte-Marguerite, peut-être même pourrait-on s'y baigner, mais l'avion restait cloué au sol, grève des contrôleurs aériens, les feuilles n'ont fait que frissonner sous les tremblements de ses doigts. Les gros titres du journal nous servaient tout cuits de passionnants sujets de conversation dont on se fichait éperdument, le moindre d'entre eux ne tenait pas quinze secondes. Le mieux, finalement, était de se taire. Chaque mot était une pierre qu'on rajoutait sur la poitrine de la malade. Les pleureuses professionnelles de jadis, les voceratrices, tenaient sans doute un rôle essentiel. Leurs lamentations et leurs gémissements établis selon un ordre strictement codé avaient pour mission de combler ce silence insupportable. Neuf femmes pour neuf oraisons, exigeait le rite.

Pierre a refermé son journal, me l'a proposé. Le bruissement du papier nous a déchiré les tympans. Non merci, je l'avais déjà lu, les socialistes avaient le vent en poupe. En Avant de Guingamp risquait la descente en seconde division et une chaudronnerie sous-traitante de l'arsenal annonçait la perte de trente ou quarante emplois. Seul comptait pour nous le souffle de Gwen, mais était-ce encore un souffle, c'était un gargouillis, une cafetière électrique mal détartrée qui achève son cycle. Toutes les cinq secondes, le drap se soulevait presque imperceptiblement au-dessus de sa poitrine. Elle n'avait plus de seins, elle n'avait plus de chair, elle s'effilochait. Des gouttes minuscules de cache-misère ajoutaient parcimonieusement quelques instants à son existence. Par moments je la détaillais comme un phénomène à étudier. J'assistais à une agonie et je me demandais de quelle façon on mourait, je veux dire cliniquement, à partir de quel moment pouvait-on signifier l'arrêt des fonctions vitales. Fallait-il attendre que cesse la respiration, ou bien y aurait-il des soubresauts brutaux, des spasmes et des convulsions répondant à des douleurs extrêmes, une sorte de baroud d'honneur ? La pâleur et la maigreur de son visage étaient d'une telle agressivité qu'il me faisait peur. On fait tous dans son froc à l'idée de notre propre mort, mais la mort des autres est autrement effrayante. Le moribond prend une dimension qui nous dépasse, un monstre assoupi qui devrait s'éveiller d'une minute à l'autre et libérer des forces colossales prêtes à nous engloutir. Et rien ne nous avait préparés à ça, ni les écoles ni les églises. On se dépatouillait entre notre impuissance et notre lâcheté, ne pensant même plus à Gwen qui était en train de mourir sous nos yeux, mais à la façon dont on supporterait, nous, le choc. Et la conscience de ce sentiment ne faisait qu'accroître mon malaise. J'ai prétexté qu'on m'attendait à la maison. Bien sûr qu'on m'attendait à la maison, Ducon, il y a toujours quelqu'un qui m'attend, moi, sur le seuil de la maison, as-tu passé une bonne journée, mon chéri, un parfum bienvenu d'oignons frits chatouille mes narines. J'avais des centaines de bonnes raisons de rentrer à la cagna. Le boulot. Imparable, l'alibi du boulot. Pierre comprenait. J'en attendais pas moins de lui.

J'étais sympa d'être passé, ouais, j'étais vachement sympa. Je me suis approché, Seigneur donnez-moi la force, le courage, je me suis assis sur le bord du lit, j'ai posé la moitié de mon gros cul débordant de santé, des ressorts ont couiné ou était-ce cette plainte métallique qui lui sortait des bronches, les draps se froissaient, j'ai pris sa main dans la mienne, elle était chaude et osseuse, sa main. J'aurais voulu un geste de sa part, une simple pression d'un doigt contre ma paume aurait suffi, je ne demandais pas la lune, mais qu'elle me dise au moins au revoir, la moindre des choses.

— Gwen, j'ai chuchoté, Gwenola, c'est moi.

Évidemment que c'était moi, que c'était pas le pape et ses derniers sacrements, d'ailleurs ça n'existait même plus depuis qu'on avait pris l'habitude de mourir à l'hôpital. Les malades paniquaient tellement à l'arrivée du prêtre que les médecins ne l'appelaient qu'une fois que tout était fini. Les prêtres en avaient assez de confesser de la viande froide, *dixit* les toubibs, alors pour les derniers sacrements, fallait maintenant que le patient prenne rendez-vous. Là aussi, on avait changé la terminologie. On parlait de sacrement aux malades. *Exit* la belle mort chrétienne, chevaleresque et pieuse.

J'avais peur de la briser, de réveiller le monstre. Pour l'instant, elle paraissait sereine. J'ai remis à sa place une mèche de cheveux épars et ruisselants de sueur. C'est pas vrai, il n'y avait ici rien de serein, il n'y avait que du malheur et de l'injustice, une injustice énorme et profonde. Gwen était une belle femme aux yeux couleur de mer, une fille de chez nous, impertinente et audacieuse, vous avez entendu, Gwen était une belle femme de trente-huit ans avec un caractère à couper au couteau, je me suis baissé, j'ai embrassé son front et ses yeux, extrême-onction. Elle lisait la plupart du temps de la littérature fantastique et ramassait sur les plages des cailloux aux formes bizarres, des éclats de verre, elle avait de vrais cheveux blonds qu'elle portait souvent courts, sous un chapeau, Gwen adorait les chapeaux, aussi farfelus les uns que les autres, elle était d'une intelligente générosité. J'ai posé une main sur sa joue, des torrents de sueur dévalaient de mes aisselles, c'est par là que je chialais et ma main était glacée et bien sûr qu'à ce moment-là, bien sûr que j'aurais voulu l'étrangler, l'étouffer sous un oreiller, arrêter définitivement cette obsédante soufflerie morbide, arracher les tuyaux, briser les flacons, la fracasser méchamment contre les murs et jeter son corps en pâture aux hordes de hyènes qui hurlaient à la mort sous les fenêtres de l'hôpital. J'ai serré l'épaule de Pierre. Il avait le visage bouffi et de grosses valises sous les yeux lui donnaient l'air d'un tocard. Une tape de plus dans le dos et je gagnais par KO.

C'est un beau jour pour mourir, disait le vieux chef sioux à l'aube d'un combat inégal. Les hommes des nations d'Amérique ne craignaient pas la mort, la mort n'était que le passage vers les Hauts

Plateaux où tout recommençait, et les bisons, et les chevaux qui s'élançaient sur la prairie dans un nuage de poussière. Les Sioux mouraient arborant leurs peintures de guerre, ils connaissaient les herbes et les incantations magiques. Les Sioux ignoraient le cancer.

À la maison, le téléphone n'arrêtait pas de sonner, j'avais eu l'idée géniale d'acheter pour la fête des Mères un appareil sans fil, on pouvait ainsi arpenter la maison de long en large, chiper un grain de raisin dans le panier à fruits et remettre de l'ordre parmi les CD. La belle vie.

Tout un réseau s'était mis en place autour de la mort prochaine de Gwen, une sorte de PC d'urgence. Nous tous, la bande, les potes, ressentions un immense besoin de nous resserrer, de nous réchauffer comme ces hommes et ces femmes du néolithique blottis autour d'un maigre tas de braises et tremblants devant la bête tapie à l'entrée de la grotte.

Des semaines qu'on se téléphonait ainsi, à l'affût du moindre indice. Les factures allaient gonfler. On se voyait le samedi, Alex, Léna, Aline et moi, on vidait des bouteilles de rouge et on baratinait sur le devenir de Gwen jusqu'à des quatre heures du matin, on chialait, le pinard sublimait tout ça, on se retirait au fond de notre grotte en attendant l'aube. Le trouillomètre à zéro, on poussait des grognements inoffensifs.

Aline raccroche, me regarde fixement.

— « J'en peux plus. »

— Hein ? Qu'est-ce que tu racontes ?

— C'est ce que Gwen a dit à Léna, et c'étaient ses seuls mots, sans doute les derniers, qu'elle n'en pouvait plus. « J'en peux plus. » Voilà.

Aline compose un nouveau numéro. Je prépare à bouffer pour les gosses, frites et saucisses de Strasbourg au micro-ondes, un petit-suisse au dessert et au lit. Aline est assise au pied de l'escalier, la main rivée au téléphone. Pourquoi qu'elle pleure, Maman ? Maman pleure parce qu'on pense que Gwen va mourir bientôt. Pourquoi les docteurs veulent pas la guérir ? Les docteurs ne peuvent pas guérir toutes les maladies. Est-ce qu'elle va avoir mal en mourissant ? En mourant, on dit. Je suppose que les docteurs vont lui donner des médicaments pour calmer sa douleur, mais je pense qu'elle doit malgré tout beaucoup souffrir, et dans sa tête et dans son corps. C'est pas juste, alors ? J'envoie ma réponse en regardant ailleurs, le plus loin possible. Non, c'est pas juste.

Passé dix ans, les plus âgés de nos gosses ont déjà compris l'essentiel tandis que les cadets voient dans cette nouvelle quelque chose de fondamentalement incohérent, voire absurde. Comment Gwen, la maman de leur copain et de leur copine, pouvait-elle mourir, comment une chose aussi incroyable pouvait-elle se produire ? Le monde des adultes était décidément curieux. Non contents d'avoir fait disparaître les dodos de l'île Maurice, voici qu'ils s'en prenaient aujourd'hui aux mamans. Mangez, les enfants, ça va être froid.

Un collègue passe me voir pour une question d'ordinateur. J'en profite pour déboucher une bouteille, tu tombes bien, on vient juste de recevoir de l'alsace, tu m'en diras des nouvelles. Je sors trois verres. On met le collègue au parfum, pourquoi cacher maintenant que Gwen va mourir, alertez le monde entier, ordonnez le couvre-feu, annulez les vols, les trains, les conférences, Gwen va mourir, bloquez les horloges, voilez les miroirs.

Le collègue compatit, il connaît ça, tiens, son père, son propre père mort à soixante-quatre ans d'une crise cardiaque, revenait de la pêche, à peine le temps de retirer ses bottes, le vieux, et hop, clamsé en moins de trente secondes, soixante-quatre ans, un an de la retraite. L'a pas fait de vieux os, le pauvre !

Étonnant, cette façon que la plupart d'entre nous ont de consoler la détresse des uns en évoquant les malheurs des autres, adoptant ainsi la thérapie du mal par le mal. Vous vous plaignez d'une rage de dents, on vous anesthésie par l'accouchement difficile de la belle-sœur. Une jambe cassée ? Bah, qu'est-ce que c'est que ça à côté de mon ulcère ! On lève nos verres, santé ! C'est de l'alsace, goûte-moi un peu ça. Le petit Jésus, accorde-t-il en faisant claquer sa langue. Gwen adorait les vins blancs d'Alsace, hein Aline, elle serait devenue voleuse pour une bouteille de gewurztraminer. Pour la première fois, mais est-ce vraiment la première fois, je me surprends à parler de Gwen à l'imparfait. Je ne suis pas certain que les autres l'ont remarqué mais ça me fait frissonner. Je guette les intersignes. Mon inconscient a été alerté par le biais d'une obscure télépathie. Le fusible du lave-linge a sauté. La fiente d'un goéland est tombée sur la boîte aux lettres et sa forme était celle d'une croix. Je déconne. On déconne tous. On torche trop.

Le téléphone de nouveau. C'est Clarisse, bonsoir Clarisse, j'allais justement t'appeler. Je donne quelques détails, j'appuie mes dires d'arguments médicaux glanés ici et là. J'ai entendu à la radio que… J'ai lu dans une revue spécialisée que…

Silence au bout du fil, silence total. Je me mords la lèvre. Clarisse ?… Oui. Une petite voix étranglée dans une jolie maison aux volets jaunes quelque part au milieu de la montagne. Vers l'ouest, le soleil amorce son déclin avant de se noyer derrière le Roc'h Trévezel.

— Si je comprends bien, murmure-t-elle, c'est la fin, elle ne passera pas la nuit ?

— Il y a de fortes chances que non. Je suis désolé, Clarisse. Peut-être que parfois, vaut mieux se taire ?

— C'est rien, ça va aller. Je vous embrasse, vous tous. On se voit demain.

— À demain. Je t'embrasse aussi.

Je pose le combiné avec la même prudence que s'il s'agissait d'une mine antipersonnel. Le collègue nous quitte, une main sur l'épaule, une poigne virile, je sais ce que c'est, dit-il. Il embrasse Aline. On dirait qu'ils savent tous ce que c'est. Pierre verra comme ça défiler des centaines de braves types qui savent ce que c'est et le lui diront d'une voix grave en toute bonne foi. J'ai l'impression que le seul qui ne sait pas encore ce que c'est, c'est Pierre. Cocu jusqu'à l'os.

On se retrouve tous les deux soudain très seuls, les gosses sont au lit, on se ressert un verre de blanc. Pour ce qu'il restait au fond de la bouteille, c'était pas la peine de la remettre au frigo. On voudrait que le téléphone sonne de nouveau, se reconnecter sur le réseau, mais on ne sait plus qui joindre, ou on n'en a plus la force. On imagine la chambre et le visage penché de la mère, le père et le compagnon se relayant au gant de toilette. Pourquoi n'est-on pas avec eux ? Je hausse les épaules. À ne pas en douter, c'est pour cette nuit. À moins que…

— À moins que quoi ? s'irrite Aline.

— Rien, laisse tomber.

Nous l'avions vue, quel est le verbe exact, se détériorer ? Un orme rongé de l'intérieur par la maladie. Les premiers soucis étaient apparus deux ans auparavant, peu après la naissance d'Enora. Gwen avait effectué des analyses qui révélèrent un cancer du col de l'utérus. Elle fut opérée. Elle ne pourrait plus avoir d'enfant, mais on savait désormais guérir ce type de cancer. Un cancer du col, qu'est-ce que c'est de nos jours ? entendait-on. Ils avaient réalisé de tels progrès qu'on pouvait maintenant évoquer cette saloperie sans frémir, au même titre qu'une mauvaise grippe. Quelques rayons et les anciennes frayeurs médiévales étaient balayées d'une pichenette.

Gwen s'en était sortie, un peu affaiblie, certes, mais elle se remettait doucement, ressortait du placard de vieux projets, avait repris le tennis et on avait levé nos verres à sa guérison. Nous avions marché un matin de brume sur le sentier nouvellement aménagé des rives de l'aber Benoît et bien sûr qu'elle se fatiguait avant les autres, mais c'était pas le genre marie-chochotte. Gwen avait été élevée à la ferme, on n'avait guère le temps de s'occuper de soi, les vaches étaient à traire et les betteraves à sarcler. Rester sans rien faire était péché mortel. L'oisiveté la mère de vous savez qui. Oui, Gwen avait repris la vie, comme on reprend le boulot, à pleines dents, et nous mijotait un lapin engraissé dans les clapiers de son père. On faisait régulièrement des bouffes chez l'un chez l'autre, on ouvrait des bouteilles de gewurztraminer, s'il vous plaît, on n'allait pas se gêner. C'était la maison du bonheur, on trinquait en grignotant des pistaches, on disait du mal des voisins et les gosses nous sautaient sur les genoux, nous empêchaient de boire l'apéro peinards, geignaient pour avoir des cacahuètes, c'est pas bon pour les enfants les cacahuètes, alors on leur passait une vidéo, c'étaient des gosses heureux, nom de Dieu, héritiers de cette bonne vieille civilisation industrielle et ça aurait logiquement dû continuer pour nous des années de la même façon, nos histoires de fric, nos histoires de cul, nous étions programmés pour ce bonheur. Le malheur ne faisait pas partie de notre culture. Le malheur des autres, à la rigueur, mais surtout pas le nôtre.

Merde, mille fois merde.

Aline était arrivée un soir en retard à la maison et n'avait pas téléphoné. J'étais en rogne. J'ai posé mes deux poings sur les hanches.

— C'est pourtant pas sorcier de prévenir ! T'étais pas dans le désert d'Atacama, à ce que je sache, il y a une cabine tous les deux cents mètres dans ce pays !

Elle s'était assise à table sans ôter son manteau, à peine si elle m'avait regardé. Des grosses larmes se sont écrasées sur la toile cirée.

— Allons bon, qu'est-ce qui se passe encore, tu vas pas chialer parce que je t'ai engueulée ? J'étais inquiet, c'est normal.

J'ai posé ma tête dans le creux de sa nuque, une technique qui avait fait ses preuves auparavant.

Elle revenait de chez Gwen, elle s'était rendue à une réunion à Brest, tu sais, à propos des changements de programmes dans les collèges, on s'en fout, accouche ! Elle avait décidé de faire un détour par le Traon, prendre le café et les nouvelles. Gwen avait passé sa journée à l'hosto. Tu sais que depuis son histoire elle est suivie régulièrement. Oui, bien sûr, et alors ?

— Et alors c'est partout, a éclaté Aline.

Elle s'est levée vers moi et s'est frappé la tête contre mon front, redoublant de larmes.

— Partout, je te dis, il y a des métastases.

— C'est quoi, cette saloperie, encore ?

— Je sais pas exactement, mais c'est partout dans ses poumons. On lui a montré ses radios. C'est plein de grosses taches, là.

Elle m'expliquait ça en se frottant la poitrine. Je l'ai laissée s'effondrer sur sa chaise et j'ai bondi vers l'encyclopédie. Métastase. On apprenait des mots nouveaux, un nouveau champ lexical, comme disent les linguistes, venait de s'ouvrir à nous : métastase, chimiothérapie, rémission, rayons. J'ai refermé rageusement le gros bouquin, une violente rafale de blizzard m'a engourdi.

Elles avaient pris un café, les résultats de l'analyse étaient posés sur la table. Va comprendre quelque chose là-dedans ! Elles avaient allumé leurs cigarettes à la même allumette, Aline n'avait pas fumé depuis des mois, elles se tenaient par la main, les yeux saturés de larmes et qui consolait qui ? Gwen serait seule à pénétrer dans ce corridor glacé. Désormais on allait lui parler de l'autre côté d'une cloison de verre. Une deuxième cigarette, je veux pas mourir, disait Gwen en frappant du poing sur la table. Allons, allons, sois raisonnable, sanglotait Aline, qui a dit que tu allais mourir, on va te soigner, bien sûr qu'on va te soigner. Avec notre amour. Elle lui posait des baisers humides sur le front, lui caressait les cheveux. Elle s'était répété la même chose plus tard, toute seule à voix haute dans la voiture, qu'on allait la soigner, bien évidemment.

Il lui faudra un an, quatre saisons, sans miracle et sans rémission. Une année pour mourir à petit feu, sous le ricanement d'un tortionnaire, et maigrir et perdre ses cheveux. Mon Dieu, elle pesait quoi, la peau sur les os. On l'épiait, on disait : Elle a repris un peu de couleurs, vous ne trouvez pas ? On s'inventait des histoires, on s'invitait chez Alex et Léna, ils débouchaient une bouteille, on l'enterrait et on la ressuscitait mille et mille fois dans la soirée.

À l'hôpital, la scène semble figée, le temps s'est ralenti au souffle de Gwen, *gisante en son lit, malade.* On a baissé les volets, fermé la fenêtre, la lumière au néon est trop vive, il faut une lampe halogène, Pierre a appelé Léna pour qu'elle n'oublie pas la rallonge. On a repoussé les fleurs dans un coin. Les essieux d'une charrette grincent dans la nuit, ouiiik, ouiiik. L'Ankou passera avant l'aube faucher sa moisson de jeunes filles vierges, victimes expiatoires sacrifiées sur l'autel de la déraison. Les dieux ont soif, les dieux ont besoin du sang frais d'une vestale. *Je vous tue tous,* plastronne l'Ankou de La Roche-Maurice. Sa cape est noire et son œil est creux.

Le téléphone sonne. Aline raccroche après quelques minutes, désabusée, s'essuie les yeux du revers de sa manche. Dans un ciel d'encre bleu marine, les étoiles s'allument une à une. Ce sont des bougies. Les Inuits pensent que chaque être se réincarne en une étoile pour briller indéfiniment dans la Galaxie. Les Inuits n'y entendent rien. Je sais, moi, fils de la tribu des Vénètes, que ce sont des phares qui s'allument pour guider la barque de nuit qui conduira Gwen sur l'autre rive.

— On ferait mieux d'aller se coucher ! j'ai conseillé.

Aline se tenait debout à moitié nue face au miroir de la chambre. Elle retirait les pinces de ses cheveux et les posait une par une sur le rebord du lavabo. Les deux bras relevés, à la manière désuète d'une sculpture romaine, elle défaisait son chignon. Je l'observais dans le miroir à travers lequel nous nous lancions des regards neutres. Je n'ignorais rien du grain de sa peau, ni de sa saveur, ni de la rondeur de ses épaules et je bandais par amour. Les gens disaient l'amour et la mort, l'amour à mort, les gens disaient l'amour est plus fort que la mort.

Quels étaient donc ces gens qui proféraient de telles insanités ? Nous savions déjà que la mort triomphait toujours de l'amour, le Mal du Bien, la nuit écrasait le jour et Goliath finissait toujours par casser la gueule à David. J'ai ôté mon tee-shirt et j'ai dégrafé son soutien-gorge.

— C'est là que je me cachais pour pleurer quand j'étais petite fille, dit Léna. C'est ma vie, toute mon enfance. Une collègue de l'hôpital m'a annoncé un matin de but en blanc, aucun respect du secret professionnel, rien, dis donc, ta copine, là, ça a l'air sacrément sérieux ! J'ai couru à l'hosto.

Nous sommes au-delà d'une mer de fougères et Léna, assise sur un éperon de granit, regarde fixement devant elle, tirant sur sa cigarette des bouffées régulières qu'elle renvoie vers les gros nuages noirs. On vient de traverser des landes grasses et des sentiers à vaches, des sous-bois aux odeurs d'humus avant de grimper là-haut. Là-haut, c'est la montagne sacrée de Plougastel, le rocher de l'impératrice Eugénie qui, dit-on, y avait perdu une bague d'une valeur inestimable lors de son séjour à Brest. On y accède par des chemins initiatiques. Léna resserre le col de son ciré. Elle a le sourire mélancolique et généreux des filles d'ici. Le vent du nord fait tressaillir ses longs cheveux noirs et frisés et je songe à Katell Gollet, sculptée à l'angle du Grand Calvaire.

Quand Léna était allée voir Gwen au pavillon Machin, le mal avait déjà largement entamé sa progression. Gwen avait eu accès au dossier. Elle avait décacheté, outrepassant ses droits, la grande enveloppe de papier kraft de l'hôpital de Villejuif destinée exclusivement au service de Brest, et rien là-dedans n'aurait laissé entrevoir la moindre once d'espoir. Gwen savait lire et elle était en train de lire son arrêt de mort.

Elle enrageait de ne pas avoir eu le temps de faire tout ce qu'elle aurait voulu. Question classique, qu'est-ce qu'on veut tous faire avant de mourir ? Compte tenu de l'espérance moyenne de vie des Françaises, elle s'était fait escroquer en beauté de plusieurs dizaines d'années. Elle aurait voulu retourner en Irlande, avec Pierre, sac à dos sur l'épaule, suivre un stage de costumière de théâtre, elle aurait voulu des années encore marcher chaque 1er Mai pieds nus dans l'herbe sur la rosée du matin en tenant sa fille et son garçon par la main. Et puis quoi encore ? La Grande Muraille de Chine, la plongée sous-marine dans la mer d'Andaman, le réveillon de l'an 2000 aux îles Fidji. Vivre quelques mois de plus pour dévorer tous les livres qu'elle n'avait pas encore lus. Tu parles, elle n'a même pas pu achever le dernier. Sur la table de nuit, un marque-page dépassait d'un recueil de nouvelles. C'est péché d'abandonner une lecture en plein milieu, non ?

Léna l'avait donc apportée, la photo de Gwen, cigarette au bec, quand elle avait les cheveux plus longs et qu'elle baissait les yeux. Elle avait aussi pensé à la rallonge pour la lampe halogène et à quelques albums de bandes dessinées parce que la nuit risquait d'être longue. Parce qu'il ne fallait plus laisser Gwen seule, elle ne dormait pas, elle angoissait, se noyait dans sa sueur. Il fallait désormais se relayer à son chevet. Les nuits sont longues dans les hôpitaux, on entend des bruits bizarres qui résonnent d'un couloir à l'autre, des pas précipités. Ne plus la laisser seule, pensait Léna, plus une seule minute.

Elle est assise sur son caillou, arrachant une branche de genêt puis une deuxième, elle regarde un voilier qui entre dans la rade, passe au-dessous du grand pont, elle suit le sillage d'une voiture qui le traverse à vive allure et file vers Brest, elle voit une grue au loin, un clocher. J'ai les yeux fixés vers le sol, assis au pied du rocher, grattant la terre humide à l'aide d'un petit bâton. On dit que la bague de l'impératrice n'a jamais été retrouvée. Faut pas laisser passer sa chance. Assis de cette façon, côte à côte, face à la ville, on peut se parler sans que les regards se croisent. C'est plus facile. Continue, Léna.

— Tu vois ce grand bâtiment moche entre le clocher de Saint-Martin et les tours de Quéliverzan, c'est l'hôpital Morvan. Ce jour-là, on a dû s'y croiser, un tas de personnes est passé. Je suis revenue dans la soirée, vers dix heures. Les parents étaient là. J'ai discuté avec les infirmières du service, toutes s'accordaient en ce qui concernait l'imminence de la mort. C'étaient des pros, elles n'avaient pas besoin d'attendre le résultat des analyses pour prévoir l'échéance, il suffisait de jeter un coup d'œil sur la dose de morphine prescrite. Ils n'avaient pas hésité à mettre le paquet. Tu sais, on ne meurt pas d'un cancer, on meurt d'overdose, défoncé à bloc, la gueule béante collée à la paroi de l'aquarium.

Marie-Annick était dans le couloir, démontée c'est si peu dire, elle aurait volontiers présenté sa tête sur le premier billot venu en échange de la vie de sa fille, quelques jours encore. Une aide-soignante la soutenait, lui proposait un café, un thé. Elle voulait savoir si sa fille allait souffrir, si tous les moyens avaient été mis en œuvre pour que sa mort soit la moins pénible, et puis surtout qu'on lui explique, qu'on lui réponde pourquoi, pourquoi elle, sa fille qui n'avait jamais fait de mal à personne ?

Léna avait tenté de lui expliquer, c'est normal, vous êtes la maman, personne d'autre ne vivra votre douleur à votre place, ce sont des larmes de maman et vous n'y pouvez rien. Marie-Annick avait reniflé et s'était essuyé les yeux avec son mouchoir. Elles étaient entrées, bras dessus bras dessous, dans la pénombre de la chambre où veillaient les hommes silencieux, Pierre, bien sûr, et le père, sentinelles de cire aux aguets d'un invisible ennemi. Léna avait posé son panier, elle n'avait pas sorti les BD, elle avait juste placé la photo sur la table de nuit, adressant un sourire à Pierre. Et les hommes l'un après l'autre l'enlacèrent, leurs joues étaient rêches, mal rasées. Et ils lui montrèrent d'un simple coup de menton là où était sa place, sur un coin du lit, à la gauche de la malade et ils se rassirent en croisant les jambes et les bras.

Et Léna m'a affirmé ce jour-là, quand nous étions sur les hauteurs de Plougastel, dominant la rade grise que l'on voyait s'étrangler à son goulet, que Gwen s'en est allée dans la paix, dans la quiétude d'une chaude nuit de printemps, réconciliée avec le monde et avec les siens. Un moment, la respiration s'est faite plus saccadée, ses doigts se sont crispés sur les draps, les râles sortant de sa gorge étaient des cris étouffés. Léna lui a demandé de respirer avec elle, lentement, calme-toi, comme ça, et elle a inspiré consciencieusement en ouvrant la bouche et en gonflant la poitrine, puis elle a rejeté l'air le plus lentement possible, et Gwen, bonne élève, lui obéissait. Elles se tenaient la main, Gwen, les yeux mi-clos, la bouche grande ouverte, s'efforçait avec le peu de souffle qu'il lui restait de respirer ainsi, c'était son ultime effort, et tous autour, par un effet de mimétisme, l'accompagnaient en respirant de la même façon, inspiration, expiration, les haleines chargées du fumet des fleurs et des médicaments se confondaient, une deux, inspiration, expiration, personne ne pleurait, ils attisaient des braises.

J'avais vu naître mes fils, je me souvenais d'avoir besogné à en perdre haleine de la même façon, tenant ma femme par la main et épongeant son front, blême d'angoisse et de fierté, sauf que oui, bien sûr, il était question de tout autre chose. Meurt-on finalement dans ce même halètement qu'à la naissance et pourquoi parle-t-on de délivrance dans les deux cas ? Léna lui a humecté la bouche, passant une compresse humide contre les gencives, là où ça fait mal, alors le souffle s'est fait plus ténu mais plus apaisé. Gwen a soulevé un coin de paupière en direction de Léna, elle a tourné légèrement la tête, et ce mouvement était pour elle un effort de titan. Ses yeux se sont arrêtés un moment sur la photo de ses gosses, puis elle s'est tournée lentement vers Pierre, assis de l'autre côté du lit.

Léna allume une cigarette, m'en propose une. Il y a autour de nous un sentiment de quiétude qui semble régner au-delà de la ville qui nous fait face et dont nous ne percevons que le bourdonnement lointain. Brest est une sacrée belle ville, aucune autre sur ce continent ne peut sérieusement rivaliser avec elle. Venise, à la rigueur, et encore. Je laisse un temps de silence, le temps qu'il lui faut pour mettre de l'ordre dans ses souvenirs, je devrais dire ses blessures. Le temps ne guérit pas les blessures, ni les voyages ni les hommes, écrivait Jack Kerouac. Léna fixe toujours devant elle un point indéterminé, ça pourrait être un nuage, un immeuble, un papillon si celui-ci ne s'était envolé.

Ils avaient peur que la mort soit violente, vengeresse, peur des forces souterraines. Gwen a écarté ses bras maigres et nus et bleus – les perfusions avaient laissé de larges hématomes –, alors Léna et Pierre se sont laissé étrangler dans cet étau de ouate. Il n'y aurait pas de fameuse dernière phrase, Gwen avait perdu la parole avant la vie. Léna s'est approchée de son oreille et lui a chuchoté les derniers mots qu'elle emporterait de cette planète, et elle me les répète maintenant, assise sur son caillou pendant que deux perles d'émeraude coulent tranquillement le long de ses joues.

— Oh, c'est terrible de dire ça. J'ai dit : Gwen, tu vois Gwen, tout le monde est là, écoute-moi, tu peux partir maintenant, on est tous là, tu peux t'en aller, c'est quand tu veux.

Peut-être pouvait-elle ressentir encore la fraîcheur d'un gant de toilette ou humer le parfum des fleurs de mai. Se souvenir d'un goût de rhubarbe sous le palais. Gwen a enjambé le parapet et s'est laissée glisser le long de la falaise. Elle s'est abandonnée aux lavandières de la nuit qui l'ont guidée par la main vers le Grand Marais, l'ont parée d'une longue robe de lin blanc, coiffée d'une couronne de lis et l'ont déposée sur la barque de plomb pour qu'elle dérive vers le Pays de l'éternelle jeunesse. *Tir na n-Og*, les Celtes ne connaissent ni le Paradis ni l'Enfer, ils n'imaginent que l'Autre Rive. La mort, nous explique Anatole Le Braz, est pour eux plus une migration qu'une résurrection, c'est en cela qu'ils se rapprochent des Indiens d'Amérique du Nord. Le guerrier batave attendait l'arme au poing le raz de marée dévastateur.

La morphine a fait le reste. La mort est devenue clinique. Il y a eu un souffle puis un autre, les yeux étaient encore ouverts et déjà mi-clos et il n'y eut plus de souffle, la poitrine ne se souleva plus.

Pierre a appuyé sur la sonnette d'urgence, une infirmière est entrée en coup de vent dans la chambre et tous ont reculé, saisis par une panique étrange. Elle a tâté le pouls, a examiné les yeux, regardé Pierre et Pierre a compris ce qu'elle voulait dire, ça voulait dire mort somatique, mort de l'organisme en tant qu'ensemble intégré, ça voulait dire que les neurones du cerveau venaient de cesser de fonctionner, qu'il en serait de même dans quelques minutes pour les cellules cardiaques, ça signifiait la fin du monde.

Pierre a posé sa lourde paume sur le front de sa compagne pour la laisser glisser le long du visage jusqu'au menton. Quand il a relevé sa main, les paupières étaient closes.

— Elle s'est éteinte comme une bougie, a répété Léna.

Léna tremble légèrement, emmitouflée dans son ciré jaune.

— Tu n'as pas froid ? me demande-t-elle.

On décide de redescendre au village en empruntant les mêmes sentiers tortueux. C'est un bien bel endroit que cette montagne vert et noir qui domine l'Élorn. Chaque fois qu'on traverse le pont de l'Iroise, elle s'impose comme la première souveraine de Cornouaille. Les arêtes de granit sont sa couronne, et son manteau d'ajoncs et de landes descend jusqu'à la mer. Léna a accompagné Pierre au secrétariat pour des papiers, fallait signer des papiers, tout de suite. La mort administrative devait suivre sans attendre la mort clinique. La jeune employée lui a tendu son stylo en tremblant.

— Et puis nous sommes rentrés au Traon, poursuit Léna. C'était inutile de s'attarder. Je me refusais à laisser Pierre tout seul. J'ai laissé ma bagnole sur le parking, j'ai passé un coup de fil à Alex. Pierre ne cessait de me parler en conduisant, il était, comment dire, il était comme un excité. « Il faut prévenir tout le monde, dès demain, je veux que tout le monde soit là, tu entends, on l'enterrera à Kerascoet, chez elle, on lui fera une fête, une vraie fête. »

Une fois arrivé au Traon, il avait répété dans un enthousiasme fiévreux les mêmes paroles à Marie-Annick et à Jean, et ils s'étaient sentis apaisés. Leur Gwen allait revenir à la maison. Ils avaient repris un café, ajouté une goutte dedans, une goutte de fort, la bouteille de calva du grand-père qu'on ouvre une fois l'an, pour les grandes occasions. Dormir au moins quelques heures puisqu'il n'y avait plus que ça à faire, s'assommer. Pierre renonça à l'idée de réveiller ses gosses au milieu de la nuit. Pour eux, leur maman n'allait mourir qu'au matin.

L'infirmière de garde n'avait sans doute jamais vu Gwen de sa vie, elle lut la fiche qui lui était destinée à la lumière des néons blancs et se mit aussitôt à l'ouvrage. Elle avait conscience que son travail était nécessaire et n'en éprouvait aucun dégoût. Il fallait bien que quelqu'un le fasse, répétait-elle à l'envi. Elle souleva le drap et pensa : La pauvre mignonne, elle remarqua l'extrême maigreur du corps. Avant d'être décharné, ce corps avait été fin et ferme, il s'était épanoui, agité, reposé, on avait caressé ce ventre et ce ventre était devenu rond, des enfants s'étaient nourris à ses seins. Ils grimpaient aujourd'hui aux arbres, laissaient traîner leurs bicyclettes sous la pluie au fond du jardin et ressemblaient tout craché à leur mère, la couleur des yeux et des cheveux en guise d'héritage.

La pièce était toute blanche, blancs étaient les murs, blancs le carrelage et les néons, blanche sa blouse, et ce corps nu était une tache jaune, un lingot qui irradiait la terre entière.

Elle lissa le visage du cadavre d'un peu de fond de teint, peigna ses cheveux. Les séances de chimio avaient rendu Gwen presque chauve, mais ses cheveux avaient repoussé ces dernières semaines dès que les médecins avaient renoncé à cette thérapie. De blonds, ils étaient devenus jaune pâle puis gris-jaune. L'infirmière avait fait ce travail des centaines de fois, mais elle n'était jamais parvenue à se détacher de sa dimension humaine. Chaque corps racontait sa propre histoire. Elle s'apitoya de nouveau et ressentit une immense lassitude. Demain, elle irait voir la mer.

À la différence d'autres collègues qui pour conjurer leur malaise discutaient volontiers avec le cadavre, quelques mots ici et là – tournez-vous un peu, comme ça, parfait, eh bien mon pauvre monsieur, dans quel état on vous a mis ! –, elle n'avait jamais pu se faire à l'idée de s'entretenir avec les morts. Elle préférait garder un mutisme total, mais ce silence était un soliloque sans fin.

Elle eut un sourire triste, rajusta une dernière fois une mèche et, sans prières, elle les avait oubliées depuis longtemps, se recueillit quelques minutes devant la table, obéissant à un immuable rituel qu'elle s'était imposé, puis elle recouvrit le corps d'un drap blanc.

Aline était venue me rejoindre au lycée, il était midi, la sonnerie venait de retentir et une sublime odeur de frites envahissait tout le quartier, le soleil nous clouait au bitume. J'avais passé ma matinée à penser à autre chose, à parler de ce que je dominais. C'était si simple, la tectonique, la plaque Pacifique se glissait sous celle des Philippines par un phénomène de subduction, comme ceci. Je dessinais mon schéma au tableau, rajoutais des couleurs, subduction disais-je, retenez bien ce terme, et alors la Terre se mettait violemment à craquer au-delà de l'épicentre, les autoroutes se brisaient comme des allumettes et les immeubles s'effondraient, les sirènes retentissaient dans la nuit pendant que les mères cherchaient leurs gosses sous les décombres, au milieu des incendies déclenchés par les ruptures de conduites de gaz. Les compagnies d'assurances évaluaient déjà les millions de dollars de pertes et de dégâts, je traçais des flèches, ceci implique cela, trois heures à discourir sur la misère des autres, c'étaient toujours les autres qui mouraient, ceux de l'autre bout de la planète, des Chinetoques, des Nyakoués, tellement loin que pas une plainte ne venait nous heurter, on allait pouvoir se goinfrer tranquilles de nos frites. Seigneur, quelle façon de gagner sa vie, mon tableau blanc était devenu un vrai cimetière, j'y inscrivais le nombre de morts, par milliers, je dessinais pour gagner du temps des croix à la place du mot victime, des croix catholiques romaines, ben voyons, deux brefs traits perpendiculaires, le signe du Christ, et le sang dégoulinait le long du tableau, le sang des poilus du Chemin des Dames, fusillés à l'aube pour désertion devant l'ennemi, le sang des innocents châtiés et des pestiférés. Au programme : la tectonique et les guerres, les grandes. Pas de sot métier, le mien consiste à expliquer à des jeunes gens les relations de cause à effet de tel ou tel phénomène. J'exigeais alors qu'on trace deux colonnes, celle de droite pour les conséquences matérielles et économiques, celle de gauche pour les conséquences humaines, la rigueur de la méthode étant un élément fondamental à la compréhension du sujet. S'en foutaient, pour la plupart, se lovaient paresseusement dans l'odeur poisseuse des frites en attendant la sonnerie pendant qu'au-delà des montagnes agonisait le monde. Enfin, une partie.

J'ai traversé la cour écrasée de soleil et elle, ma femme, Aline, se tenait debout à l'angle du parking, raide, au centre de l'épicentre, paralysée au bord d'un gouffre imaginé, comme si le moindre de ses gestes risquait de la précipiter dans la crevasse. Elle s'était fait un chignon, portait des lunettes de soleil, un chemisier blanc sans manches et un ample pantalon bariolé. C'était le début de l'été, les filles étaient belles, elles avaient la peau encore blanche et arboraient des jupes si légères.

J'avançais prudemment vers elle, sachant que j'allais à la collision, au choc frontal, chaque pas me coûtait, je marchais sur du goudron en ébullition. On s'est retrouvés nez à nez. Aline tremblait de tous ses membres comme si j'allais la punir pour quelque chose d'inavouable.

— Gwen…

C'est tout ce qu'elle a pu articuler, un prénom, une syllabe, l'écho sourd d'une onomatopée. Ses lunettes faisaient barrage à ses larmes et une mare s'était formée à la base de chacun des verres. Je les ai soulevées comme on ouvre une digue et tout a jailli d'un coup pour dévaler le long de ses joues et atterrir sur mes pompes.

J'ai regardé mes pompes, c'était comme si j'avais pissé de travers.

Pierre avait chargé Alex d'avertir le maximum de personnes pendant qu'il s'attellerait aux premières démarches, pompes funèbres et tout le reste. Je le connaissais suffisamment pour avoir partagé avec lui et Gwen la maison du Traon. Alex était un spécialiste de la mécanique des fluides, des trucs pointus, blouse blanche et l'œil rivé à son écran dix heures par jour, le genre ! Question organisation, on pouvait compter sur lui mais Dieu soit loué, dès qu'il attrapait son accordéon, il devenait mister Hyde.

Il avait d'abord nettoyé la table de la cuisine après le petit déjeuner une fois les gosses partis à l'école, y avait disposé selon un ordre établi son répertoire alphabétique, une feuille de papier, un stylo, un paquet de cigarettes à peine entamé puis s'était emparé du téléphone. Les premiers prévenus allaient logiquement être ceux dont les noms commençaient par la lettre A, puis la lettre B et ainsi de suite. Rien de changé depuis le primaire, la cruelle injustice s'abattait d'abord sur les Abaléa et les Abgrall, qui secrètement maudissaient leurs géniteurs de les avoir affublés d'un tel sceau, le temps d'arriver au C, la colère du maître s'était déjà largement dissipée. Ce matin-là, les Wagner ou les Youinou avaient encore devant eux deux ou trois heures à se délecter de la chaleur croissante sans que leur vienne dans la bouche cet étrange goût de sang.

Alex ajusta ses lunettes et composa un premier numéro, ça commençait mal, on ne répondait pas. Il glissa ses doigts dans ce qui lui restait de cheveux. Combien de sonneries fallait-il attendre ? À cette heure, la plupart des gens étaient au boulot, faisaient leurs courses ou pire, traînaient encore au lit. Il en soupçonnait certains d'avoir profité de cette superbe matinée pour faire un crochet vers la mer montante et jouir un bon quart d'heure de la lumière printanière en attendant les grandes marées. Il raccrocha au bout de la dixième sonnerie, ce laps de temps était, pensa-t-il, suffisant pour sortir en catastrophe de la douche ou débouler du fond du jardin. Curieusement, il ressentit un soulagement qui l'écœura. Il inscrivit le nom sur la feuille de papier, s'alluma une cigarette puis fit le numéro suivant.

Plus tard, il ferait tomber sur des répondeurs une sentence froide et sans appel. Il se sentait comme un juge effaré par le verdict du jury mais contraint malgré tout de faire appliquer la loi coûte que coûte. Quelqu'une rentrera chez elle dans la soirée, les bras chargés, écoutera distraitement le répondeur tout en vidant les sacs plastiques et se retrouvera d'un coup paralysée, une boîte de thon dans une main, un tube de dentifrice dans l'autre. Elle se réveillera quelques secondes plus tard, pour réécouter, trois fois, dix fois de suite le même message glacé.

Aline cette matinée-là regardait son téléphone comme un objet capable de mordre à tout instant. Plus personne n'était dupe. C'était une question de jours, puis ce fut une question d'heures. Elle arpentait nerveusement la maison, s'inventait de fallacieux prétextes pour ne pas s'éloigner du combiné, mettait de l'ordre dans ses papiers, balayait le couloir.

Elle sursauta à la première sonnerie. Alex avait volontairement gardé, dans sa façon de parler, la fausse maladresse d'un fils de paysan : ne jamais attaquer de front, biaiser l'adversaire et peser chacun de ses mots.

Elle est décédée, lança-t-il, ce qui pouvait être interprété bizarrement. Elle n'est pas morte puisqu'elle est décédée, sinon il aurait dit qu'elle était morte, hein ? Il nous faisait atterrir sur un matelas de mots, l'ordure. C'était pas le plus facile des boulots qu'on lui avait confié, putain, songea-t-il avec dépit, comment se démerdaient-ils avant le téléphone ? Allaient-ils à la tombée du soir de porte en porte frapper sèchement sur les volets sans se donner la peine d'entrer ? Annonçaient-ils, lugubres : Il y a veillée cette nuit chez Jean Tanguy avant de s'éloigner vers la prochaine maison ? Entendait-on les sabots de bois marteler le pavé humide ?

Le petit tas de poussière au milieu du couloir était une barricade dérisoire, Aline le laissa en plan et partit vers la salle de bains se rincer le visage.

Bien sûr que je l'ai su dès que je l'ai vue à l'entrée du parking. Bien sûr, mais il fallait qu'elle me le dise, de vive voix, avec des phrases, des verbes qui s'accordent. J'avais chiffré des milliers de morts toute la matinée, et cette mort-ci était rationnelle, elle s'inscrivait dans une relation – on y revient – de cause à effet, dans une continuité logique puisque tout le monde doit mourir un jour, hein, vous et moi et aussi les Chinois, surtout les Chinois, tout le monde sauf notre Gwen à nous dont la mort pourtant prévisible, espérée, osons le dire, devenait subitement irréelle et impalpable.

J'essayais de traduire mentalement ce que venait de m'annoncer ma femme. Gwen est morte, bien. Ce qui veut dire, attends, laisse-moi réfléchir deux secondes, ce qui veut dire qu'elle a disparu, qu'elle n'est plus de notre monde, qu'elle est passée de vie à trépas, l'arme à gauche si l'on préfère. Donc, si l'on se réfère à l'état actuel de nos connaissances, on ne reverra plus jamais Gwen. Pas plus compliqué que ça. Elle a cassé sa pipe, avalé son bulletin de naissance, voilà tout. Je cherchais soudain à me repérer dans cet endroit que je connaissais comme ma poche. J'avais comme une envie de vomir, j'évaluais le temps qu'il me faudrait pour aller aux toilettes, l'itinéraire à emprunter en cas d'urgence. Je devais pourtant garder mon sang-froid, procéder par ordre. Un, réconforter Aline qui pleurait contre ma poitrine, s'accrochant des deux mains au col de ma chemise pour ne pas s'effondrer. J'avais mon cartable à la main, j'étais un fonctionnaire consciencieux avec un petit cartable qui avançait à tâtons pour se rendre au travail dans une ville détruite par un séisme de magnitude 9 sur l'échelle de Richter. Sa ville avait été rayée de la carte et il allait au boulot, pépère comme si de rien n'était, écartant nonchalamment un tas de gravats de la pointe du pied. Je lui ai caressé la nuque, j'ai répété tendrement son nom, ma chérie, susurrant à propos de la vie et de tout le reste des jurons fielleux qui ne soulageaient personne, je lançais des cailloux dans le vide, je tirais à blanc et l'envie de vomir me reprenait. J'ai avalé de l'air. On s'est ressaisis, on est dans un endroit public, il faut se ressaisir.

Une collègue de maths a passé par là. J'ai expliqué, j'ai bredouillé. Mauvaise nouvelle, dois m'absenter, avertir les élèves, ne pas oublier, surtout, les listes du bac, hyper-important, dernier délai, à faire signer par le proviseur, fais ça pour moi, bureau 147, ou 157, je sais plus, démerde-toi. Bon courage, m'a répondu la collègue, solidaire et mal à l'aise.

Oui, d'accord, n'oublie surtout pas les listes, j'ai insisté, c'est le dernier jour. Ces satanées listes devenaient soudain la chose la plus importante à régler. J'envoyais ma collègue vers une mission divine, je lui abandonnais mes pleins pouvoirs. Bon courage, répéta-t-elle. Je l'ai remerciée. Je n'y avais pas encore vraiment pensé, au courage. Jusque-là, les événements s'étaient imposés d'eux-mêmes et il avait suffi de passer entre les gouttes.

Le rituel s'ouvrait par des formules magiques. *Bon courage.* Nous arrivions dans un sas. Autour de nous s'agitait tout un monde, j'ai pris Aline par la main. Nous allions vers l'enfer, au-delà du Styx.

— Alex vient de me téléphoner, m'a annoncé Aline une fois dans la voiture, Gwen est morte dans la nuit, quelques minutes avant minuit précisément. Pierre était là, bien sûr, avec Marie-Annick et Jean et puis Léna. On a tous rendez-vous cet après-midi au Traon, poursuit Aline. L'enterrement, c'est pour demain. À Kerascoet.

J'ai posé une question qui déjà me semblait idiote.

— À Kerascoet ?

— Oui, où veux-tu que ce soit ? Enterrement classique. Famille, église, tout ça. Seize heures.

On a traversé une ville en pleine santé. Pas la moindre trace d'une quelconque secousse tellurique. Les lycéens tenaient la main des lycéennes, qui souriaient, et ensemble ils traversaient la rue dès que le petit bonhomme passait au vert, nous jetaient un coup d'œil sympathique et rien n'aurait pu en ce jour bousculer cette admirable logique, ça pouvait continuer ainsi des millions d'années, la main dans la main, des milliards d'années, on vivait dans un ensemble parfait. Les grands panneaux publicitaires eux aussi étaient de la fête. Une fille superbe, le sein charnu et le teint éclatant, faisait la promotion d'une crème solaire. Elle était en pleine santé, excitante en diable.

J'ai ouvert ma vitre en grand, toujours cette envie de vomir des frites que je n'avais pas mangées, je respirais profondément, la tête penchée vers l'extérieur pendant qu'Aline conduisait d'une froide maîtrise, regardant fixement devant elle, à travers ses verres fumés. Pas normal, ça, ce calme, je n'étais plus certain qu'elle fût encore vivante. Elle entrait, nous entrions tous pour quelques heures, pour deux jours et pour l'éternité dans un autre monde, le monde d'après. On posait nos pieds sur l'estran humide des marées d'équinoxe. Ce n'était déjà plus la mer et ce n'était pas encore la terre.

Ce crabe rongeait Gwen depuis plus d'un an, nous l'avions regardée dépérir, nous l'avions épiée, j'allais dire au jour le jour, guettant des signes de mieux-être, mais son corps s'amenuisait à vue d'œil et nous cherchions laborieusement des formules d'encouragement qui fussent décentes. La moindre de nos sollicitudes pouvait être reçue comme une insulte grossière. Ce jour où j'avais mis les pieds dans le plat, Gwen m'avait fixé l'air navré.

— J'ai pas envie de me reposer, tu entends, j'ai envie de faire le tour de l'Irlande à vélo, compris ?

J'avais compris. J'ai remballé mon repose-toi bien et c'est sans doute à partir de ce moment-là que je me suis mis, moi aussi, à élever des murs de sacs de sable autour de chez moi.

Pierre passait à la maison, nous laissait les gosses quelques jours, le temps que Gwen fasse ses séances de chimio, le temps qu'ils voient clair, qu'elle se repose, après ça ira mieux. Bien sûr qu'ils pouvaient compter sur nous. On scotchait les gosses devant la télé, je l'accompagnais jusqu'à sa voiture, les mains dans les poches, traînant des baskets. Ouais, ça va aller mieux, ça va s'arranger, ils ont fait des sacrés progrès dans la médecine ces dernières années. Pierre, mon Pierrot, large, rectangulaire, mon pote à qui j'ai tout dit, à qui je ne sais plus quoi dire.

Retranchés derrière nos virilités de bazar, on s'envoyait des claques dans le dos, on s'embrassait. Ici commençait l'indicible plainte. Je le regardais s'éloigner. Le sillage de sa bagnole traçait une plaie ouverte sur le bitume.

Le corps avait été ramené par ambulance en fin de matinée au Traon, où nous nous étions tous donné rendez-vous pour l'après-midi. Auparavant, il nous fallait, Aline et moi, régler quelques problèmes. Nous avions quitté Brest à midi et nous devions récupérer notre aîné au collège. On ne comptait pas y aller de main morte, tournicoter cent ans autour du sujet, c'était pas le genre de la maison. Il avait treize ans et trimballait un lourd cartable rempli à ras bord de verbes irréguliers. Mourir prenait deux *r* au futur, un seul à l'imparfait.

On a attendu qu'il soit confortablement assis à l'arrière de la voiture pour lui annoncer la nouvelle. Sa mère lui a dit posément, tu sais, Gwen est partie. Il s'est calé sur la banquette, n'a pas cru bon d'ajouter quoi que ce soit à cette information. On n'est pas plus con que les autres à cet âge-là, on a tout simplement un peu de mal à comprendre le mode d'emploi, on se retrouve un peu comme devant une armoire livrée en kit avec une notice rédigée en japonais. La mort était pour lui encore inconnue au bataillon. La mort vraie, bien sûr. À la télé, dans les journaux, ça tombait comme des mouches, ça se dézinguait dans tous les sens et sur les jeux vidéo, des zombies se faisaient à qui mieux mieux désintégrer par des tronçonneuses à rayons laser.

— Elle est partie où ça ? questionna-t-il au bout d'un instant.

Il avait raison. Partir, ça ne voulait rien dire. On enrubannait les mots, mais ça ne servait à rien, c'était même pire. Le gosse dénouait le ruban, ouvrait la boîte et un diable soudé sur ressorts lui sautait en pleine poire. *Jack in the box.* Nos fanfreluches verbales, c'était du pipeau.

— Écoute-moi bien, Gwen est morte.

Il hocha la tête. Finalement, ça sonnait plus juste.

Il a répété les trois mots, sujet, verbe, adjectif, tout s'enchaînait avec une logique si implacable que ça aurait pu ressembler à une blague ou à un exercice de traduction anglaise. *Gwen is dead*.

D'instinct, ce garçon venait d'acquérir une valeur fondamentale : laisser causer et se taire. C'était si absurde. Il regardait devant lui défiler la route, essayant de comprendre. Quelqu'un qu'on connaissait bien, qu'on voyait régulièrement, qui faisait partie de notre cercle étroit, en quelque sorte de la famille, autant qu'une tata, bien plus qu'une tata, ne réapparaîtrait plus. Disparue de la mémoire, effacée de l'écran. Normal. Il y avait eu erreur de manipulation, elle n'avait pas été sauvegardée.

— Elle est morte dans la nuit, elle est maintenant revenue au Traon. Nous, on y va, mais ne te sens pas obligé de nous accompagner.

Il a sursauté, outré.

— Ils… ils l'ont ramenée à la maison ?

— Oui, bien sûr, pour les visites, avant de rejoindre le cimetière.

Déjà, il se pinçait le nez. J'ai eu l'impression de deviner ce qu'il ressentait, que c'était infâme, morbide d'exposer ainsi des cadavres au vu de tous, qu'on était vraiment frappés du caisson. Nous étions des tribus primitives aux mœurs abruptes, nous couchions le cadavre au cœur d'un temple illuminé de torches vives et nous tournions autour du lit en dansant à moitié nus et en vociférant des incantations barbares jusqu'à totale décomposition du corps. Nous embrassions les morts. Les femmes se branlaient la chatte contre les menhirs pour enfanter des monstres. Lui, en tout cas, n'irait pas à la messe noire. Faudrait le payer.

Il s'est tu, terré dans son dégoût, bafouillant juste qu'il préférerait rester à la maison, qu'il avait des devoirs, une interro à préparer. Ça tombait mal !

— T'inquiète pas, bonhomme, j'ai dit. Quand j'étais plus jeune, et que mon vieux pépé a calanché, j'avais des exercices de maths, moi aussi, et des colonnes de verbes irréguliers à apprendre par cœur. Tu resteras avec ta sœur et tes petits frères. Vous passerez la nuit chez les Tognazzi. Tu seras gentil avec les petits, on leur expliquera plus tard. Tu es un grand garçon maintenant, tu comprends, tu dois comprendre.

À treize ans, il venait de prendre du galon. Il soupira sur le siège arrière et se força à adopter un regard lointain sans doute pour nous épargner.

Gwen est partie ! Les vieux schnocks.

On a mangé un morceau, saucisson sec et pain beurre, un restant de chips. J'ai décidé de prendre une douche pendant qu'Aline téléphonait pour annoncer la nouvelle jusqu'aux confins de la métropole. À quoi bon, ils la connaissaient à peine. Exaspérée, elle me lançait son mauvais regard et d'un coup de menton m'indiquait brutalement le chemin de la salle de bains. Ça décrochait de l'autre bout du pays. Quoi de neuf, chez vous ?

— Oui, la petite blonde, elle était là quand on est venus dîner l'été dernier. Elle était malade, c'est ça ?

Rien qu'à entendre leur accent à coucher à la belle étoile, on voyait des piments rouges sécher au soleil, des jambons pendre au plafond. Certains étaient à deux pas des Pyrénées, les salauds. Alors l'accent baissait d'un ton et proférait des nom de Dieu de putain de con de nom de Dieu presque inaudibles.

On s'était éloignés les uns des autres, camarades de bahut ou de paroisse. Certains avaient disparu des carnets d'adresses maintes fois recopiés, mais les répertoires se recoupaient et, tout compte fait, on avait presque réussi à retrouver les coordonnées de chacun. Bien sûr, il y aurait des oubliés, il y a toujours un oublié. Des mois plus tard, une sonnerie retentirait, tiens donc, une bouche en cœur à l'autre bout du fil, pas de nouvelles, bonnes nouvelles, se rappellerait à notre bon souvenir pour un quarantenaire à fêter et bon, le cercueil serait à rouvrir.

Je suis sorti de la douche, je me suis rasé et j'ai enfilé un jean et un tee-shirt à rayures marine sans me soucier de l'étiquette. On allait visiter Gwen, quelle drôle d'expression, comme si on se rendait au musée. Notre garçon eut droit à des dernières recommandations, il a soupiré mollement. On a attrapé au vol une brosse à dents et quelques rechanges. On y va, sois poli avec les Tognazzi et que je ne te voie pas grignoter devant l'ordinateur.

Nous habitions à une trentaine de kilomètres du Traon, plus au sud, là où l'air est moins puissant et la terre moins austère. Nous étions de la rade tandis que Gwen et Pierre avaient franchi le pont depuis des lustres pour s'installer sur le plateau froid du Léon. Les pancartes nous guidaient vers le nord en évitant la ville par un récent réseau de rocades le long duquel des milliers de coquelicots et d'ajoncs explosaient entre les herbes folles. Les rives des autoroutes retournaient à l'état sauvage. Certains champs étaient encore jaunes bien que la saison du colza tirât sur sa fin, et c'étaient des mouchoirs carrés qui renvoyaient au soleil une image déformée. Aline avait remis ses lunettes noires. Tout ce bouillonnement végétal ne l'intéressait plus. Une clarté brutale enflammait le paysage, et la campagne gonflait de toute part.

On aurait fait cette route les yeux fermés, on allait tout bonnement chez Pierre et Gwen passer le week-end, une fois chez eux, une fois chez nous, des années que ça durait ainsi, un petit bol d'air sur les dunes de Sainte-Marguerite pour vérifier si les oyats avaient pris racine avant de se payer l'apéro chez Dédé, sur le port de l'Aber-Wrac'h. On s'allongeait sur le sable tiède en faisant couler les grains entre nos doigts. Nos gosses bâtissaient des forteresses médiévales. On se demandait les yeux mi-clos ce qu'on pourrait bien faire à manger pour ce soir, qu'est-ce que vous dites d'un chili, hein, ou alors des crêpes, tiens des crêpes, en voilà une idée, ça plaira aux petits. Des années, comme ça, immuablement, des coquillages plein les poches, et sûr que ça se poursuivrait ainsi pendant le millénaire à venir. Qui aurait pu nous priver de ça ? Qui ?

Je conduisais prudemment. Il n'y avait plus d'urgence. Chacun de nous deux se dépatouillait en silence pour tenter de défaire les nœuds qui lui embrouillaient l'âme. On roulait au-devant de la mort, à tombeau ouvert. Je me suis arrêté dans un patelin pour acheter deux paquets de clopes. *Extra-light*, a proposé la serveuse ? Non, mettez-moi des *light* tout court – au point où on en était, quelle importance – et une boîte d'allumettes et le journal, s'il vous plaît, mademoiselle. Je savais pertinemment que je n'allais pas le lire, mais il était parfois rassurant de répondre à quelques automatismes. Tout devenait illisible, les législatives et tout le tintouin. Le journal est parti valdinguer sur la plage arrière, j'ai allumé deux cigarettes et j'ai redémarré. Dans quel état allions-nous la trouver ? Et lui ? Je roulais à reculons.

Mentalement, je revoyais mes morts. On a tous une nécropole, un cénotaphe à roulettes qu'on traîne derrière soi comme chien en laisse. Nonagénaires saisis par la vieillesse et déjà pressés d'en finir, assoupis dans des chambres sombres qui empestaient la cire et le beurre rance. Leur tour était venu, disait-on avec déférence, le contrat avait été rempli. Ils avaient fait long feu. Ça faisait des oraisons sur mesure pour les curés. Les mémés mouraient de belle mort. Des tatas, des marraines s'en étaient allées avant l'âge, mais je ne les avais pas vues, elles avaient péri dans les hôpitaux tristes des banlieues de l'Est, et c'était loin, Aulnay-sous-Bois. L'enterrement se faisait en Bretagne. Il est chez nous hors de question de reposer en terre d'exil. Elles avaient supplié que leur corps fût ramené à la maison, dans le caveau familial, et que la messe fût dite par le cousin curé – il y a toujours chez nous un cousin issu de germain dans les ordres – et que fussent chantés des cantiques en breton. Enterrée à Paris chez les impies, les communistes, c'était à coup sûr écoper au bas mot de deux mille ans de purgatoire.

Ma mémé n'avait jamais quitté son canton hormis quelques escapades estivales aux pardons de Sainte-Anne-d'Auray et, bien sûr, une fois dans sa vie, pour accomplir le grand voyage à Lourdes, notre Mecque à nous, boire à la source et prier pour le repos des défunts et le bonheur des siens. Mémé pouvait mourir le plus sereinement du monde, elle avait marié les enfants et ceux-ci s'étaient multipliés. Elle s'était toujours soumise sans sourciller à la loi de Dieu et à l'enseignement des prêtres. Je la vois encore arpenter la grand-rue du village, châle sur l'épaule et chapelet à la main, pour se rendre au cimetière de l'autre côté du bourg où gisait feu son époux. On m'avait annoncé son décès par télégramme, et ce genre de papier vert plié en quatre n'annonçait que du moche.

Je suis parti aussitôt, cent cinquante bornes à me taper dans ma vieille 4L, je vivais un peu à hue et à dia à cette époque. Le temps de faire le plein de cigarettes dans un bistrot du Huelgoat, et voilà que je tombe nez à nez avec une ancienne copine de lycée, Babette, un peu délurée certes, mais toujours aussi mignonne. Babette, brune aux yeux verts, venez pas me dire du mal des filles des Montagnes. On boit une bière, on remet ça. Elle m'invite à manger, à la bonne franquette, tu seras comme chez toi. Et moi en train de geindre : Ma mémé est morte, ma mémé est morte, je ne sais pas si je dois. Elle m'impose une autre bière.

— Allons, ça ne la fera pas ressusciter, la pauvre vieille, me répond-elle en me caressant l'omoplate. Quel âge ça lui faisait ?

— Quatre-vingt-deux ans le mois prochain.

Dieu me pardonne, j'ai bu du vin rouge et dormi chez la copine, j'ai dormi avec, tant qu'à faire, dans son lit même. Babette me consolait de son mieux. Elle frottait ses seins contre mes yeux, me chevauchait goulûment pendant que je l'empoignais par les hanches mais j'arrivais à pas grand-chose. Qu'est-ce qu'il se passe, je ne te plais plus ? C'est pas toi, m'excusai-je. On a essayé dans l'autre sens mais à quoi bon s'éterniser. Bon sang, je me suis réveillé la tête dans le seau, j'ai hurlé en voyant le réveil, j'étais un monstre, un débauché, Mémé me maudissait, Mémé me déshéritait. Babette m'a chauffé un café pendant qu'à la salle de bains j'essayais à grandes gerbes d'eau froide de faire disparaître les stigmates de la nuit. Je l'ai embrassée vite fait sur la joue. Dans les virages qui menaient à ma paroisse d'origine, je venais d'un coin paumé comme c'est pas permis, je me suis soudain rendu compte que je n'avais jamais vu un seul mort de ma vie. Je suais des gouttes de sang.

Toute la famille était rassemblée en cercle autour du lit. Ça sentait le vieux, mais on risquait à chaque pas de se rétamer sur le parquet tant il était gorgé d'encaustique. Ma mémé gisait toute grise au milieu de ces tronches d'enterrement, excusez l'expression. Ce besoin ostentatoire, pensai-je alors, de montrer sa gravité et sa douleur me donnait des haut-le-cœur. Des tontons, des tatas, ils sont venus, ils sont tous là, des cousins, des cousines, la dynastie au grand complet, à croire que c'était le jour où l'on allait se partager l'héritage. Où as-tu passé la nuit, me lance ma mère, furibarde, tu as vu ta tête ? Je murmure entre les dents Maman j'ai vingt-cinq ans ! Embrasse Mémé, ordonne mon père. Je deviens blême. Il rigole ou quoi ? Il n'en a pas l'air. Je m'approche du corps, j'ai l'impression que toute la famille me regarde avec la délectation bienveillante des grands initiés. Soudain, je les hais tous, eux et leur croyance désuète et leurs rites morbides. Le corps est figé mais semble moins effrayant que ce à quoi je m'attendais. *Algor mortis* : refroidissement du corps ; *rigor mortis* : raideur cadavérique ; *livor mortis* : lividité cadavérique. Je m'étais psychologiquement préparé en fouinant dans les encyclopédies médicales.

J'ai dans ma bouche un goût de vin amer, j'ai envie de gerber. Ça pue l'encens.

— Monsieur le recteur est passé hier matin, me rassure tata Odette, elle a reçu les saints sacrements.

Je me baisse vers le visage aux yeux clos, je suspends mes lèvres en cul-de-poule à deux millimètres du front mais des clous, j'embrasse pas, je fais semblant. Ah, ah, je les ai bien eus, tous autant qu'ils sont.

Sur la table de nuit, il y a une soucoupe remplie d'eau bénite où trempe un brin de laurier. J'asperge le lit blanc de quelques gouttelettes et je me fourvoie dans un signe de croix maladroit avant de réintégrer le troupeau familial. Tous ces rites funèbres n'étaient pour moi qu'obscénités et simagrées, psychodrames de série B. J'aimais profondément ma grand-mère, mais ce n'était pas une raison pour qu'on m'impose son cadavre sous le nez, pensai-je. Je me serais plutôt caché dans la grange derrière le tas de bois pour chialer en paix.

Après, il y a eu d'autres morts, les vieux et les vieilles s'en allaient à intervalles réguliers. Et puis les jeunes se sont mis à mourir à leur tour. De male-mort. On n'allait pas les voir, leur corps n'était pas présentable, déchiqueté dans des crashs de bagnole un soir de cuite, ou pire, ils avaient avalé les bons médicaments, ils s'étaient jetés du pont Bleu, ils s'étaient pendus, l'un avec sa corde de contrebasse et l'autre dans les vestiaires du stade de foot, une bouteille de mauvais vin éclatée sur le sol mimait une mare de sang. Putain de corde. Et celui-là encore, par qui le scandale arriva, qui organisa un soir au cœur de l'été dans sa petite maison isolée des Montagnes une fiesta monstre pour tous ses potes et attendit minuit, le moment où nous étions tous bourrés ou défoncés, les deux à la fois, joyeux, minuit quand Bob Marley braillait à fond *No woman, no cry*, minuit les douze coups pour s'enfoncer dans la bouche le canon du fusil de chasse de son père. La détonation a déchiré la nuit et nous avons regardé, incrédules, le mur éclaboussé de sang. Nous avions vu ça et nous avions vingt ans. *No woman, no cry*, camarade Bob Marley. On a attendu dehors en tremblant comme des chiens mouillés la fin du disque avant de se décider enfin à avertir les gendarmes.

Oui, le suicide et les accidents de la route étaient la première cause de mortalité chez les garçons de notre génération. La Bretagne battait des records en la matière. Pourquoi, nom de Dieu, pourquoi ? Leur mort était brutale, sanglante et criarde. On se recueillait devant des cercueils qui nous semblaient vides. On suivait des cortèges ahurissants, les familles étaient détruites, on retenait par le bras des jeunes fiancées qui se tordaient de douleur, leurs lamentations étaient indécentes et nous restions stupéfaits devant les sermons des curés. Roland sonnait du cor au-delà de la crête, on entendait des barrissements d'éléphanteaux égarés dans la jungle et on nous demandait de s'agenouiller devant le martyr du Sauveur. Le massacre des innocents se poursuivait opiniâtrement, déjà le sida s'immisçait dans nos chambres, nous courbions l'échine. À quarante ans, on s'était déjà érigé de sacrés monuments aux morts.

Les morts ne ressuscitent jamais. Entendons-nous bien, il n'y a pas, il n'y aura jamais de vie future dans un quelconque au-delà. L'âme n'est qu'une illusion. La seule réalité est le corps, qui dépérit, puis se décompose suite à l'action des enzymes et des bactéries. Quelle était cette paysanne australienne qui, acquise à une certaine philosophie inspirée par l'harmonie avec la nature, avait exigé qu'on enfouisse son corps dans le compost afin qu'il se recycle sous les détritus de végétaux en un terreau chargé de sels minéraux ? Déchirez les pages de vos dictionnaires où vous trouverez les mots réincarnation, métempsycose, immortalité. Nous ne sommes que des êtres biodégradables. Le granit dans lequel nous taillons les pierres tombales a deux cents millions d'années de plus que nous, certaines étoiles éteintes depuis plusieurs siècles illuminent encore notre firmament.

En conduisant, je me martèle mentalement vingt fois cette phrase. Les morts ne ressuscitent jamais. Les morts ne ressuscitent jamais. Ne pas laisser une seule place à l'Espérance. Je vais voir Gwen pour la dernière fois et je ne la reverrai plus, ni ici ni dans un supposé paradis, et j'ai besoin de me le dire, d'ancrer ce concept en moi avant de la visiter. Et je veux la voir pour me convaincre de sa mort. Je veux la mordre à la manière des croque-morts d'antan.

Plusieurs voitures sont déjà là. Le break rouge d'Alex me rassure. Aline a perdu toute sa prestance, toute sa beauté, elle tremblote. C'est à peine si l'on s'est adressé la parole sur ces trente kilomètres. Elle a bien raison d'avoir gardé ses lunettes noires, derrière on y verrait des tisons. Je lui ouvre la portière et la cueille dans mes bras, c'est devenu une poupée de terre glaise. Allons-y, je souffle, du courage !

La maison de Gwen est une ancienne ferme postée à la sortie de la ville. Dans tous les anciens champs alentour, des lotissements ont poussé un peu partout, mais chez Gwen, c'est un peu comme un morceau de campagne au milieu des banlieues standardisées, une sorte de parasite anachronique. La maison tourne le dos à la rue et à la ville, et pour accéder au jardin il faut emprunter un court chemin caillouteux. Après, vous êtes comme chez vous. Un coup de peinture sur les volets et ça sera parfait.

Qui ne connaissait la maison de Gwen ? Sans un rond en poche, je m'étais pointé un matin chez eux avec ma vieille 4L, une valise et une dizaine de cartons de bouquins. Tu vois la lucarne là-haut, c'était ma chambre, un chouette de grenier comme en rêvent les enfants. T'as qu'à faire ton lit ici en attendant, m'avait proposé Gwen. Quelques semaines, avais-je prudemment prévenu, pas plus, le temps de me remettre à flot, de me trouver un appartement, un boulot, une nouvelle copine. Elle m'avait aidé à ranger ce capharnaüm et m'avait prêté des draps. Ça ira ? demandait-elle. Oui, Gwen, t'inquiète pas, tout va bien, merci. Au début, je passais des nuits roulé en boule à imaginer de ces scènes, des enculades féroces, mais j'avais tenu le coup. Finalement, j'étais resté deux ans au Traon. Les soirs où c'était mon tour, je leur cuisinais du thon à la crème, ils aimaient ça. Pas sorcier à préparer, quelques échalotes et une gousse d'ail à faire revenir dans un peu de beurre, rajouter une grande boîte de thon égoutté, laisser encore frire quelques minutes puis à feu doux, verser la crème fraîche et rajouter avant de servir une cuillerée à soupe de câpres, saler, poivrer, le tour était joué. Restait à chauffer des nouilles ou du riz. Ça ne coûtait pas cher, aucun de nous n'avait beaucoup de fric à cette époque. Et puis Aline est arrivée, et puis Léna. On s'était dégotés des sacrées nanas, Alex et moi, on avait fondé des foyers, ouais, des foyers, mais l'arche originelle, le tronc commun, la maison mère, c'était ici, chez Gwen. Il était une fois, au milieu des bois, une maison en sucre d'orge.

Alex est la première personne que je vois quand on entre dans le jardin mais il y en a d'autres, des têtes connues, autour de la table sous le grand parasol, fumant des cigarettes et parlant à voix basse. Ceux qui n'ont pas de chaise se sont assis dans l'herbe. J'ai à la maison un tas de photos de nous tous affalés ici même en train de froncer béatement les yeux face au soleil, des clichés de gosses tout nus, aux joues maculées de fraise et de chocolat. On les voit grandir d'un album à l'autre. Regarde Gwen sur celle-ci, avant qu'elle ne coupe ses cheveux, tu as vu comme elle est chou ! Nous n'avions pas vieilli, à proprement parler, nous avions encore la vie devant nous. On réalisait nos projets, on se disait faut faire ça, faut faire ci, on n'a qu'une vie, et on le faisait, je le jure. Une baguette magique entre les mains. Nous avions le cœur pur.

Alex vient à notre rencontre, on s'embrasse, on se touche, ventre contre ventre, joue contre joue, ballottant lourdement, on est comme des babouins en cage.

— Elle est là-haut, soupire Alex.

Depuis le matin, c'est lui qui gère, qui téléphone et fait du café.

Elle est là-haut. Quelle farce, elle est déjà au ciel ou quoi ? partie décrocher la lune ? On serre des mains autour de nous, on se fait des bises, les joues sont tièdes et collantes, mal rasées, ça pique. Ce sont nos vieux potes et ils ressemblent à ces vilaines statues de plâtre qu'on voit dans les églises de pauvres. Un coup de latte et ma sainte Bernadette éclate en mille morceaux. Ils viennent de voir Gwen sur son lit de mort et ils se pincent le cerveau. J'aperçois une fille qui fait les cent pas le long de la haie au fond du jardin en se mordant le pouce, tête baissée, très concentrée, comme si elle essayait de résoudre mentalement une équation mathématique d'un type nouveau, ceci impliquant cela. Au bout d'un instant, elle s'arrête et s'assoit sur la balançoire et nous tourne le dos. Mais la plupart sont prostrés sur leur cul, plus englués que des cormorans victimes du dernier dégazage. Ils ont presque tous mis des lunettes noires, et ça donne la vision d'un mauvais rêve, ce type de cauchemar où vous vous trouvez dans un endroit que vous ne reconnaissez pas vraiment, avec des gens connus qui font comme s'ils ne vous avaient jamais vu et vous hurlez votre détresse et ils s'en branlent, les enfoirés, ils font semblant de ne pas vous voir à travers leurs lunettes noires, ils boivent des grands verres de menthe à l'eau bien glacée avec une paille pendant que vous traversez le désert à quatre pattes, la langue raclant la dune.

Je demande où sont les enfants. Ils sont partis ramasser des cailloux et des coquillages sur la plage. Alex me regarde et d'un hochement de menton me rappelle qu'Elle est là-haut, un sourire juste ce qu'il faut. Malin, Alex. Quand faut y aller, faut y aller. J'ai pris une douche il y a une heure, j'en reprendrais volontiers une autre dès maintenant, ça suppure de tous mes pores. On s'efface dans l'ombre.

Le couloir où sont accrochés les chapeaux de Gwen, au fond les chiottes et la salle d'eau, à gauche la cuisine. C'était la pièce maîtresse de ces maisons paysannes, là où on recevait. La salle à manger à droite ne servait guère que pour les grandes cérémonies familiales, baptêmes et communions. À l'occasion, c'est là aussi qu'on installait le mort, sur la grande table de chêne ciré, on déplaçait alors sur le buffet la belle soupière de quimper. Gwen et Pierre en avaient fait leur bureau, enfin, une pièce où l'on mettait tout ce qui n'avait pas trouvé sa place ailleurs. On aperçoit Pierre. On se lance des clins d'œil amers. Des amis de longue date téléphonent, ils sont désolés de ne pouvoir être là, ils sont de tout cœur avec lui. Pierre répond oui, bien sûr, merci. Pierre tient le coup, il raconte pour la énième fois la morphine et le reste, et les voix sont sincères et chaudes et s'empêtrent dans des maladresses, ne savent comment conclure. Aussi étrange que cela paraisse, c'est Pierre qui console le monde.

Une dizaine de personnes se trouvent dans la grande cuisine, assises à table ou debout les mains dans les poches. Ici, c'est le territoire réservé à la famille. On a ouvert des boîtes de biscuits et une tante a confectionné un gâteau breton, pur beurre de vraie vache de la ferme. Ceux-ci étaient descendus des Montagnes, ils avaient fait la route, fallait bien compter une bonne heure, voire plus, ils conduisaient prudemment, ils étaient évidemment plus âgés, gens de terre pour la plupart, laboureurs. Ils avaient les yeux bleus de Gwen et la peau tannée par le soleil. Ils n'avaient pas peur de parler, mais ils le faisaient à voix basse, leur expérience leur avait appris les formules en pareil cas, ils disaient que le temps était parti pour rester au beau, mais ça, sûr qu'on allait le payer un jour. C'était bon ni pour le maïs ni pour personne.

On entre, Aline et moi, dans un flottement un peu embarrassé, bonjour messieurs-dames ! Seigneur, encore tous ces gens qu'il faut saluer, des mains calleuses à serrer, du fond de teint plein la bouche. Non, pas de gâteau, pas de café non plus, plus tard, merci. Il y a toujours une vieille tata en blouse, un torchon à la main, à l'affût de la moindre miette qui pourrait traîner et prête à sauter sur la première tasse venue pour la remplir de café chaud. Elle est là-haut, nous dit-on encore, en levant les yeux au plafond. Et j'entends répéter entre deux claquements de langue que ce temps-là, on va le payer.

Gwen allait à la marée, pilleuse d'épaves, glaner sur le sable jaune des vieux morceaux de bois blanchis et rongés par le sel, mille fois poncés par le ressac, en ramassait un, examinait sa forme à la lumière hivernale. Nos côtes étaient jonchées de détritus envoyés à la grâce des courants : plastiques du Portugal et litrons écossais, saloperies industrielles, le monde entier déversait sa fiente sur les dunes de Sainte-Marguerite. Les pavillons de complaisance nous chiaient dessus et Gwen triait la merde.

Elle rapportait à la maison ces bouts de bois plus lisses qu'une joue d'enfant et les assemblait selon un ordre défini sur un support de bois enduit de sable, ajoutait deux tentacules rugueux de goémon séché, laissait la colle agir une journée ou deux puis peignait au pistolet le tout en blanc. Après séchage, elle y ajoutait des débris de schiste gris aux formes arrondies qu'on trouvait sur les grèves de la rade et des coquillages de toutes sortes qu'elle passait à l'eau de Javel de peur qu'ils ne verdissent. Alors la mer réapparaissait, ça puait l'algue rance et le mazout, mais quand on y collait l'oreille, on entendait l'océan gronder au-delà de la bouée du Libenter.

On se foutait d'elle, qui vidait ses poches pleines de cailloux bizarres et de débris de verre tintinnabulant dans ses mains. Elle encombrait la table de la cuisine de pieuvres de bois mort alors qu'on prenait l'apéro au retour de la plage. Imaginez le tableau, des os de goélands, c'était cradingue, elle nous les mettait sous le nez, et les plumes avec, ça schlinguait la marée et c'était Byzance.

Oh, petite fille de la mer, ma sirène aux cheveux d'or, aux yeux trempés dans le ciel, défiant le Grand Astre, obstinée, espiègle, ma sœur des après-midi d'été quand je te vois arpenter la Grève Blanche à marée basse, penchée sur le sable, ma complice des tapages nocturnes et des danses barbares, je viens te dire adieu. Tiens-moi la main, aide-moi à gravir ce putain d'escalier qui grince, je suis à quatre pattes, j'ai la trouille de ma vie, je compte les marches et mes jambes m'abandonnent, c'est de la guimauve. Je monte vers ton corps supplicié, je nage dans la fange. Nous sommes tous en enfer, dans l'enfer froid des Celtes, j'avance dans le marais glauque du Yeun Ellez, happé par une tourbe mouvante gorgée d'eau glacée, je m'y enfonce, je me noie, fracassé contre les rochers de Tevennec. Je tremble, j'arrive plus à déglutir, il reste quoi, dix marches, quinze marches, merde, pas plus tard qu'hier, elle était encore vivante, j'ai des preuves, le drap qui se soulevait, les râles, le clignement d'une paupière, si lourde fût-elle.

On était tous prêts à pactiser avec le diable, à échanger un bras et dix ans de notre vie. Nous aurions livré sans discuter notre ombre pour une inspiration de plus dans la gorge de Gwen. La légende du premier gué de l'aber Wrac'h nous avait révélé les termes d'un étrange contrat. Le diable avait proposé à un moine chargé d'évangéliser les païens qui vivaient de l'autre côté de la rive de lui construire un pont en une nuit, cela en échange de l'âme du premier être vivant qui le traverserait. Notre bon moine fit passer à l'aube un pauvre petit chat tout rabougri et le diable, comme de bien entendu, se fit naturellement bluffer jusqu'à la moelle. J'aurais aimé qu'on livre au diable tous les chats de la terre, et les chiens, qu'on les étripe, qu'on en fasse des cordes de violon, des cols de fourrure pour sorcières frileuses, livrez les chats, égorgez-les jusqu'à ce que l'aber Wrac'h devienne un torrent rouge et que le diable s'y délecte.

Je tenais Aline par la hanche, je la soutenais, elle n'avait encore jamais vu de mort. Jusqu'à maintenant, elle n'avait été confrontée qu'à des cercueils clos, des boîtes de conserve. Cette fois-ci, pas question d'y échapper, ma vieille, tu allais y passer à ton tour, comme les autres. Pas de raison.

La rampe était poisseuse de la sueur des paumes. Nous sommes arrivés épuisés en haut de l'escalier, au bord du gouffre. La chambre était lumineuse, la fenêtre et les volets ouverts, et le soleil, à peine filtré par un léger voile, gardait le corps au chaud. Un grand carré jaune s'était posé sur le lit.

C'était une jolie chambre, aux murs blancs, au plafond de satin bleu. Elles n'avaient rien changé à la décoration. Elles, je veux dire la mère et la belle-mère de Gwen, qui s'étaient occupées de ces préparatifs. Des aquarelles, des reproductions de tableaux étaient punaisées ici et là. Ses fresques marines, elle les accrochait ailleurs. Au fond, sur l'étagère, un bouquin était posé à plat, le marque-page dépassait légèrement. Gwen dévorait les livres, il y en avait toujours un gros tas au pied du lit. Elle était capable de lire en prenant son petit déjeuner, elle posait la boîte à sucre sur le haut du livre pour qu'il ne se referme pas, ainsi elle pouvait continuer sa lecture une crêpe dans la main et une petite cuillère dans l'autre. Je l'ai vue faire ça, moi. On faisait partie de cette rustre race qui trempait tout dans le café, les crêpes, les gâteaux, le pain-beurre, certains même poussant le vice jusqu'à plonger dans la tasse encore fumante une tartine de camembert. C'est ainsi qu'on nous avait appris, et c'était bon, nom de Dieu, la sainte nourriture nous fondait dans la bouche. Souvent, des miettes et des îlots de beurre fondu naviguaient à la surface. Vous aviez la mer d'Iroise dans votre bol, Molène et Trielen, Ouessant.

Et alors nous la vîmes sur son lit, tellement morte, totalement morte, elle ne nous avait laissé aucune chance. Un drap blanc couvrait le corps jusqu'à la poitrine où ses mains étaient posées, ornées d'un bracelet de pâquerettes qu'avaient confectionné les gosses. Les doigts entrecroisés comme quand on prie ou qu'on se tourne les pouces, elle allait rester l'éternité ainsi, allongée sur le dos, engourdie par cette position rapidement inconfortable. Cette pensée m'a fait frissonner. Quand viendra mon tour, me confiera plus tard Aline à l'oreille, je ne veux pas qu'on m'entortille les doigts de cette manière, je ne veux pas, compris ? J'enregistre. Les hommes du néolithique couchaient leurs morts en position fœtale. La tombe était un utérus.

On l'avait faite belle, on avait masqué les traces du crime. Les mères avaient hésité entre deux chemisiers, finalement elles avaient choisi celui de satin blanc aux manches longues et brodées, il était inutile de montrer ses bras couverts d'hématomes. Deux foulards de soie, l'un rose, l'autre bleu ciel avec des gros pois blancs, protégeaient sa gorge. Les trépassés ont toujours froid, c'est pour cela que les Anciens laissaient brûler un feu dans la cheminée la nuit de la fête des Morts. On l'avait parée pour le grand voyage, bichonnée pour les épousailles avec l'Ange exterminateur. Enfants, on nous obligeait à passer dans la baignoire la veille d'un départ. On nous mettait des fringues du dimanche. Maman disait Imaginez, les enfants, imaginez qu'il nous arrive un accident et que les pompiers vous découvrent aussi sales !

Je me suis approché du cadavre et je me suis assis sur le bord du lit – ça devenait une habitude – en repoussant deux bouquets de fleurs. J'ai posé ma main sur ses mains liées et bien sûr qu'elles étaient froides, rigides et froides, et bleues. Les morts se transforment en pierre, regardez-les sur nos calvaires de kersantite, fardés de lichen. Son visage était un bloc de plâtre. Je l'aurais embrassée si mes lèvres avaient été d'acier. Je ne l'embrassai pas, pas même sur le front. Je n'avais plus de larmes et ma tendresse se perdait dans un gouffre sans fond. J'arrivais trop tard.

Une demi-douzaine de chaises avaient été installées autour du lit, mais les personnes présentes restaient debout. Marie-Annick nous présenta entre deux hoquets. Sa sœur, son beau-frère, des amis, des cousines, on serrait des mains, on remarquait un air de famille dans les yeux de l'une. Gwen avait son clan, toute une tribu descendue des Montagnes ou égarée dans les diasporas d'outre-Finistère. Elle nous en parlait ici et là, on prenait tous, comme tout le monde, un malin plaisir à se moquer de nos familles respectives, rivalisant d'anecdotes, et ces tontons, ces tatas étaient devenus les personnages épiques d'une interminable saga. Et voici qu'ils apparaissaient au grand jour, ordinaires et superbes sous leur casquette ou leur mise en plis.

Ça chuchotait comme dans une salle d'attente. On s'interrogeait autour des modalités des funérailles, la famille était sans doute inquiète de la façon dont nous considérions les choses, mais tacitement une paix fut signée ce jour-là entre les tenants de la tradition et les autres. On n'était pas venus là pour bouleverser deux mille ans de leur histoire. Gwen n'appartenait à personne et elle appartenait à nous tous.

J'aurais sans doute préféré rester seul avec Aline, il est difficile de se recueillir quand on se sait observé. Ça voulait dire quoi, se recueillir ? Baisser la tête, fermer les yeux, prier. Je baissais la tête, je fermais les yeux, je priais. Ça ne venait pas. J'avais finalement saisi une chaise. J'ignorais les incantations pour communiquer avec les morts, je restais les sabots collés à la boue, irrémédiablement mortel et vivant. Je cherchais dans ma mémoire des souvenirs qui auraient pu me rapprocher d'elle, des mots de passe, la Corse, Gwen, souviens-toi, les calanques de Piana et cette fois où l'on s'était paumés dans le maquis du côté de Zonza, quelle frousse, hein ? Elle ne se souvenait pas, avait perdu la mémoire, peut-être n'avait-on jamais été là-bas. J'ai viré de cap sur l'Angleterre, avec un coucher de soleil sur la cathédrale Saint-Paul mais même fiasco. Décidément, c'était pas mon truc.

Marie-Annick nous a invités à prendre le café dans la cuisine, on a dévalé l'escalier, Aline et moi. Le soleil nous a sciés sur place.

J'ai embrassé Pierre. La douleur des autres est angoissante mais ça va, disait-il, un peu fatigué, ça va, il tenait le coup, merci. Aline l'a enlacé. Viens t'asseoir près de moi, les femmes écrasaient leurs seins contre son poitrail, elles lui auraient donné la tétée. Pierre planquait son visage dans leurs cheveux, à quoi bon, quand il revenait à l'air libre, c'était pour chialer de concert. Ça va. On s'est assis autour de la table en fer du jardin, mon Dieu, quelle belle journée, on s'est tous embrassés, on s'est léchés, on avait la bouche pleine de sel. C'est un lieu commun de dire qu'il est plus facile pour une femme de pleurer, mais je jure qu'elles chialaient comme Marie-Madeleine au pied de la Croix. Pécheresses repenties, elles s'essuyaient les yeux avec un mouchoir en papier, le mascara avait coulé, finalement celles qui s'étaient maquillées allaient se démaquiller dans la salle de bains, les autres pouvaient chialer à l'envi, à l'abri de leurs verres teintés.

Elles étaient belles, nos compagnes, nos femmes, amoureuses à souhait. Elles oscillaient entre la trentaine et la quarantaine et portaient des débardeurs à bretelles, des chemisiers légers, on y voyait au travers, on massait leurs épaules encore blanches mouchetées de taches de rousseur, on avait envie d'y planter nos dents. Gwen était belle en son jardin. Elle s'allongeait en maillot de bain sur une chaise longue avec un gros bouquin, aspirait à la paille un jus d'orange et regardait ses gosses et ses rosiers grandir. C'était l'été dernier. Ou déjà l'été d'avant. Parfois, elle se plaignait, oh, très discrètement, de petits soucis ici et là. De temps en temps, elle ressentait des élancements, puis des picotements dans le ventre. Tu devrais consulter un médecin, non ? Nous avions la vie devant nous.

Aline avait retrouvé Léna et elles étaient parties vers le fond du jardin, blotties l'une contre l'autre, comme deux orphelines perdues dans la ville, pieds nus dans la neige, cherchant à se consoler mutuellement, reniflant aux alentours. Nous les mecs, niquedouilles, on regardait de loin s'épouser ces deux chevelures noires, avec une sorte de gêne mêlée de jalousie. Nous les mecs, on se broyait mutuellement les doigts, à la rigueur on s'embrassait et le frottement de nos joues mal rasées lançait des gerbes d'étincelles. Nous les mecs, on se crochait l'épaule et on sautillait sans grâce.

On fumait des blondes légères et on servait du café aux nouveaux venus. On tenait des conversations cohérentes se rapportant à des projets déterminés, des aspirations claires. Il s'agissait de s'occuper de la sonorisation de l'église et du choix des musiques. Dès qu'il y avait devant nous un bouton à mettre sur *on* ou sur *off*, une prise à brancher, vous inquiétez pas les filles, on était votre homme.

Les gosses jouaient dans le jardin, oui, il y avait des gosses ici, torse nu, qui grimpaient aux arbres et cassaient les branches, et s'en fichaient éperdument. Parfois une petite fille nous arrivait en larmes, mais des vraies, pas des larmes de crocodile, cherchait son papa, sa maman, une paire de genoux. Elle s'était égratignée en tombant, la faute à un salaud qui l'avait poussée dans les ronces et elle hurlait, réclamait une glace à la fraise et du rouge pour mettre sur son genou. Trop heureux d'avoir trouvé une occupation, l'un d'entre nous courait chercher de l'éosine. On offrait une glace à la gamine, mais ce n'était pas le parfum qu'elle désirait et ses cris redoublaient d'ardeur.

On la regardait en souriant, elle devenait attendrissante, la *pikez*. Pendant ce temps-là le petit salaud était parti se planquer dans un arbre alors que les autres enfants venaient former autour de nous un attroupement de curieux, finalement la petite se calmait. On distribuait une tournée d'esquimaux et on disait aux petits d'aller les manger plus loin et de faire moins de bruit, on était entre grands.

Là-haut, leurs rires à peine étouffés par le rideau martelaient le silence de la chambre à la manière des coups de piolet d'un tailleur de pierre.

J'ai saisi deux paquets de biscuits, c'est pas ça non plus qui manquait. Chacun avait vidé ses placards avant de se rendre à la veillée, au cas où. Nous étions tous bons chrétiens, le café et les gâteaux avaient remplacé le lard et le cidre depuis l'entre-deux-guerres, mais il était hors de question que des gens, certains habitant loin, viennent ici visiter la défunte sans ressortir de la maison avec au moins dans le ventre un bon café chaud et fort, et de quoi se caler l'estomac. Dans la cuisine, deux machines tournaient à plein régime et on entendait en permanence les borborygmes obsédants des gouttes tombant l'une après l'autre, aussi tenaces qu'une horloge. Seul dans son coin, le père de Gwen feuilletait un livre de cantiques bretons, je l'entendais fredonner à voix basse pour se remémorer la mélodie. *Tremen 'ra pep tra,* toutes choses passent. Non, celui-là était décidément trop noir. Jean tourna la page dans un geste de dépit. Aucun cantique n'effacerait le crime. Qu'on lui donne un râteau, une bêche, il aurait recréé les jardins suspendus de Babylone. Il avait consacré ces derniers jours à s'occuper du jardin de sa fille. Tailler les arbustes et nettoyer les parterres étaient des choses qu'il pouvait maîtriser, la nature lui obéissait. Il revenait chaque soir de l'hôpital pour cracher dans ses mains et bêcher jusqu'à l'épuisement. Le jardin, lui, au moins, était prêt. Il referma le livre et le tendit à sa sœur. Tata Odette se lamentait, comment c'est qu'elle pourrait dormir cette nuit avec tout ce café, mon Dieu, mon pauvre Jean, les jeunes font du café si fort de nos jours ! Ce à quoi il lui répondit, fataliste : Dame, Odette, tu dormiras plus tard et si c'est pas ce soir, ça sera demain. Tu auras bien le temps.

La plupart d'entre nous auraient préféré une bonne canette de bière fraîche, sans verre ni rien.

D'une main on aurait tenu la bouteille, de l'autre une cigarette et tout serait passé comme une lettre à la poste, une gorgée, une bouffée, assis sur un rondin de bois ou sur le gazon, côte à côte avec Alex, un bon quart d'heure pris sur le reste sans trop se poser de questions, à cligner des yeux face au soleil.

Oui, juste une bière en claquant la langue contre le palais, comme ça, mais c'était pas encore l'heure. Au lieu de ça, on se payait cette saloperie de café chargé d'amertume qui nous mettait le palpitant en branle. J'ai proposé des biscuits à la ronde et tu crois qu'ils auraient fait la fine bouche, les goinfres, ils en attrapaient trois d'un coup. On essayait de sourire, bien sûr, et nos gosses nous regardaient de travers.

— Il y a de quoi se poiler si on y réfléchit bien, a sorti Alex, lugubre, les yeux fixés sur ses lacets de chaussures. De quoi se plier en deux. Tout ça n'a aucun sens, aucun. On est des sardines prises dans la nasse, ils relèvent les filets, les salauds, et nous ramènent au port pour nous vendre et nous dépiauter, jolie destinée, n'est-ce pas !

J'ai posé une main sur sa cuisse.

— Ouais, de quoi mourir de rire, Alex, mais ça n'a rien de nouveau. L'absurde, le sens de la vie, tout ça. Tu sais, ça fait plus de deux mille ans que le vieux Socrate se tape la tête contre les murs.

— Si tu devais être réincarné, tu choisirais quoi, toi ? La sardine ou le goéland ?

— N'importe, on se fera toujours niquer !

— Pas de blasphème, je t'en prie, pas aujourd'hui.

Dans cette maison où tous s'étaient rassemblés autour de Gwen, il y avait, comme dit le poète, ceux qui croyaient au ciel et ceux qui n'y croyaient pas et tous buvaient du café, fidèles, sceptiques et athées, se faisaient des politesses. Chacun emportait Gwen dans sa propre conviction, lui installait un nid, la rangeait quelque part dans son cœur. Curieux comme les proches nous appartiennent une fois qu'ils sont morts. Ils sont dociles, on les met là où on veut, pas un sourcillement, rien. Plus personne n'était fâché avec Gwen, c'était la grande réconciliation. Elle allait désormais vaquer chez les uns, chez les autres avec un don d'ubiquité étonnant, elle ne dirait plus jamais du mal de personne, elle n'emmerderait plus personne. On allait la poser sur la cheminée, entre un pot de fleurs et un bougeoir, et terminé.

Fiers à s'en tenir les couilles, nous regardions nos gosses jouer dans le jardin. Ils avaient grandi et s'inquiétaient de nos tronches enfarinées, ils supportaient en général assez mal les chagrins d'adulte, et leur douleur. Certains essayaient de calquer la leur sur la nôtre, par effet de mimétisme. Il y avait toujours toute une flopée de neveux et de voisins au Traon, fallait faire gaffe où on posait les pieds quand on entrait chez Gwen, on risquait d'en écraser une bonne poignée dans le couloir. Et ça braillait, nom de Dieu, ça braillait, elle vous renvoyait tout ce petit monde dans le jardin en promettant des glaces, mon Dieu le pognon qu'elle a dû engloutir dans le congélateur.

Les moyens – disons au-delà de dix ans –, ma foi les moyens, certains auraient préféré ne pas être là. Ils regardaient leur mère chialer comme vache qui pisse et ressentaient une sorte de honte, trouvaient ça ridicule. Ils nous épiaient, ôtaient l'un des écouteurs de leur walkman pour surprendre une bribe de conversation. Ainsi donc, un jour pareil, nous pouvions parler comme si de rien n'était, passer du coq à l'âne et du rire aux larmes avec une facilité déconcertante. Les mains dans les poches, ils évaluaient nos gênes, étonnés soudain d'être les rejetons d'un zombie. Ils allaient coller aux basques de leur père qui sirotait du café avec ses potes et fumait des cigarettes bien qu'il eût décidé la semaine d'avant d'arrêter définitivement, mais une de temps en temps, hein, et puis c'était pas le jour des résolutions ! Qu'est-ce que tu fais là, va jouer avec tes copains, trouve un ballon, fiche-moi le camp, veux-tu ! Nous étions tous ou presque devenus en quelques années de bons pères de famille, on avait réussi à se trouver une petite brune aux yeux verts que l'on avait embrassée sur la bouche et qui s'était retrouvée un matin le ventre gonflé comme une montgolfière. On courait à la maternité, émus jusqu'aux larmes, prêts à sauter sur la première truelle venue. On avait abattu des cloisons, fallait de l'espace pour les gosses, disait-on, on avait passé des week-ends à poser du lambris. C'étaient les maisons du bonheur, du cousu main, c'était la maison d'un putain de bonheur. Les enfants allaient grandir ici, aussi droits que du maïs.

Et nous les hommes restions avachis autour de la table du jardin, échafaudant en silence des scénarios catastrophes. Imagine qu'elle me fasse le coup, elle aussi, qu'elle disparaisse, brutalement, comme ça, un accident de voiture, une maladie de merde, pense à, comment s'appelait-il déjà, ce type de l'arsenal, en vacances dans les Pyrénées, sa femme, rupture d'anévrisme, même pas quarante ans, un quart d'heure avant, elle pétait la santé, qu'est-ce que je vais faire, bon Dieu, qu'est-ce qu'il va m'arriver, qu'est-ce que je vais bien pouvoir foutre ? Je vendrais la maison, oui, c'est ça, je vendrais la maison. Pas question de rester ici, j'irais je sais pas où. Ici, c'est chez elle, c'est toujours chez elle. Chaque meuble posé ici et pas ailleurs, chaque clou planté dans le mur, c'est signé madame. Et certain que le mur va se mettre à hurler de toutes ses briques si on se permet l'outrecuidance de déplacer la moindre affiche.

On dit que les femmes ont souvent le don d'accaparer l'espace, de lui donner, je n'aime pas ce mot, une âme. Ça reste à prouver. On va plutôt parler d'odeur, de sensibilité ou de ce que vous voudrez. Je ne parle bien évidemment pas de l'ordre ou du ménage, on s'en foutait de tout ça, on n'avait pas épousé des soubrettes, elles ne rebouchaient pas les tubes de dentifrice et leurs culottes traînaient au pied du lit, mais elles choisissaient telles fleurs du jardin pour les mettre dans tel vase et pas un autre et le posaient sur la table de la cuisine un dimanche matin au retour du marché. Elles s'habillaient d'un vieux pull troué et décidaient ce même dimanche de repeindre la salle de bains et nous les regardions faire, chérie, aimerais-tu une tasse de thé, on souriait sans ironie, on décidait que c'était le moment de mettre un rôti de porc au four avant de s'attaquer aux patates. Oui, toutes les maisons ou presque étaient la leur et même si nous avions notre place en bout de table, patriarche dépliant avec panache la lame du couteau pour entamer la grosse miche de pain, nos maisons n'avaient de sens que par elles.

Alex me susurre à l'oreille : Crois-tu que Pierre gardera la maison ? Je hausse les épaules, secrètement soulagé que ce soit lui qui me pose la question plutôt que le contraire. Peut-être que, dans un premier temps... On se tait de nouveau. Il pense à la même chose que moi, il s'invente sa propre histoire, évaluant tous les aléas d'une telle situation. Arrivés à notre âge, les Louises de disponibles, ça ne court plus les rues. Sale temps pour les veufs. Et les fringues, qu'est-ce qu'on va faire de ses fringues, ses jupes, ses foulards, ses boucles d'oreilles. Tout est signé, imprégné de son parfum. On panique à l'idée d'un lit vide. La disparition de l'être aimé est d'abord un chagrin d'amour à la différence près qu'en cas de simple rupture vous pouvez combler l'absence, et combler l'absence d'amour par le ressentiment, voire le mépris dans le meilleur des cas. Alex et moi, on serrait les fesses.

Elles étaient partenaires et complices, mères de nos gosses, le téton enflammé comme des mûres de septembre, aguicheuses en jarretelles les soirs de grand jeu, elles étaient amoureuses, généreuses, elles étaient nos cavalières, trois pas en avant, deux pas en arrière et nous entraînaient dans la danse par le petit doigt. *En-dro, hanter-dro.* Vous empruntiez ses pas sans trop vous poser de questions. Vous suiviez la musique, confiants pour l'éternité, et du jour au lendemain la voici qui vous lâche la main et vous stoppez net, cloué au sol tandis que les autres continuent d'avancer, ne cessent de vous doubler, vous bousculent alors que vous êtes incapable de faire un seul pas et ce mouvement universel vous offusque. Le vert succède au rouge, le jour à la nuit et rien ne semble pouvoir arrêter cette implacable danse. Vous avez décroché du peloton.

On jetait de temps en temps un œil de pitié vers Pierre, oui, on peut appeler ça comme ça, le dictionnaire n'offre comme synonyme que les mots « attendrissement », « compassion », « miséricorde », alors chipotons pas avec les mots, s'il vous plaît, la compassion exigeait qu'on partage son malheur et merci bien, on n'avait pas la moindre envie qu'il nous refile une telle poisse, alors c'était bien de la pitié, visqueuse à souhait, et nous avions d'abord, charité bien ordonnée, pitié de nous-mêmes au cas où pareil malheur nous tomberait dessus. Pierre avait décroché du peloton et nous étions ses coéquipiers incapables de venir à sa rescousse. On descendait d'un cran la visière de notre casquette. « La pitié et le mépris sont frères », écrivait le grand Steinbeck. Quand j'y pense, Gwen n'avait même pas eu le temps de lire *Tendre jeudi.* Que connaissait-elle de Steinbeck ? *Des souris et des hommes,* comme tout le monde, *Les Raisins de la colère* à la rigueur. Quel gâchis, mon Dieu quel gâchis !

Pierre trouvait un mot pour chacun, le plus dur est passé, disait-il. Il se plaignait pudiquement de la fatigue. La fatigue avait bon dos. Vous êtes en vrac, démoli de l'intérieur, au creux de la vague, dites aux gens que vous êtes fatigué. Ça les aidera à vous aider. Ils vous proposeront des remèdes, des décoctions de coquelicots, radical le coquelicot, déjà en Chine, deux mille ans avant notre ère, les mandarins du Yunnan l'administraient à l'impératrice.

La fatigue, et le décalage horaire, pendant que tu y es, tête de nœud, et l'air de la mer, trop riche en iode, c'est bien connu, mais sans doute y avait-il aussi les nuits blanches ajoutées aux nuits grises. Pierre avait l'air de sortir d'une séance de deux heures d'apnée dans une piscine saturée de chlore, mais en dépit de ces nuits entières à lorgner l'ampoule du plafond, il tenait le coup par je ne sais quelle chimie que le cerveau est capable de sécréter en de telles circonstances et son taux d'adrénaline devait être au plus fort.

Gwen avait travaillé à droite à gauche, s'était fourrée dans je ne sais combien d'associations, de syndicats, et les adhérents de ceci-cela arrivaient à la queue leu leu, bouquet à la main, serraient la main de Pierre à lui donner des ampoules, l'embrassaient à lui faire des engelures, lui envoyaient de solides bourrades sur l'épaule comme s'il avait eu vocation de punching-ball. On dépêchait en éclaireurs les enfants à qui on avait confié l'ingrate tâche d'offrir les fleurs. Pierre devait alors se plier en deux pour embrasser la petite fille effarouchée. En plus des bleus et des bosses, il risquait un lumbago.

Pierre leur disait : Elle est là-haut et ils montaient l'escalier. Après, seulement après, ils auraient droit au café et aux gâteaux, comme à un vernissage où il convient de faire le tour de l'exposition et d'en retirer une ou deux remarques pertinentes avant de se ruer vers le buffet. Je me moque. Tous ces gens étaient hommes et femmes de bonne volonté, tous ces gens craignaient la mort et se courbaient devant Elle. Le peuple entier, la multitude des voisins, les tribus d'Armorique et les nations, toutes les nations du monde défilèrent cet après-midi-là devant la dépouille de Gwen, et aussi les enfants, et les animaux des jungles, des océans et des étables s'agenouillèrent ici, j'en suis témoin, car Gwen était la mère des peuples, Gwen était trois fois sainte.

Le maire de la commune nous honora de sa visite eu égard à la place privilégiée qu'elle tenait dans la vie locale. Il serra quelques mains, assura Pierre de son plus réel soutien, lui conseilla de prendre rendez-vous avec la dame qui s'occupe des services sociaux, Mme Urvoas, très gentille, très dévouée, allez-y de ma part, refusa un café et s'esquiva. On chuchotait derrière son dos : C'est un mec de droite mais réglo. C'eût été une erreur d'interpréter cette visite comme une manœuvre politique. Il était venu parce que la loi de la communauté l'exige de son chef. Le respect des vivants passe d'abord par celui des morts, l'Évangile et plus tard la République nous l'ont enseigné, ont codifié cet édifice de lois non écrites qu'on appelle le savoir-vivre ou la morale. Aujourd'hui, on parlerait plutôt de citoyenneté, mais passons. S'astreindre à laisser les places assises aux vieilles dames, éteindre la lumière en quittant une pièce et se pencher au chevet des morts, tout cela représente les remparts de nos sociétés. Au-delà, nous arrivons dans les faubourgs de Sarajevo. Au-delà sont les caves d'Alger et les mille collines de Kigali.

On s'approchait de six heures de l'après-midi, la lumière était toujours aussi vive et la température aussi clémente, ce qui nous donnait à tous un apaisant sujet de conversation. Le jardin était rempli de monde, peut-être une trentaine de personnes ; ajoutez ceux qui étaient à l'intérieur de la maison, on dépassait sans problème les cinquante. De loin, on aurait pu croire à une de ces *garden-parties* d'anciens d'une quelconque grande école, entre gens de bonne compagnie légitimement préoccupés par les incertitudes de l'avenir. Ceux qui arrivaient devaient trouver cette ambiance pour le moins particulière. Ils se sentaient comme un cheveu au milieu de la soupe, envoyaient des signes de tête timides. Elle est là-haut, leur apprenait-on. Après une demi-douzaine de répétitions, on s'étaient retrouvés quelques-uns, nécessité oblige, à faire les hôtesses d'accueil, les Bons Samaritains. On s'était armés des formules adéquates. Pas étonnant que la plupart des prêtres aient tous cet air exaspérant de fausse condescendance après trente années de leur vie passées à répéter les mêmes calembredaines et à imposer aux muscles des lèvres les mêmes gymnastiques pour exprimer premièrement le bonjour courtois, deuxièmement la compassion et troisièmement le fait que dans la vie, c'est comme dans tout, il y a des hauts et des bas. Après, on leur proposait un café. Plus tard, on ouvrirait les premières bouteilles. À la bonne franquette, à notre santé à tous. À tes quarante ans, Gwen.

On te connaît, tu aurais recouvert des larges planches posées sur tréteaux de nappes blanches pour y installer des grappes de digitales et de genêts et des fontaines de cacahuètes, tu nous aurais mis de la musique, des trucs tout doux pour commencer, un rien d'accordéon diatonique, l'apéro aurait duré jusqu'à la nuit, ô Gwen, Gwendoline, on se serait pris juste une bonne et sainte cuite, de celles dont on se souvient des années durant avec un brin de nostalgie, les guitares auraient été de sortie et les gosses n'auraient pas pu dormir, ils seraient descendus en pyjama au milieu de la nuit pour regarder d'un air offusqué leurs parents danser le rond de Landeda autour du feu.

Que te fallait-il de plus ? Deux ans, trois ans ? C'était pas la mer à boire. On se sentait roulés, elle nous avait privés d'une sacrée fiesta, la bêcheuse. À la place, on assistait aujourd'hui à ce pitoyable rassemblement. On savait tous qu'aucune fête de quarantenaire ne se passerait sans penser à elle, le vin blanc garderait à jamais l'amertume de son absence, et les cacahuètes, les cacahuètes, c'est de la guimauve jusqu'à la nuit des temps.

Je l'ai imaginée sur la route, Clarisse, ma petite Clarisse, une boule de nerfs haute comme trois pommes, toute seule dans sa vieille bagnole, traversant les monts d'Arrée avant de descendre vers le nord. La bruyère et les ajoncs sont en fleurs et cette beauté lui soulève le cœur, elle sent ses jambes qui tremblent sur l'accélérateur, elle ferait mieux de s'arrêter quelques minutes sur le bord de la route, du côté du Roc'h Trévezel, prendre l'air, aspirer les nouveaux pollens, cueillir quelques fleurs et se manger le plus haut sommet du Massif armoricain. L'air est chargé de l'odeur de mai, elle renifle. Une remorque gonflée de foin jaune et chaud traîne derrière elle une galaxie de poussières d'argent. Tiens, des fleurs, c'est une idée, ça. Sûr que Gwen, fille des Montagnes, apprécierait davantage les fleurs de monts d'Arrée qu'un bouquet de gerberas engraissés sous les serres de Plougastel. Elle regarde sa montre. Elle se mord l'ongle du pouce. Elle a du mal à déglutir. Petite fille, elle ne pouvait pas avaler les petits pois, c'était pareil, ça passait pas. Il lui reste une cinquantaine de bornes à parcourir, elle roule lentement, elle n'a pas mis de musique. Elle se dit, tout bien réfléchi, après tout pourquoi pas, il suffirait peut-être d'assister simplement à l'enterrement sans être obligée de passer au Traon, ou juste passer un coup de fil, envoyer un mot, l'important est d'être présente quelque part, montrer qu'on peut compter sur elle.

Une fois passée la crête noire des monts d'Arrée, le paysage devient plus morne et plus agricole. On entre dans les terres soumises. Mentalement, elle prépare un petit mot, une phrase pour Pierre. Que peut-on dire en pareil cas ? Je viens d'apprendre la nouvelle, je suis venue dès que j'ai pu, je suis désolée. Elle répète plusieurs fois Je suis désolée. Ça sonne mal. Ça fait faux cul. Désolée de quoi, d'abord ? Personne ici n'est désolé, on est tous écœurés. Manquerait plus qu'on s'excuse ! Si tu as besoin de moi, tu sais où me trouver ! Ça, bien sûr qu'il faudra le dire mais en partant, pas avant. Non, le mieux serait de ne rien dire, de l'embrasser, de le prendre dans ses bras. Oh, merde, je suis capable de tomber dans les pommes ! Et tous ces gens à qui il faudra dire bonjour, quelle plaie, quelle façon d'enterrer les gens.

Je l'accueille en l'embrassant deux fois. Clarisse a ramassé quelques fleurs sauvages. Il y a deux coquelicots, comme deux plaies vives dans un bouquet de gerbes d'or. Les champs de bataille de l'est de la France furent au premier printemps qui suivit la Grande Guerre totalement recouverts de coquelicots et, vues d'avion, les lignes de front singeaient une longue cicatrice rouge vif.

J'étale ma science, elle me répond par un sourire. Elle est venue voir Gwen et je lui parle de Verdun. Je m'excuse. On s'assoit sur le rebord d'une fenêtre face au soleil, les fenêtres étaient souvent basses dans les maisons du début du siècle. Je sors un paquet de cigarettes, elle ne fume plus mais elle veut bien m'en piquer une. Entre deux bouffées, elle aspire des louchées d'air frais, cherchant à contrôler sa respiration.

— Ça a été dur, je suppose ?

C'est une question, je réponds.

— Oui, c'était dur, j'étais ici il n'y a pas trois semaines à boire le café, un pressentiment semblait vouloir me dire que c'était peut-être la dernière fois, mais c'était pas un pressentiment, fallait juste avoir un peu de jugeote pour comprendre que ça n'allait pas durer des mois. Gwen parlait de ses projets, voulait faire un tas de choses, organisait des réunions, préparait des concerts, aucun de nous n'osait la contredire. Son chant du cygne, c'était une feuille de papier quadrillée par un planning, telle personne à rencontrer avant le tant, telle demande de subvention à rédiger, ça devenait surréaliste de la voir ainsi s'agiter devant nous, qui la rangions déjà dans la catégorie des morts vivants, mon Dieu Clarisse, elle pesait quoi, trente-cinq kilos, qu'est-ce qu'elle cherchait ? Nous mentir ou se mentir à elle-même. Elle était débordée entre son courrier et son téléphone. Un ordinateur, voilà ce qu'il lui faudrait ! Un ordinateur, claironnait-elle, avec une imprimante laser, c'est ça, une imprimante laser et un scanner, autant acheter l'ensemble sinon à quoi ça sert, hein ? Elle gagnerait un temps fou avec un engin pareil ! Ça va chercher dans les combien ? Et moi penaud qui répondais : T'auras rien de sérieux au-dessous d'un bâton.

Tu entends, Clarisse, la dernière chose qu'elle m'a demandée sur cette terre, c'est le prix d'un putain d'ordinateur et en mon for intérieur, je suppliais, Gwen sois raisonnable, Gwen, va te regarder deux minutes dans la glace. Depuis quelques semaines, sa voix même avait changé, devenait fragile et rauque. Ce sont les *louzoù*, expliquait-elle, j'en avale par poignées. Oui, c'est d'abord sa voix qui s'est éloignée de nous, qui la devançait en éclaireur. Gwen était toujours là, mais on l'entendait déjà de l'autre côté de la rive. C'était une sensation très bizarre. Et puis le reste a suivi, lentement, par le chemin des écoliers, s'en est allé par bribes. Gwen a fondu comme une motte de beurre au soleil.

Ce soir-là, je ne pouvais pas rester manger au Traon, j'ai fini mon café, je lui ai dit de compter sur nous, pour les gosses, tout ça, pas de lézard, on était toujours là. J'allais me renseigner à propos de l'ordinateur, j'avais un plan d'enfer avec un collègue de boulot, ô Seigneur, donnez-moi les mots, la formule pour que je retrouve une seconde le pétillement de ses yeux, une seconde, je n'exige rien, je demande juste une petite poignée d'émeraudes. J'ai posé mes mains sur ses épaules et c'est là que je lui ai conseillé de se reposer. Repose-toi bien, Gwen.

Repose en paix pendant que j'y étais.

Je l'ai embrassée, je ne pouvais pas l'étreindre, de toute façon, on ne pouvait plus la toucher sans craindre de la briser, oui, c'était dur. Après je suis rentré à la maison et puis tu t'imagines.

Clarisse m'avait écouté les yeux fermés, appuyant volontairement ses paupières l'une contre l'autre comme pour s'assurer d'une totale étanchéité. Eh bien, ça ne marchait pas. Elle avait le visage tout ridé et des larmes réussissaient malgré tout à franchir les vannes. N'est pas née celle qui retiendra la source prisonnière. J'ai posé ma main sur la sienne.

— Tu ronges toujours tes ongles ? j'ai dit.

Une bonne partie de la famille était partie rejoindre ses pénates, ne restaient que les parents qui, eux aussi, se préparaient à décamper à contrecœur. Ils avaient un tas de choses à préparer, voir monsieur le curé, nettoyer les abords de la tombe et penser au casse-croûte pour recevoir le monde, pensez, un samedi par un temps pareil, fallait s'attendre à la foule et sûr que Marie-Annick, la pauvre, avait bien d'autres soucis en tête. J'ai accompagné

Clarisse à la chambre en lui tenant le bras. De l'autre, elle s'accrochait à la rampe et pendant ce temps-là, d'autres gens descendaient, et personne ne voulait lâcher la rampe, ça faisait parfois de sacrés embouteillages. Quelqu'un finissait toujours par céder, en général le plus jeune, et lâchait la prise à ses risques et périls. Le précipice était béant.

Gwen n'était jamais seule. Des personnes restaient assises ou debout, immobiles et silencieuses. On aurait pu se croire dans l'opalescence ouatée d'un tableau de Vermeer. Pierre était assis dans un coin de la pièce, cherchant à se ressourcer à la tiédeur des souvenirs. Il causait à sa Gwen, le sourire mélancolique, des trucs qui ne nous concernaient pas. Quand il s'est levé pour embrasser Clarisse, ses lèvres se sont tordues en bec de lièvre. Il est sorti chialer comme d'autres vont pisser, en urgence et en secret. On a entendu dans l'escalier les pas de guingois d'un ivrogne en cure de sevrage. J'ai proposé sa chaise encore chaude à Clarisse, elle en avait bien besoin.

Curieusement, mais était-ce vraiment curieux, je m'habituais à la vision de ce corps décharné. Je l'avais vu et revu et j'avais encaissé le choc, du moins temporairement. À bien y réfléchir, ce spectacle n'était pas si terrible que ça, on aurait pu se donner l'illusion d'une femme malade qui dormait, mieux, un gisant d'albâtre que l'on rencontre dans nos cathédrales. Passé le premier choc, la défunte redevenait humaine, si j'ose dire. Un peu pâlote, certes, mais ça nous ressemblait encore vaguement. Et puis, elle restait parmi nous. Le corps de notre dernière duchesse, Anne de Bretagne, fut exposé sept jours et sept nuits après sa mort en 1515 et un chevalier du Trégor assura qu'elle devenait chaque heure de plus en plus belle. On l'enterra dans la crypte de Saint-Denis, nécropole des rois, mais son cœur, entendez bien, peuples de haute et de basse Bretagne, son cœur fut déposé à la cathédrale de Nantes dans une châsse d'or et d'argent. Clarisse a sorti un mouchoir en papier de son sac et s'est mouchée. Après, elles se sont mises à bavarder toutes les deux, pensez, deux filles des Montagnes, elles avaient des tas de choses à se dire depuis le temps. J'ai compris que ça allait durer un bon moment et qu'il était inutile de les déranger. J'ai proposé à ceux qui se trouvaient dans la chambre de descendre boire un café.

Alors que l'après-midi tirait à sa fin, on a vu les petits revenir de la plage, Loïc et Enora, les deux mômes de Pierre et de Gwen accompagnés d'une voisine et de ses filles, plus trois ou quatre autres recueillis ici et là. Croissez, multipliez, exigeait le Livre. Ils étaient ravis, ils avaient ramassé à marée basse des jolis cailloux et des jolis coquillages pour leur maman. Ils en avaient les poches gonflées. Un véritable pillage. Et aussi des morceaux de verre de toutes les couleurs, polis par le ressac, des verts surtout, des blancs, les bleus étaient plus rares, et aussi des marron, vestiges archéologiques de vieilles cuites achevées sur les plages, bouteilles lancées par-dessus le bastingage d'un voilier en goguette, dix mille fragments de canettes de bière échoués sur la grève, patiemment poncés, patinés par le sel et le sable et que le temps métamorphosait en diamants.

Maman est morte parce qu'elle a avalé un diamant de travers et les docteurs lui ont ouvert le ventre. Enora est contente, ces bijoux sont pour sa maman, elle en a plein les mains. Elle s'assoit sur les genoux amis d'un tonton, d'un copain, elle pose son butin sur la table du jardin, trie les coquillages selon leur forme et leur couleur, avec méthode, avec l'amour du travail bien fait, et les adultes groupés en cercle autour d'elle lui sourient, indulgents et niais. Alors elle devine qu'elle est la reine, disons plutôt la princesse ou la demoiselle d'honneur de la fête à maman. Tout le monde est là.

Manquent malgré tout deux ou trois têtes remarquées par leur absence. Goulven est en Irlande. Que peut-il foutre en Irlande à cette époque-ci ? Un voyage scolaire, nous renseigne Léna, je n'ai pas réussi à le contacter. Va pas être déçu dès qu'il va revenir. Fred est en mer, il débarque en soirée. D'autres participent à des congrès, des réunions à l'autre bout du pays. On leur a téléphoné, ils prendront la route en fin de journée, mon Dieu qu'ils fassent gaffe, manquerait plus que ça, un crash ! Et Brigitte, tu te souviens de Brigitte, sa grande copine de Paris ? Elle doit être sur la route à l'heure qu'il est.

Enora boit son lait avec une énorme paille qui ressemble à un tuyau de poêle. Une auréole blanche se dessine autour de ses lèvres. À ceux qui s'approchent pour admirer son trésor, elle annonce, triomphale, que maman est morte. Et Bernadette est morte aussi, même que papa l'a enterrée au fond du jardin.

Bernadette ? Des regards estomaqués se croisent. Ben oui, Bernadette, c'était la chatte, elle est morte deux jours avant maman, mais les docteurs ne lui ont pas ouvert le ventre, elle est juste morte de vieillesse. C'est tout. Et de chagrin aussi, parce que maman était à l'hôpital.

La petite nous explique ça de la manière la plus naturelle qui soit tout en alignant ses cailloux. La nouvelle est cynique. Elle nous désigne d'un geste l'emplacement de sa sépulture, là-bas sous le vieux pommier. Dubitatifs, on suit son doigt.

— C'est comme si elle était morte à cent ans, rajoute-t-elle. Faut multiplier par sept.

Pierre vient nous rejoindre, Enora saute aussitôt dans ses bras en criant Papa, la scène est touchante et banale à la fois. Qu'ils reviennent de l'école ou qu'ils aient simplement besoin d'un câlin, ces gosses ne cessent de nous grimper dessus, comme des petits singes à un arbre. La scène se répète à l'infini, des millions de fois par jour, papa Inuit au retour de la chasse traînant un phoque ensanglanté sur la neige, papa des pays riches qui revient du bureau, desserrant sa cravate et faisant sauter son rejeton jusqu'au plafond en oubliant sa vie de con, papa des pays en développement, comme on dit faussement, serrant contre lui son unique fortune et l'arborant au vent sec de la steppe comme un étendard, papa qui revient de la guerre, papa Tarzan. Papa. Il paraît indestructible. On lui demande prudemment : tu tiens le coup, Pierre ? Sous-entendu, est-ce que tu as signé une assurance-vie, Ducon ? Pourquoi cette question saugrenue ? Bien sûr que non, qui parmi nous aurait claqué sa paie pour la refiler à un arracheur de dents ? Les assurances-vie, c'était prévu pour les mortels, pas pour nous.

Enora avait presque trois ans le jour de la mort de Gwen. Elle ne gardera de sa mère sans doute aucun souvenir personnel, n'héritera au plus de cette journée qu'une image imprécise et artificielle transmise par les regrets des uns et des autres. Peut-être ne retiendra-t-elle que la vision furtive de cette fin d'après-midi ensoleillé où elle était revenue d'une plage de Landeda, les poches chargées de coquillages et de petits cailloux gris, qu'il y avait du monde, plein de monde qu'elle connaissait et cela la rassurait. Qu'il y avait là grand-père et grand-mère, le jardin était resplendissant de fleurs, et qu'elle avait eu droit ce jour-là à tous les bonbons et les gâteaux qu'elle voulait. La mémoire est sélective, elle photographie et n'extrait que quelques clichés hasardeux. Milan Kundera évoque cet étrange album personnel dans l'un de ses bouquins. Notre mémoire fixe de la manière la plus impartiale qui soit des instants piochés ici et là dans notre existence sans tenir compte d'une continuité logique. Il est possible que la petite Enora se souvienne aussi de voir sa mère gisante, entourée de fleurs, et d'avoir sautillé sur son lit comme elle avait l'habitude de le faire. Je voudrais que ces lignes lui soient dédiées.

Maintenant, le soleil commençait à décliner et à se cacher derrière la haie de sapins qui délimitait le jardin d'un champ de maïs en jeunes pousses. L'ombre l'envahissait peu à peu et l'air fraîchissait. Les épaules nues disparaissaient sous des gilets de laine, les filles ôtaient leurs lunettes et laissaient apparaître des yeux bouffis et même si les filaments rouges tendaient à s'estomper, il suffisait d'examiner un instant sa copine pour se rappeler l'objet de notre présence en ce lieu. La douleur n'a jamais embelli personne, ou alors faut pas être bien dans sa tête. Les martyrs ensanglantés de nos églises ne m'ont jamais spécialement excité.

Il fallait être adepte de cette étrange religion née en Palestine il y a deux mille ans pour faire d'une mise à mort un dogme, d'une femme en pleurs une vénération et d'un vase recueillant du sang humain l'objet d'une quête mythique. En guise de Saint-Graal et de saintes libations, on se contenterait d'un verre, tous autant qu'on était, un bon coup de blanc, un coup de rouge, marre du café, marre des biscuits. Gwen, on allait prendre l'apéro à ta santé, porter un toast à ta résurrection. *Yec'hed mat*, Gwen ! Santé ! Sa famille était maintenant partie et on se sentait comme libérés d'un certain devoir de réserve. J'ignore lequel d'entre nous a eu le premier l'idée lumineuse de sacrifier une bouteille d'alsace mais grâces lui soient rendues. L'heure était chrétienne et le vin était un torrent de montagne qui dévalait le long de notre gorge aux premiers jours du printemps. Alex a caressé son palais de sa langue.

— Encore un peu jeune, peut-être.

Plusieurs groupes s'étaient formés, dans la cuisine, autour de la table du jardin, enfin autour du foyer, un peu en retrait, près du potager. Certains solitaires arpentaient le jardin, fumaient silencieusement en se balançant mollement sur la balançoire, comme des enfants idiots. On les laissait tranquilles. On les connaissait à peine. Que savaient-ils de Gwen ? Simple relation, sans plus, de voisinage ou de travail. De quel droit s'autorisaient-ils à pleurer ainsi, ces usurpateurs ? Elle était à nous, Gwen, oui ou non ? Nous étions aussi jaloux que des frères corses.

Tous se préparaient à une longue nuit de siège. D'autres encore étaient montés dans le salon regarder la télé avec une foule de gosses, histoire de jeter un coup d'œil au cas où ça chahuterait trop. En vrais professionnels, les réalisateurs faisaient des choses merveilleuses dans le domaine du dessin animé, les papas étaient des lions, les mamans des biches et Walt Disney assassinait impunément tout ce joli monde au beau milieu du film, laissant derrière lui des flopées d'orphelins tandis que les petits se serraient les uns contre les autres en étranglant leur peluche souillée de larmes et de salive. Le salon faisait face à la chambre et, comme les deux pièces n'étaient jamais fermées, les nouveaux venus se retrouvaient piégés en haut des marches entre le silence lourd d'une chambre mortuaire et les feulements affolés d'un lionceau poursuivi par un troupeau de hyènes. Ils étaient dans une maison de fous, de vrais fous, pas méchants mais complètement déments. Quant à Walt Disney, aussi curieux que cela puisse paraître, aucun mandat d'arrêt n'avait été encore lancé contre lui. Il fumait son cigare au bord de la piscine, peinard.

Quelques-uns d'entre nous s'étaient volontairement affectés à l'intendance, et c'était pas la plus mauvaise des planques. Depuis que les vieilles tatas étaient parties, laissant derrière elles une pile de torchons humides, nous avions repris le contrôle de la cuisine. Il y avait toujours des tasses, des cuillères à laver, le lave-vaisselle ne suivait plus la cadence, toujours un coup d'éponge à donner et, faudrait bien s'y mettre un jour ou l'autre, les plats à préparer. Un bon vieux pain pâté vin rouge aurait sans doute suffi, mais, sous le poids du nombre et la masse des bénévoles qui suppliaient pour donner un coup de main, on avait d'un commun accord décidé d'un petit plus. Gwen valait bien un gueuleton. En outre, ça nous évitait de nous empêtrer dans des discussions douloureuses. On retrouvait le plaisir d'éplucher des échalotes, de les couper en petits morceaux, jamais elles n'avaient été si soigneusement hachées et on pleurait, bien sûr, ça piquait les yeux, ça nous faisait jaillir des larmes sans sanglots. Ça changeait un peu, c'était bon, on s'essuyait les yeux d'un revers de manche et on en pouffait de rire.

C'était pour nous un excellent moyen de se réconcilier avec l'existence. Léna, assise en bout de table, découpait les poivrons en petits cubes. On s'échangeait des recettes. Clarisse s'inquiétait de l'acidité du vinaigre, mauvais pour les gens fragiles de l'estomac, et privilégiait, je vous ferai goûter ça un de ces jours, assurait-elle, une sauce indienne faite à base de yaourt, de feuilles de menthe et d'épices qu'elle préférait ne pas révéler. On fouillait les placards à la recherche d'un pot de moutarde, d'une boîte de thon. Rien de tel pour se rabibocher avec son prochain que d'éplucher un concombre et des carottes, côte à côte ou face à face, ça et bien évidemment marcher sur les dunes un soir de septembre.

Mais question vinaigrette, excusez-moi, mes amis n'en touchaient pas une. Clarisse n'avait qu'à se rhabiller, je la renvoyais à ses lectures orientales. Ignorait-elle, l'insolente, que j'avais vécu sous ce toit et que la patronne des lieux, Gwen en personne, pourtant peu encline à la flatterie, avait fait de moi l'attitré de la tâche. Clarisse contre-attaqua en arguant que l'huile d'olive était meilleure et au goût et surtout pour la santé, notamment contre les risques d'accident cardio-vasculaire, responsable numéro un des décès en France. Là-dessus, elle alluma une clope.

Rivalisant de fausse méchanceté, j'étais prêt à lui lancer une flèche cinglante quand j'ai entendu Fred descendre l'escalier d'un pas lourd et nous rejoindre, s'accrocher à la première chaise venue comme à une bouée de sauvetage, se gratter la barbe dans tous les sens et nous marmonner d'une voix gutturale : Putain, je prendrais bien un verre de blanc avec vous, juste un petit ! Personne ne l'avait vu venir, celui-là, malgré sa tignasse. Aline est allée chercher un verre dans le placard sans rien dire et nous sommes retombés soudain dans la lourde torpeur de la Maison des morts.

Il était hors de question de ne pas rester ici au moins une bonne partie de la nuit. Ceux qui avaient des gosses étaient allés les confier à la baby-sitter, ils en avaient profité pour se changer et faire le plein de mouchoirs secs. On avait installé dans le jardin des tréteaux et dressé des tables. Avions-nous eu la délicatesse de mettre une nappe, fût-elle en papier, déjà le banquet était prêt. Vous lirez les conclusions très sérieuses d'éminents ethnologues sur la question. Certains n'hésitent pas à interpréter ce repas funèbre accompagnant la veillée comme la résurgence de rites nécrophages très anciens. Nos ancêtres cannibales pensaient se ressourcer des substances vives du défunt en avalant sa chair. Ce soir-là, j'ai cru bon d'éviter le sujet. Deux bouchons ont pété contre la façade, plof, plof, presque simultanément. Le bruit était sans doute incongru, sacrilège, mais on pouvait se dire aussi qu'après tout c'est ça que Gwen aurait voulu, oui, c'est ce qu'elle voulait. On a levé nos verres, *Yec'hed mat !* Santé ! Un bon petit blanc. Non, surtout pas de sirop, rangez vos crèmes de mûre ou de cassis, le coup du sucré, on nous l'avait déjà trop fait.

Des clins d'œil complices et amers s'échangeaient. On allait boire à la santé du monde entier, à la santé du roi de France, à la santé des amoureux et merde au roi d'Angleterre qui nous a déclaré la guerre. On aurait pu chanter sur un air martial *La Chanson du macchabée* qui s'emmerdait tant dans cet amphithéâtre, on aurait pu chanter *Les Roses blanches,* c'est aujourd'hui dimanche, tiens ma jolie maman. Le répertoire mortuaire était quasi infini, entre les chansons réalistes où une pauvre gamine se faisait écrabouiller sous les remparts et les paillardes de fond de bistrot qui nous promettaient l'enfer avec délectation. Plus tard, peut-être, on chanterait ces choses-là plus tard.

Les verres s'entrechoquaient gentiment, tchin, ça humidifiait la bouche et altérait le goût des larmes. On évoquait l'enterrement du lendemain, les compromis avec la famille, une foule de petits détails pratiques, qui allait dire quoi à quel moment et quelle musique aurait choisie Gwen. Un peu de classique mais pas trop, plutôt du traditionnel. Un copain de Morlaix avait promis de venir avec sa bombarde et Clarisse nous chanterait bien quelque chose, hein, Clarisse ? Le curé, ma foi, le curé, on le laisserait causer, ceux qui ne voudraient pas l'entendre se boucheraient les oreilles. L'enterrement allait être catholique et traditionnel. Marie-Annick avait tout prévu, c'était pas la peine de s'y opposer. Gwen n'avait jamais écrit la première ligne de ses dernières volontés. Elle ne voulait pas mourir, point, et elle s'était obstinée jusqu'au bout dans ce refus. Bien sûr ils « en » avaient parlé, mais ça concernait les gosses. Le reste, les cantiques, les fleurs, inhumation ou crémation, *niet !* Pas de chichis pour Gwen.

Elle allait rejoindre après la bénédiction du prêtre, au bout de l'allée du cimetière de Kerascoet, là où elle naquit et passa son enfance, le caveau familial. On va la mettre sous Pépé, entendait-on chuchoter dans les travées familiales. Elle va se faire chier ! plaisanta Alex.

Pierre haussait les épaules. Elle méritait l'édification d'un mausolée, d'une pyramide défiant le temps. On se serait ni une ni deux dirigés vers la carrière en sifflotant, tout nains que nous étions, avant de cracher dans nos mains et de saisir une pioche. On aurait bâti pour Gwen au sommet du Roc'h Trévezel, la Montagne sacrée, un cairn de granit plus imposant que celui de Barnenez qui surplombe la baie de Morlaix, figeant les quatre vents pour cent mille ans. Chaque pierre aurait été taillée par l'arête nue de nos paumes. On lui aurait forgé un lit de bois d'ébène sur lequel on aurait allongé son corps embaumé et revêtu de ses plus belles parures avant d'y mettre le feu. Et le brasier se serait aperçu depuis les marais de Guérande jusqu'au phare de la Jument.

Là ou ailleurs, qu'est-ce que ça change ? ripostait Alex. Puisqu'on est mort. D'être jetée à la fosse commune comme le plus méprisé des intouchables ou avoir droit à des funérailles nationales, qu'est-ce que ça pouvait bien lui foutre, à Gwen, maintenant que tout était fini, et la conscience, et les tissus qui se putréfiaient déjà. Les sensations, n'en parlons pas ! Elle sommeillait là-haut, la Belle au bois dormant, et n'attendait plus rien de nous.

— Moi, dit l'autre, je lègue mon corps à la science, je brade mes organes, grande promotion cette semaine sur le rein et la cornée.

— Déconne pas, dans les facs de médecine, paraît qu'ils piquent des bites et des mains pour leurs séances de bizutage.

Parler ainsi de la mort autour d'un verre de vin devenait paradoxalement rassurant et calmait l'affliction. À la manière d'un vaccin, on essayait de soigner le mal par le mal, de poser des cataplasmes brûlants sur la plaie vive. Et ça marchait, du moins pour un moment. Décortiquée, analysée, la mort prenait ainsi une dimension abstraite. Exorcisme, peut-être, mais le mot n'appartenait pas à notre registre. Disons qu'on négociait, qu'on essayait d'amadouer la Grosse Bête noire à défaut de l'apprivoiser.

La voiture file vers le couchant, l'autoroute est un tapis rouge et Brigitte se paie le soleil en pleine gueule. Il y a six cents kilomètres à se taper entre Paris et Brest. Non, elle ne prendra pas de stoppeurs, pas besoin qu'on lui fasse la conversation. Ces six bonnes heures si tout se passe correctement, elle veut se les garder pour elle seule, elle s'en fait presque une fête, six heures à conduire et ne penser qu'à toutes les deux, elle et Gwen, Gwen avec elle, elle sans Gwen. Cette route est un sas entre la vie et la mort. Tant que Brigitte ne sera pas devant le corps, Gwen demeurera vivante, sœur et complice pour toujours, vieille copine à la vie à la mort depuis l'âge du collège, écumeuses de festoù-noz et briseuses de cœurs, associées des quatre cents coups. Brigitte lui accordait par la seule force de son amitié six heures de sursis.

Maintenant, elles vont faire la route ensemble, l'une allumera les cigarettes pour l'autre qui choisira la musique. Le dernier Stivell, qu'est-ce que tu en dis ?

— Stivell devient de plus en plus chiant ces derniers temps, tu ne trouves pas ? Mets-nous plutôt ce nouveau groupe qu'on avait vu l'été dernier au fest-noz de Kerlouan.

— Diwall ?

— Oui, c'est ça, Diwall. La petite accordéoniste

est trop craquante, avec son air effarouché. Quand elle joue, on dirait qu'elle a changé de planète.

Elles vont s'en payer une bonne tranche sur l'autoroute de l'Ouest. Diront du mal des pays traversés. Sur ce trajet, rien dans le paysage n'éveille la moindre envie de s'arrêter. La Beauce, la Mayenne, pfff ! Elles vont rire comme des folles, se moquer des beaux gosses qui les doublent au volant de leurs grosses cylindrées, grignoter des galettes de Pont-Aven, se livrer des secrets en échange d'autres secrets, donnant-donnant, et définir, mais sérieux cette fois-ci, pas comme l'été dernier, des projets pour le mois d'août en Irlande à vélo. Brigitte est rousse autant que Gwen est blonde, filles des Montagnes, cent pour cent pur beurre. Elles reprennent en claquant des doigts. *Setu ar vuhez ! Lamm ta yaaooo ! Dañsomp bembez, ac'hanta, alato !*

Les larmes coulent le long de ses joues avec la régularité d'un métronome et creusent un étang sur son tee-shirt. Les mouchoirs, quelle conne, comment peut-on oublier des mouchoirs en allant à un enterrement, ça va de soi autant qu'une brosse à dents. Elle achètera des Kleenex à la prochaine station, de toute façon, il faut faire une pause, marcher quelques minutes avant de reprendre le volant.

Elle emprunte une bretelle, se gare, se regarde dans le rétroviseur, mon Dieu, je peux pas sortir avec cette tête-là, elle reste prostrée dans son véhicule à l'arrêt. Elle sent un type qui la jauge d'une autre voiture, une Renault commerciale, produits surgelés, elle sait que le type la regarde. Il extirpe sa quarantaine triomphante et s'approche mains dans les poches. Chemisette jaune. Ça ne va pas, ma petite dame ? Un problème ? Allez, je vous offre un café, ça vous fera du bien !

Elle s'en veut d'avoir été surprise en larmes. Quelqu'un l'a extraite de son sas. Ce type lui fait peur, merde, voilà qu'elle a peur, tu entends, Gwen, j'ai la trouille de ce con-là, Gwen, file-lui un coup de genou dans les couilles !

Excusez-moi, répond-elle en relevant sa vitre, elle redémarre brutalement, fait marche arrière, vengeresse. Quelle nulle, écoute ça Gwen, je me suis excusée, je deviens vieille. Elle vérifie dans le rétro si la chemisette jaune ne cherche pas à la suivre. Non, ça va. Parti chasser ailleurs. Brigitte s'arrêtera plus loin, sur une aire de détente boisée pour vomir au pied d'un arbre à l'abri des regards.

La bonne partie de franche rigolade s'est dissipée, elles sont devenues plus calmes, toutes les deux, plus réfléchies, pensent à l'avenir. Gwen avait trahi leur complicité, était partie la première sans prévenir ou à peine, la laissant, elle et tous les autres, dans la merde la plus totale, la salope. On ne quitte pas une équipe qui gagne, pense Brigitte, c'est pas du jeu ! La route défile à grande vitesse, et parfois elle se réveille brusquement de courts moments d'absence, non qu'elle se soit endormie mais, plutôt, elle s'est laissée aller dans une douce léthargie, une sorte d'apnée mentale. Le réveil est alors cruel, elle se souvient soudainement de l'objet de sa destination et la nausée lui revient. Elle ouvre grande sa vitre et avale une bouffée d'air tiède et toxique.

Le soleil décline et cette grosse boule rouge contre laquelle elle va se brûler les ailes l'aveugle. À l'ouest est la fin et le renoncement. En Égypte ancienne, les tombeaux des pharaons sont orientés vers l'ouest, les Pyramides s'ouvrent sur le Nil, vers le soleil couchant. Nous prions vers le Levant, le tombeau du Christ, mais nos ancêtres ont appris à situer le monde des trépassés entre Sein et Raz, sur les îlots dentelés de Tévennec. Pour Brigitte, l'Ouest n'est pas pour elle la demeure des morts, c'est une sorte de résurrection. Une pancarte lui souhaite la bienvenue en Bretagne, une fin en soi.

Et elle se souvient d'interminables discussions avec Gwen, tentant de se justifier, pas d'avenir sérieux dans le métier sans passer par la capitale, et puis faut voir plus loin que le bout de son nez. Gwen souriait avec dépit. Finalement, elles s'étaient téléphoné moins souvent, avaient espacé leurs lettres. Brigitte se sent maintenant coupable de haute trahison, et bien qu'elle considère ce sentiment idiot, cette culpabilité lui noue le ventre. Elle sait que la première mission des morts est de nous faire comparaître à leur tribunal, nous les vivants, de nous soumettre à leur implacable justice. Que faisiez-vous à telle date ? J'étais malade et vous ne m'avez pas visitée ? Auriez-vous oublié mon anniversaire ou est-ce le prix des communications téléphoniques grande distance qui vous écorche le porte-monnaie ? On courbe la tête devant le même chef d'accusation. En général, on en prend à perpétuité. Il nous reste la vie devant nous pour ruminer nos circonstances atténuantes.

Le dard du soleil écarlate s'empale dans ses pupilles comme un pieu chauffé au fer rouge. Elle avance à contrecœur, quelque chose en elle lui aurait volontiers fait privilégier le circuit touristique, tant d'adorables chapelles à visiter, l'allée couverte du Mougau, l'enclos de Saint-Thégonnec, faire un crochet par la Côte de Granit rose, pourquoi pas ? Mais les pancartes la rappellent régulièrement à l'ordre, les pancartes lui crient en toutes lettres c'est par là, ma vieille ! Tout droit puis à gauche, vous ne pouvez pas vous tromper, vous n'avez qu'à suivre les panneaux « Thanatosland », le monde fabuleux des Macchabées, venez admirer la mort en face, du jamais-vu, la mort telle que vous ne l'avez jamais imaginée !

Elle se sent prise de panique. Elle a bénéficié de six heures pour ancrer cette idée, elle se rend maintenant compte qu'elle n'est pas prête, qu'elle a passé le plus clair de son temps à divaguer. Merde, j'ai rien, pas le moindre bouquet, pas un paquet de bonbons pour les gosses et les magasins sont fermés. Ses jambes perdent de leur assurance. Elle a froid, attrape un gilet sur la banquette arrière et la voiture fait une légère embardée sur la droite, se ressaisit juste à temps, c'est pas le moment, je t'en prie, c'est pas le moment ! Elle parle à haute voix, toute seule dans sa voiture, comme une petite fille égarée dans un couloir obscur qui cherche en vain l'interrupteur et qui tutoie les fantômes histoire de les braver, de les dompter, elle vocifère des gros mots étranglés par des sanglots.

Être à l'autre bout du pays, de la planète, il est cinq heures de l'après-midi sur la terrasse d'un pub de Dublin, elles dégustent une bonne pinte de Guinness en grignotant des chips au bacon. Brigitte saisit l'image au vol, mais un groom macabre se tient à l'intersection du Traon et sa pancarte hurle c'est par là, ma jolie, par là. Elle se gare tout au bout de la file, le soleil est sur le point de disparaître dans le maïs, les champs et les maisons alentour sont ravagés par des flammes rougeoyantes, c'est infiniment beau, elle est au crépuscule au pied du phare de Sein, face à l'incendie qui embrase à marée basse la chaussée d'Ar Men, elle pleure encore et encore. Elle reconnaît la vieille Ford de Clarisse, ça lui laisse le temps de reprendre quelques forces. Elle entre à tâtons dans l'ombre du petit chemin caillouteux et elle apparaît à l'entrée de la cour et nous voit rassemblés autour du feu, rouges de sang, un verre à la main, et le sang coule aussi des fenêtres, et nos sourires entendus de bienvenue lui martèlent le tympan de rires sardoniques, et nous buvons du sang, nous mangeons de la chair humaine, c'est ça, on se goinfre, cannibales, macabre festin auquel nous l'invitons à se joindre, alors elle glisse dans les ténèbres, dans le chaudron noir et rouge d'un paisible soir d'été.

Avant qu'elle ne tombe, Léna l'a rattrapée et serrée aussitôt dans ses bras jusqu'à lui briser les côtes, épongeant du mieux qu'elle pouvait le trop-plein d'une détresse accumulée. Brigitte a éclaté en sanglots alors que, gros bêtas, les deux pieds dans le même sabot, nous regardions notre verre soudain figé entre nos mains, cloués sec devant la trouble-fête. On commençait juste à être bien, on évoquait les vacances prochaines en léchant sur nos doigts le sel des cacahuètes. Pour certains, c'était une randonnée dans les Pyrénées, pour d'autres la baie de Tadoussac où ils s'étaient promis de revenir en été surprendre les baleines, et cette emmerdeuse qui nous replonge la tête dans la baignoire. Brigitte s'est ressaisie. Il est loin le temps où plus les cris et les lamentations étaient perçants et déchirants, plus le défunt était réconforté dans ses chances d'accéder au paradis. Et les tam-tams qui déchiraient la nuit africaine étaient trop éloignés pour qu'on puisse les entendre. Fallait se tenir, tiens-toi bien, coûte que coûte, à table, à l'église, partout, tiens-toi bien, tiens-toi droit, je te dis. À la rigueur, on admettait quelques larmes entrecoupées de hoquets discrets, mais que cela reste dans la limite du raisonnable. Brigitte se tenait bien. Elle a essuyé ses larmes avec un mouchoir en papier. Piteusement, on a proposé un verre.

Elle s'est inquiétée de Pierre. Il devait être dans la cuisine avec des amis, des relations, on sait pas, on connaît pas. Combien de gens un type comme lui pouvait-il fréquenter ? Deux cents, cinq cents, mille ? Depuis le début de l'après-midi, il n'avait pas eu une seule minute à lui, un gosse dans chaque bras, un mot pour chacun, répéter vingt fois la même chose et s'entendre dire autant de fois qu'il lui faudrait du courage. Du courage nom de Dieu, on n'avait que ce mot-là à la bouche, sans être vraiment certain de sa réelle signification. Ça sonnait bien, c'est tout. Courage ! En voilà un noble mot, qui avait le pouvoir d'envoyer au casse-pipe des tas de braves types harnachés de fer et de cuir jaillissant par-dessus le parapet dans la juste ligne de mire des mitrailleuses de ceux d'en face.

Courage ma chérie, lui chuchotait-on à l'oreille en la conduisant à la maternité. Courage bonhomme, et nos gamins, les yeux exorbités, entraient pour la première fois de leur vie à l'école en étranglant leur peluche. À chaque fois qu'on tapait sur l'épaule d'un pauvre hère, c'était pour lui offrir le cognac et la cigarette du condamné. Le courage, la bravoure était valeur suprême dont une bonne partie d'entre nous avait été abreuvée, on peut dire engraissée, tout au long de notre jeunesse. L'adjectif placé affectueusement devant le substantif s'imposait quand il s'agissait d'une épreuve bénigne. Mais ici, le « bon » avait disparu dans les oubliettes, ne restait que la rugosité du mot courage. Oui, Pierre avait du courage, et de la dignité aussi. La dignité, je l'oubliais, celle-ci. Non contents de nous mettre un bâton dans le cul, ils nous avaient également appris à ne pas faire de grimaces. Pierre ne s'était pas roulé dans l'herbe comme un malheureux frappé du mal de la danse de Saint-Guy, il n'avait rien cassé, pas même le plus minuscule des cendriers, il ne s'était pas fracassé la tête contre les murs en braillant des anathèmes à l'encontre du Créateur, non, rien de tout cela. Il était fatigué, mais le plus dur était passé et la vie continuait, avec ou sans elle, et il se tenait droit comme un piquet, ou presque. Quelquefois, il avait juste un peu besoin de s'appuyer contre le mur.

Les tribus africaines exorcisaient leur douleur dans la danse, des nuits et des jours entiers à danser au son des tam-tams devant la dépouille jusqu'à la transe, jusqu'à l'épuisement et l'oubli total. Et quand la veuve tombait, on la relevait, on la faisait tourner et elle se remettait à danser, et à danser encore. Nous, peuples d'Occident, la classe, le contrôle de soi, le sang-froid. Nous étions enfin parvenus au plus haut degré de la civilisation pète-sec.

Brigitte a demandé à Aline de l'accompagner, elle avait besoin de courage. Ensemble, elles se dirigèrent à petits pas vers « là-haut » et l'on vit la comète ardente, la chevelure rousse enflammée par les derniers feux du jour s'engouffrer dans le couloir. Après c'étaient plus nos oignons, on s'est juste retournés pour soupirer. Alex, un litre à la main, a demandé qui c'est qui reprendrait bien un petit coup de blanc, alors une bonne douzaine de gobelets vides se sont tendus et déjà on se mettait à la recherche du tire-bouchon.

Maintenant que la nuit n'allait pas tarder à tomber, il fallait faire un feu. Pour le barbecue, et la beauté des flammes et le crépitement des fagots, enfin pour la présence du quatrième élément. Le feu était avec le chant et la danse l'une des seules choses qui nous restaient de notre héritage barbare. J'ai vu Alex déchiqueter rageusement un cageot de choux-fleurs et jeter les éclats de bois sur le foyer. Casser du bois, la mort dans l'âme. Casser tout simplement. Gratuitement. Casser la gueule à la mort. J'ai mis le feu à deux pages de journaux roulées en boule. Que s'était-il passé hier ? La photo couleurs de deux types en train de se serrer la poigne s'est tordue puis noircie avant de s'enflammer, c'était rien, juste deux types qui voulaient la réconciliation des peuples.

Sec comme il était, le bois s'est embrasé immédiatement. Les flammes se sont agrippées aux bûches et le bleu s'est acoquiné avec le rouge et l'or. Dans la nuit déjà noire, nous nous cachions derrière des masques de cuivre.

Faire un bon vieux vrai feu de bois comme avant, avec des grosses bûches de châtaignier qui éclatent et des brindilles écarlates qui s'éparpillent en gerbes d'étincelles, en étoiles, et de la fumée marron qui pique les yeux, un feu, nom de Dieu ! C'est ça que Gwen aurait voulu, aucun doute là-dessus, on avait son agrément. Et qu'on ouvre des bouteilles de vin d'Alsace, qu'on garnisse les tables de loukoums et de crevettes, qu'on change l'eau en vin, qu'on multiplie les pains et qu'on se gave de poissons pêchés dans les eaux du Jourdain. C'est ça que Gwen aurait voulu. Comme dans le temps, du temps de Gwen, quand les soirées étaient tièdes et qu'il n'y avait pas école le lendemain.

Sa chambre restait éclairée et la fumée tourbillonnait devant la fenêtre entrouverte. Certains parmi nous se relayaient pour la veiller et accueillir les retardataires à la manière d'un cicérone appointé pour la visite d'une obscure crypte romane. Gwen ne descendrait pas, Gwen n'avait pas faim, une légère indisposition, mais faites comme chez vous, disait-elle, prenez de la salade, il y a ici des assiettes en carton et des fourchettes en plastique, goûtez la vinaigrette, n'ayez pas peur de vous servir sinon il va nous rester du taboulé sur les bras pour trois semaines.

On ne se l'est pas laissé dire deux fois, on s'est empiffrés comme des salauds. La terrine de lapin a passé un mauvais quart d'heure, le cubitainer de pinard s'évaporait à vue d'œil et ma foi, ce n'était pas la part des anges. C'était son dernier repas, sa dernière fête, la maison était pleine, bon anniversaire, Gwen, il y avait tant de fleurs, vous avez fait des folies, fallait pas, tant de fleurs que les merguez sentaient la bruyère et qu'on croquait des chips comme des pétales de roses.

Fred n'avait pas encore faim, ou plutôt il n'avait plus faim, il avait perdu l'appétit. Il regardait les saucisses griller sur le feu et entendait les cris stridents des abattoirs, les panses qu'on déchirait d'un coup de lame et qui s'écrasaient sur le carrelage glacé. Le vin tremblait dans son verre. Je l'observais et lui fis remarquer que ça dégoulinait dans sa barbe. D'un revers de manche, il s'essuya. S'excusa de ne pas avoir pu arriver plus tôt, des problèmes de moteur sur son rafiot.

— On n'est pas dans la merde, hein ! bredouilla-t-il. Rends-toi compte, y a pas deux mois qu'on faisait encore la bringue ensemble. Tu t'en souviens ?

Bien sûr, Fred, que je m'en souviens, que je m'en souviendrai jusqu'au jour du Pardon. Le clan au grand complet.

Fred me saisit par le colback, comme si j'y étais pour quelque chose. Il puait encore le fuel.

— Non mais, est-ce que tu t'en souviens vraiment ?

— Pourquoi me demandes-tu ça ? C'était une sacrée fête, oui, tu nous avais ramené des araignées pêchées le matin même dans l'anse de Penfoul, il y en avait un panier plein, une pêche miraculeuse, un signe, un présage. Tu disais les araignées, ça se mange avec du vin rouge et surtout pas, malheureux, de mayonnaise. Du vin rouge avec du pain et du beurre et terminé. Gwen préférait du blanc, mais c'est à peine si elle a trempé ses lèvres dans son verre. Bien sûr que je m'en souviens, Fred, c'est comme si c'était hier.

On avait braillé jusque tard dans la nuit, nom de Dieu, rappelle-toi, *Chingeling Gelingo, Chingeling Gele,* tout le répertoire y était passé, tu avais chanté la chanson du *Saint-Hervé,* j'avais les doigts en sang à force de gratter ma guitare, et Gwen était restée avec nous, auprès de nous, tant qu'elle a pu, elle n'ignorait sans doute plus, la belle, que c'étaient là ses dernières agapes. Tiens, elle était assise entre Aline et Pierre, je la vois comme je te vois, et puis elle est partie sans rien dire s'allonger sur le canapé du salon, nous écouter de loin faire les cons, nous avec notre cuite, *Chingeling Gelingo,* putain quand on s'y met tous, Alex à l'accordéon et le premier brailleur venu, la fine équipe, ces gars de la Côte, un tabac, on aurait fait un tabac.

À présent Fred me tirait par la manche. Qu'est-ce que c'est qu'une vie ? Je ne sais pas, Fred, on est peu de chose. Tant qu'on est capable de se retrouver ensemble autour d'une table, de dévorer des araignées de deux livres accompagnées d'un vin frais de la Loire puis de se lécher les doigts avant d'entonner les deux premières lignes du couplet initial d'une vieille mélodie irlandaise, tant qu'on est encore capables de ça, on tient le bon bout. Le reste, c'est des lichouseries.

Rappelle-toi, nom de Dieu, Pierre a réveillé les gosses au milieu de la nuit, les a mis dans la bagnole et ils sont partis, à peine si Gwen a pu nous dire au revoir, démolie qu'elle était autant par le mal que par les *louzoù*. Elle ne vivait déjà plus qu'à quart temps, à cette époque. Après cinq jours de chimiothérapie, il lui fallait deux bonnes semaines pour s'en remettre. Imagine une sérieuse gueule de bois qui dure quinze jours, plaisantait-elle, chevrotante ! Il ne lui restait que quelques jours tolérés de vie qu'elle mettait à profit pour donner un coup de propre au jardin et balader les petits sur les dunes, et puis dix mille choses qu'elle n'avait pas pu faire pendant ce temps-là, du courrier, des ceci, des cela, des foutaises, après elle avait de nouveau rendez-vous avec l'hosto. On lui enfonçait sous la peau une aiguille grosse comme ça, du vitriol au goutte-à-goutte, une semaine sur quatre. Oui, ils avaient quitté la fête vers les deux heures du matin, en plein milieu d'une chanson, s'étaient excusés, non elle n'avait besoin de rien, juste de dormir, ou d'essayer. Elle serait mieux à la maison. Prendrait un bain, ça la soulagerait.

Bien sûr qu'on comprenait mais la barbe, une si belle fête. On avait eu droit aux fruits de mer, la gueule du plateau ! Léna nous avait confectionné un de ces ragoûts de homard qu'on n'oublie jamais, une recette transmise par je ne sais quelle voisine qui avait une tante ou une cousine originaire de l'île de Sein, à peine si Gwen y avait touché. Elle était si maigre, déjà qu'elle n'était pas bien grosse auparavant, tu aurais vu ses cuisses flotter dans son jean et bon, ils sont partis au milieu de la nuit, on les a accompagnés jusqu'à leur bagnole, on s'est retrouvés comme deux ronds de flan, Léna et moi, assis sur le petit muret qui délimitait le jardin. L'air était humide et la nuit était noire, si noire, le grand phare nous expédiait toutes les cinq secondes une gifle de lumière, c'est là que Léna m'a parlé de son père comme si elle se parlait à elle-même, la voix brisée par une colère blanche, et à la cinquième seconde, je voyais sur son visage glisser des perles de cire, ça ne finirait donc jamais, s'insurgeait-elle, le vent chargé de sel les solidifiait aussitôt.

Cette fois-ci, j'allais pas rater les saucisses, j'ai discrètement entraîné Fred près du feu. Ketchup ou moutarde ? j'ai demandé. Rien du tout qu'il a dit en haussant des épaules comme si j'avais posé une question stupide. J'ai donc attrapé une bouteille, Pierre est venu nous rejoindre, j'ai rempli trois verres, de quoi parlait-on déjà, oui, on parlait de notre dernière bouffe, tu te souviens, le mois dernier, chez Fred, et que c'était le début de la fin. On s'est assis sur un banc, tous les trois, Pierre au milieu, colmaté entre deux de ses potes. On n'avait que ça à lui proposer, cette amitié gauche et pourtant profonde. Ça ne suffisait pas, bien sûr, ça ne suffira jamais mais c'était ça ou rien et c'était déjà ça.

Le début de la fin, c'était il y a un an, a murmuré Pierre avec une froide lucidité. On a trinqué tous les trois, entre hommes, dans un coin de la planète, à l'est d'Eden. C'étaient des gobelets en plastique, ça n'a pas fait cling cling. Gwen était morte et les verres ne tintaient même pas.

J'ai posé mon front sur son épaule. Il venait d'être largué par sa nana, lui aussi. Elle était partie, la garce, se faire culbuter chez les anges, mais elle lui avait tout laissé, le frigo et les bouquins, la tondeuse à gazon, et même les gosses, pas pingre, ne réclamait pas de pension alimentaire, pas d'indemnité compensatoire, rien. Il passerait des nuits entières roulé en boule, au fond d'un cratère d'obus, dans la boue, dans le noir à ne rien faire d'autre qu'attendre patiemment l'aube.

— Tu devrais mettre un pull, ça se rafraîchit, lui dis-je en tirant la manche de son tee-shirt.

Je lui cause comme à un petit garçon qui a perdu sa maman. Si tout le monde lui parle de cette façon, il va péter les plombs avant l'heure, le pauvre vieux. Clarisse m'a entendu et est revenue deux minutes plus tard avec un bon vieux pull irlandais, pure laine vierge. On aurait tous coupé notre manteau en deux comme le bon saint Martin, tellement qu'on avait les foies d'une proche justice divine. Gwen était déjà peut-être là-haut, un carnet à la main, comptabilisant nos bonnes et nos mauvaises actions. Laisse-toi faire, dit Clarisse à Pierre, bienveillante, si Gwen était là, elle t'aurait dit de mettre un pull.

On a fini par s'asseoir les uns après les autres autour du foyer, sur des chaises pliantes ou sur les gros blocs de granit, d'anciens linteaux posés là devant la grange, et certains de nous étaient assis par terre, le cul dans la rosée du soir, ou encore restaient debout, mais le feu était la clé de voûte vers où tout convergeait. Il y avait Alex, qui s'était débarrassé de ses côtes de porc avec succès, il y avait Fred et Aline, Clarisse, Léna, et les autres, tous les autres, chacun, je le jure, mériterait ici sa place, son histoire, sa douleur intime. Il y avait Brigitte qui avait cessé de pleurer, qui regardait juste le feu sans frissonner d'un cil, concentrée comme si elle attendait la réponse d'un oracle, mais ses yeux, nom d'un chien, ses yeux sauce tomate !

Que je me souvienne, il y avait là des têtes connues, des musiciens, des peintres, qui un jour ou l'autre avaient rencontré Gwen autour d'une table, autour d'un verre. Ils s'étaient retrouvés ici, un sandwich au pâté et un gobelet de pinard entre les mains. Le dernier salon où l'on cause, le dernier endroit à la mode, c'était chez Gwen. Ils s'étaient promis de faire un tour vite fait, serrer la main de Pierre et se recueillir deux minutes, hors de question de traîner, finalement deux heures plus tard, ils étaient encore là. Ils évoquaient en fronçant les sourcils l'avenir incertain des écoles Diwan. Certains semblaient privilégier le développement du bilinguisme dans les écoles ordinaires, d'autres n'admettaient pas de telles concessions. Ça faisait de belles et enrichissantes discussions. En insistant un peu, on se serait payé une franche engueulade.

Quelques gosses qui avaient échappé à la babysitter étaient descendus en bâillant, le film était terminé et la faim leur gonflait le ventre. Ils avaient jeté un coup d'œil dans la chambre entrouverte voisine du salon, avaient remarqué le corps allongé veillé par trois ou quatre personnes plus raides que des menhirs, s'étaient gratté le crâne. Ils se remplissaient les pognes de chips et s'approchaient du feu en regardant de leurs grands yeux nos visages rougeoyants. Il y avait toujours un enfant plus turbulent que les autres prêt à jouer les caïds avec un bâton de bois arraché au feu. On confisquait le bâton, des menaces fusaient, c'était l'heure d'aller au lit. Plus personne n'avait envie de s'occuper des gosses, les gosses faisaient chier. Les gosses n'avaient rien à faire ici. Les couples se renvoyaient dos à dos leur responsabilité du genre la dernière fois, c'était moi, aujourd'hui, c'est ton tour. Je lançai un clin d'œil complice vers Aline.

Pierre s'était levé pour envoyer sa petite au lit, non il n'avait besoin de personne, il avait l'habitude, elle était tellement nase, une histoire et dodo, parce qu'en plus fallait leur raconter une histoire, à ces sales mômes, fallait leur expliquer comment la gentille petite chenille s'était goinfrée à s'en péter la panse de salade, de citrouille et de concombre, elle avait grossi, s'était multipliée par quinze, c'était dégoûtant. Après quoi, la chenille s'était laissé enfermer dans un cocon tout marron, tout moche, une crotte de chien, et vous tourniez la page, miracle, la vilaine bête se transformait en magnifique papillon, pas de trêve pour la petite qui s'émerveillait pour la centième fois devant les deux dernières pages où se déployaient gigantesques les ailes colorées du lépidoptère.

Puis une chanson, un bisou, un verre d'eau, une pomme, que sais-je, ils nous menaient la vie dure avant de s'endormir. On leur aurait fait ingurgiter sans scrupules une bonne poignée de cachetons à faire des rêves roses et dodo. Quoi, qu'est-ce qu'il y a encore ? Un bisou à Maman ? Allons bon ! La petite est ressortie de son lit, sa peluche sous le bras et sa suce entre les dents, elle a poussé les gens qui se trouvaient dans la chambre mortuaire, du large, elle allait dire bonne nuit à Maman. Les gens se sont écartés, ils faisaient des efforts pour avaler leur salive. Le grand frère est arrivé à son tour en pyjama, lui aussi voulait un bisou, bien sûr, bien sûr, les grandes personnes se regardaient entre eux, se lançaient des sourires tordus, on aurait dit qu'ils venaient d'avaler de l'oseille et qu'ils n'aimaient pas ça, trop aigre, et les enfants s'agenouillaient sur le lit de leur maman, lui caressaient le front et y posaient un vrai baiser d'amour tout plein de sucre. Pierre les a saisis au vol, au lit, c'est l'heure, vous êtes fatigués ! Alors le silence est revenu, les déglutitions ont repris, on entendait juste des gargouillis qui bramaient du fond des boyaux.

Les petits sont maintenant au lit. Les mamans en papillons, ça serait bien, hein ! que les mamans se transforment en papillons, de toutes les couleurs, violet jaune rouge, et rose aussi, fluo le rose, butiner les fleurs et se poser sur le pétale d'un coquelicot, et virevolter dans l'air tiède du printemps fleuri, oui oui oui. Hein que ça serait bien ? Hélas, on n'est pas si naïfs, on sait bien que les gosses ne rêvent pas que de papillons, mais on préfère autant ne pas imaginer leur terreur.

On est une bonne dizaine autour du feu et même si la chaleur devient trop vive, on rajoute du bois.

Les flammes se lèvent, on veut un vrai feu de joie, c'est bientôt la Saint-Jean, le Grand Solstice, la fête du dieu Soleil. Toute la fumée s'échappe d'un seul côté, poussée par une brise qui vient de là-bas, du fond du jardin, du sud. Aline s'assoit par terre, colle son dos contre mes jambes, pose sa tête sur mes genoux. Comme si elle allait hiberner ici pendant six mois et qu'il faudrait la réveiller au printemps prochain. Des couples s'enlacent, les filles s'écrasent sur les genoux de leurs mecs, entourent leur cou de leurs bras et appuient tendrement leur tête sur leurs épaules, tout le poids de leur amour, les mecs ont des genoux solides, pensent-elles pendant qu'ils souffrent les mille morts.

Seigneur, ce qu'on était bien quand on y pense, sûr que Gwen aurait voulu ça, certain ! à boire du vin, et fumer des cigarettes légères et évoquer à voix basse le sentier récemment ouvert sur les rives de l'aber Benoît. L'air restait doux et les étoiles étincelaient dans le ciel et c'est ce soir-là, ma main au feu, que Clarisse a évoqué les croyances des Inuits. Chaque être disparu rejoignait la Galaxie pour se métamorphoser en étoile et briller indéfiniment. Qui connaissait le nom des étoiles, ici ?

Brigitte n'avait pas prononcé un traître mot depuis plus d'une heure qu'elle était arrivée et nous entendre parler ainsi d'étoiles sembla l'éjecter de sa prostration. Espiègle, elle pointa un doigt vers le sud, vous voyez là-bas, celle qui brille, avec une teinte un peu rosée, c'est Cassiopée et plus loin, à droite, au-dessus de la grange, Aldébaran.

Dubitatifs, on s'est mis à la regarder puis à lever les yeux vers le ciel, en fronçant les narines puis à la regarder de nouveau. Laquelle, Aldébaran, tu dis ? Et bien sûr tout le monde y allait de sa petite question, quinze bras lancés en même temps vers le plafond comme s'ils essayaient de s'accrocher à la dernière nacelle qui les délivrerait du brasier de l'enfer, et celle-ci, et celle-là, c'est quoi son nom. C'est Véga, bien sûr. Il y en avait des milliards, à ce rythme, on allait y passer la nuit, s'en sortir à l'aube avec une sacrée gueule de bois, aussi paumés que la veille. Se prenaient-ils pour les Rois mages ou quoi ? J'ai fait deux ou trois tentatives sournoises pour dévier la conversation, j'ai essayé de rembrayer sur la question du bilinguisme, mais peine perdue, ils s'accrochaient tous à leurs lampions, béats comme à la nuit du 14 Juillet, la belle bleue, la belle rouge. On était bien, on avait chaud, nous étions une tribu rupestre, confortés à l'idée de bâtir un monde meilleur. Manquait la musique. Le feu, les étoiles et la musique. Alex avait toujours son accordéon dans la bagnole et la guitare de Gwen n'était pas bien loin. Sois gentille, chérie, va t'asseoir plus loin, je vais prendre la guitare. Tu veux chanter ? s'étonne-t-elle. Tu crois qu'on a droit ? Bien sûr qu'on a droit ! Pourquoi qu'on n'aurait pas droit ? Mais personne ne s'est levé, peut-être bien qu'on n'osait pas, ou que c'était trop tôt, ou les voisins ou je ne sais pas. Il y avait encore là des gens qui n'allaient pas tarder à décamper, bientôt on se retrouverait entre nous, en petit comité, et alors en place la nouba. On attendait les douze coups de minuit, douze verres cul sec et faites entrer les vestales. Que commence la danse sacrée autour du feu, le sacrifice à Bacchus, que nos rites redeviennent barbares, que nos peurs se transcendent en orgie ! Qu'on se teinte le corps du sang des trépassés ! *Dies irae*, le malheur s'était abattu sur nous, c'était l'expression la plus sublime de la colère des dieux, les dieux nous punissaient, Gwen la première et à qui le tour, maintenant, chacun son tour, comme à confesse, par ici la sortie. Les dieux avaient soif, fallait calmer leur colère, sacrifier sur-le-champ quinze vierges, fracasser des bébés contre les murs et égorger leurs mères, Dieu ! j'ai soudain fermé les yeux en écrasant les paupières l'une contre l'autre et j'ai mordillé le cou d'Aline, fallait bien ça pour chasser cette vision. Aline a poussé un petit cri. T'es fou, tu m'as fait mal ! C'est rien, j'ai dit, c'est rien, mais dans quel livre avais-je donc lu ces scènes dantesques issues d'un étrange culte de la mort. J'ai rouvert les yeux, jeté un regard circulaire sur ma tribu rassemblée autour du foyer. Ils levaient toujours les yeux au ciel, suivant les indications que leur donnait Brigitte. Celle-ci, c'est la Grande Ourse, et plus bas, c'est l'étoile du Berger. C'est rien, ai-je soufflé à nouveau dans l'oreille d'Aline, j'ai soif. Peux-tu me passer mon verre, et une cigarette, s'il te plaît.

C'est pas dans la Rome antique qu'on lisait de tels récits d'épouvante, c'est dans le journal qu'on regardait incrédules au matin en trempant nos tartines beurrées dans notre café au lait. L'Algérie, qu'est-ce qu'on en avait à foutre, honnêtement ? Le Kosovo, c'était où le Kosovo ? On était juste quelques jeunes gens pacifiques qui apprenaient le nom des étoiles.

Je me suis levé, j'avais des crampes. Je me suis dirigé vers le fond du jardin, Alex s'est débarrassé également de sa moitié et m'a suivi en tapant du pied sur l'herbe, le seul moyen qu'il avait trouvé pour faire redescendre le sang dans ses jambes. Même pour aller pisser, valait mieux pas s'aventurer tout seul. On a marché cahin-caha vers la haie de sapins, on s'est déboutonnés ensemble, comme si on avait travaillé la synchronisation dans une vie antérieure. Gwen ne supportait pas qu'on touche à ses arbres, c'est à peine si elle tolérait qu'on pisse dessus.

— J'y connais rien aux étoiles, que je lance à Alex, ça m'a toujours un peu pompé l'air !

Il hausse les épaules et lève le nez vers la nuit, on est tous les deux tête en l'air.

— Aujourd'hui, dit-il, je n'en connais qu'une, d'étoile. La mauvaise.

— Gwen n'aimait pas qu'on taille ses arbustes, hein !

Alex sanglote mais ce ne sont pas de vrais sanglots, c'est plutôt la gorge obstruée de vilaines glaires accumulées depuis le début de la journée qui lui donne cette voix-là, geignarde.

— Finalement, elle faisait chier, continue-t-il ! Si on l'avait laissée faire, ça serait devenu une jungle ici.

— Oui, j'approuve, une vraie chieuse, piquait de ces colères ! Et autoritaire avec ça, supportait pas la moindre contradiction. Quand il y avait soupe à la grimace au menu, tu peux me croire qu'on dégustait.

On pisse pas, on n'arrive pas, ça vient pas.

— Même qu'un jour, souviens-toi, elle nous a fait la gueule pendant toute une semaine parce que Pierre avait acheté un sécateur et qu'on avait pris parti pour lui.

Je ne m'en souviens pas le moins du monde mais je fais comme si.

— Un sécateur, rends-toi compte ! Une semaine à brasser de l'air, la teigne ! Nous traitait de parvenus, de petits-bourgeois !

Ça vient toujours pas, on fait d'amples hochements de tête entre les étoiles et notre bite, pas même le murmure lointain et rassurant d'un aéroplane. Sentinelles du néant. Plus on y pense et moins ça vient, on est faits comme ça.

C'est parce qu'on a parlé de sécateur, et Alex, fier de sa blague, se met à rigoler comme un bossu, hi, hi, hi, du coup, il se met à pisser mais pas d'un jet d'honnête homme, dense et régulier, non, une sorte de flot chaotique interrompu par les soubresauts de son rire idiot, un sécateur, hi, hi, hi et moi, ça ne me fait pas rire, je reboutonne ma braguette, je pisserai plus tard, d'ailleurs j'avais pas envie, j'avais juste envie de tâter la nuit. Je tourne le dos mais je reste près de lui, presque dos à dos, comme si on se préparait pour un duel, je sors mon paquet de cigarettes. Je lève les yeux dans la nuit noire, j'y crache ma fumée, ce sont des messages codés que je lance dans le cosmos. Alex ne rit plus, il n'a pas encore recommencé à pleurer, il est entre les deux, il se racle la gorge, crache des copeaux, se secoue la bite, la range.

— Putain qu'est-ce qu'on va devenir ? soupire-t-il en tirant sur la clope que je lui ai tendue.

On reste là, dans l'obscurité, observant à une vingtaine de mètres le groupe serré autour du feu. On entend des murmures qui deviennent des incantations. C'est une secte. Ils ont prévu la fin du monde pour la prochaine pleine lune et mettent au point les modalités de leur suicide collectif. Au premier étage, on voit le carré lumineux d'une fenêtre voilée par un rideau. Ce doit être la chambre du guru, c'est de là que surgit la lumière.

Alex m'annonce soudain :

— Ça y est, maintenant je commence à y croire vraiment. M'a fallu du temps.

Je sursaute.

— À croire à quoi ?

— Qu'elle est morte, abruti ! Gwen est morte, je veux dire qu'elle est totalement morte, qu'on ne la reverra plus, qu'elle n'existera plus. C'est bizarre, hein, quand on y pense ! En fait, si on réfléchit bien, la mort, c'est la non-existence, c'est surtout ça. Ce n'est que ça.

— De quoi parles-tu, Alex, de la non-existence physique, mais la mort, c'est pas simplement ça. Gwen reste dans la mémoire des gens, Gwen reste avec nous. Il ne se passera pas désormais une semaine dans ta vie sans que tu penses à elle, ne serait-ce qu'un instant. On ne se débarrasse pas des êtres comme ça, d'une chiquenaude. J'y crois pas, à ton idée de non-existence. Peut-être pour Gwen elle-même, en tant qu'entité consciente, mais en tout cas pas pour nous. Faudra continuer à négocier avec elle et pour longtemps. Tu n'achèteras plus jamais un rouleau de papier peint sans frémir devant la moue que pourrait faire Gwen en visitant ta nouvelle chambre d'ami. Elle trouverait bien une fourberie quelconque pour te le démolir en miettes, ton papier peint ! C'était une emmerdeuse, on est bien d'accord ! On n'a pas fini d'en baver, tu sais ! Absente, elle sera deux fois plus exigeante qu'avant.

Alex la ferme, bec cloué.

— C'est comme ça, mon vieux, on est niqués. Se faire des potes, des vrais, c'est comme faire des gosses. Tu signes un chèque en blanc, une sorte de contrat qui te lie pour une durée indéterminée, et il y a des clauses écrites en tout petit au bas de la feuille, si petites qu'on n'arrive même pas à lire. C'est ça qui nous tue.

Alex m'arrête. Il a mijoté sa réponse le gredin, écoutez-moi ça.

— En fait, si je comprends bien, tu es en train de me faire exactement le même sermon papiste que le curé va nous servir demain à l'enterrement.

Il singe mal une voix chevrotante.

— « Elle n'est pas morte, elle restera dans nos cœurs pour l'éternité, elle nous accompagnera dans nos joies et nos peines. » Les salamalecs habituels, quoi ! Tu racontes n'importe quoi, la douleur t'égare ou peut-être as-tu trop bu, mon pauvre garçon ?

— Petit con ! que je lui lance à la gueule.

Il a presque dix ans de moins que moi, ce blanc-bec, écoutez-le, il nous ferait la leçon sous prétexte qu'il a pissé le premier. Je troussais les filles, il avait pas encore appris à lire. Non-existence ! Qu'est-ce qu'il en sait, le jeune présomptueux ! Mériterait mon poing dans la gueule si c'était pas un soir comme ce soir. Et si c'était pas Alex. Il possédait sur moi le court avantage d'être venu vivre ici quelques mois avant mon arrivée, il me possédait à l'ancienneté, si l'on veut. Gwen et Pierre avaient loué la maison au début des années 80, peu après les événements de Plogoff, on s'était d'ailleurs rencontrés à l'une de ces multiples réunions de comités antinucléaires locaux, on collait des affiches pour emmerder les flics et l'EDF et bien sûr qu'on attendait des jours meilleurs sinon à quoi bon. Les réunions s'éternisaient dans la nuit alors on ouvrait des boîtes de raviolis et des packs de bière, mine de rien on était devenus copains grâce à la politique tout-nucléaire du gouvernement de l'époque. La vie, quand on y réfléchit.

Cette année-là, Alex s'était installé au Traon, avec Pierre et Gwen. Il jouait de l'accordéon dans les festoù-noz pour payer ses études et je m'étais fait un complice de plus au moment où tout partait à vau-l'eau autour de moi, on se tirait de ces caisses le samedi soir ! Les rousses qu'on cherchait sournoisement à s'emballer en leur payant du chouchen bon marché à la buvette s'en fichaient éperdument. Des fois, elles atterrissaient dans nos pieux dans un état, fallait voir, mais la lumière bleuâtre de l'aube qui s'écrasait sur leurs petites fesses rondes vous dissipait tout ça en un rien de temps. Restait à faire le café et à leur demander leur prénom. Comment c'est que tu t'appelles ? Vexée, la fille bougonnait en enfilant son slip par-dessous les couvertures. On percevait un Marie-Hélène à peine audible, un Katell rempli d'aigreur. On s'en sortait par une pirouette maintes fois éprouvée.

— Pas ton prénom, bien sûr que je le connais, ton prénom, maligne, mais ton nom, ton nom de famille.

Beau travail, non ! Elle souriait enfin, pas farouche, s'asseyait contre le mur en relevant la couette pour cacher ses seins.

— Kervella. Aline Kervella. Pourquoi ?

Je regardais ses épaules nues et blanches, parsemées de taches de rousseur et ses longs cheveux noirs qui dégringolaient dessus. Je pensais avoir eu une chance inouïe de tomber sur cette planète. Une fabuleuse suite de hasards et de coïncidences avait envoyé cette fille dans mon lit, elle et pas les deux milliards et quelques autres, qu'est-ce que vous dites de ça les mecs !

— Ne bouge pas, je t'apporte un café !

On était des types bien, je le jure, tendres et attentionnés, prêts à les rendre heureuses coûte que coûte, qu'elles le veuillent ou non, souvent, la plupart du temps, elles ne voulaient pas être heureuses, du moins pas avec nous.

Gwen était dans la cuisine en robe de chambre, assise devant son bol de café et un gros bouquin aux pages grandes ouvertes. On passait des heures à en discuter, on faisait des accolades au crayon gris dans les marges et des encoches au coin des pages et on se refilait le bouquin. Je lui posais sans un mot un baiser sur les cheveux. Elle faisait mmmmh. Bien dormi ? Mmmmmh. Pas du matin, la mère Gwendoline. Je jetais un coup d'œil au-dessus de son épaule, elle lisait parfois de ces trucs, elle me disait : Tiens lis ça, c'est bien, ça te plaira. Rien qu'à regarder la couverture, je regrettais déjà d'avoir appris à lire.

Je me suis assis en face d'elle avec mon café, il y avait ce gros livre entre nous deux et puis le bruit de ma cuillère qui touillait le sucre dans le bol. Je me suis raclé la gorge et j'ai pris mon courage à deux mains.

— Elle s'appelle Aline, j'ai dit, je crois qu'elle te plaira. Une fille vachement sympa, tu verras.

Gwen a levé lentement les yeux vers moi, ni colère ni enthousiasme particulier, mmmh, puis a replongé dans son bouquin. Après quoi, tout en continuant à lire et à étaler du beurre sur sa tartine, elle m'a répondu, si on peut appeler ça répondre.

— Aline Kervella, je crois que je la connais, une brune, non, mignonne ? Une chieuse.

Alex descendait l'escalier en chantant n'importe quoi, des obscénités, avec la voix d'un ténor d'opérette des années 50. Par contre Alex, il est du matin, lui, un peu trop même. Diable, une deuxième femme sous notre toit, pérora-t-il, l'enfoiré. J'ai attrapé une tasse remplie de café et je suis remonté dans mon grenier rejoindre Aline.

Plus tard Alex est parti, un boulot l'attendait à l'autre bout du pays et j'ai fait de même. On aurait baissé notre froc pour une fiche de paie, à l'époque. Gwen et Pierre se sont retrouvés alors tous les deux avec Bernadette, la chatte, et la piaule d'Alex est devenue un jour la chambre d'un gosse. Voilà.

La vie est un droit de passage, clame Alex volontairement pompeux. Je réplique : La mort est un manque de savoir-vivre. On en a des tonnes du même gabarit, on s'en faisait un sport de ce type d'aphorismes creux, on fume notre cigarette dans l'obscurité, une bouffée, une connerie, une bouffée, une connerie, qu'est-ce qu'on pouvait déconner, qu'est-ce qu'on a pu rigoler, on passait tous les quatre des soirées hilares devant la télé en avalant des pizzas surgelées, oh merde, c'est pas juste, c'est dégueulasse, c'est trop tôt. Alex jette son mégot et repart vers la maison chantant, martial, à voix basse : *Nous sommes les sentinelles du néant, hisse et han, nous sommes les sentinelles du néant, hisse et han.* Je le suis au pas.

L'ambiance semble si sereine autour du feu. On rajoute du bois au fur et à mesure et des flammes jaillissent en entrelacs autour d'un bâton imaginaire. Elles dessinent des arabesques en une calligraphie subtile. Je me demande secrètement si je dois opter pour l'incinération ou la crémation. Je frissonne malgré mon pull et malgré la douceur du temps. J'intercepte Aline qui revient de la cuisine avec une cafetière pleine. Elle aussi frissonne. Elle a refait du café pour ceux qui veulent pas de rouge. Ça va ? Je ne peux pas la serrer contre moi, à cause de la cafetière. J'ai froid, qu'elle dit. Va prendre un pull. J'ai oublié mon pull. Elle a oublié son pull, nous voilà bien. Eh bien, tu n'as qu'à en emprunter un à Gwen, au lieu de rester à grelotter comme une poule mouillée.

Un pull à Gwen, un pull à Gwen, qu'elle grommelle les yeux levés au ciel, outrée comme si j'avais dit quelque chose de pas bien.

Je monte l'escalier, histoire de changer d'ambiance. Je monte voir Gwen en sa demeure, me reposer, prendre un instant à moi, souffler deux minutes. Je vais me détendre dans la chambre de Gwen, c'est comique. Elle est toujours là, elle n'a pas bougé. Rien d'exceptionnel à ça mais faut quand même compter une bonne dizaine de secondes pour se résumer les chapitres précédents. La fenêtre est restée entrouverte et une légère brise fait tressaillir les rideaux. Tiens, Fred est là, Fred mon amiral, avec sa grosse tignasse et sa barbe poivre et sel. Je lui lance un signe de tête puis je vais m'asseoir, en face de lui, de l'autre côté du lit. Comme si nos places répondaient à une étiquette immuable. Le lit, moi et Fred de chaque côté et puis au bout du lit un mec que je ne connais pas. Trois arquebusiers de faction, pleurant leur majesté, leur maîtresse.

On a légèrement orienté nos chaises vers la morte un peu comme le chevet de nos églises vers le Saint-Sépulcre, comme ça on a une vue plongeante sur le sujet sans avoir à se contorsionner. À quoi penses-tu, Frédo ? à cette dernière partie de pêche, qu'elle avait fait semblant d'être guérie en relevant elle-même les casiers ? Déconne pas Frédo, on veille une reine. La reine est morte laissant derrière elle une kyrielle d'orphelins. Pourquoi tu chiales, un vieux loup des mers comme toi ? Des tracas. La baisse du cours des coquilles ? L'extension anarchique des porcheries industrielles ? Et l'autre au bout là-bas, connais même pas, il est là on dirait qu'il a été payé par une société de gardiennage qui l'a embauché en tant qu'intérimaire, cinquante balles de l'heure, boulot à la con mais par les temps qui courent, on va pas faire la fine gueule, hein ! Finalement, il se lève. Maladroit qu'il est, il emmêle ses grandes jambes dans les pieds de la chaise, manque de se casser la gueule dans un fracas à réveiller les morts, se rattrape *in extremis,* confus le mec, c'est ça, casse-toi. Bon débarras !

Il n'y a plus que Fred et moi, comme deux bons pages, deux petits grooms, il nous manque un petit chapeau rouge avec des étoiles dorées brodées sur la visière. Et c'est le silence. Tout bien réfléchi, c'est le seul endroit de la maison où l'on est tranquille, où l'on peut prendre quelques minutes de repos sans qu'un lambda te demande si tu t'es branché sur Internet. Pas obligés de causer ni rien. Peinards. Un havre dans la tempête. Fred ne reniflerait pas autant, on entendrait les mouches voler, et les moustiques, et ces voix venant d'en bas, filtrées par le mince plancher de bois des maisons anciennes, comme une rumeur lointaine venant de la ville. De la cuisine et du jardin, des conversations apaisantes arrivent par bribes, avec pour seul éclat le bruit des fourchettes contre les assiettes, à croire qu'ils ne sont là que pour bouffer, les morfales. Des fois on imagine entendre le cauchemar d'un gosse, mais non, c'est rien, ça pionce.

Nous voici dans le Naos, le saint des saints, au cœur de la chapelle blanche, protégés sous les tonnes de pierres du Grand Cairn. Nous voici dans le mausolée. Ici est le sacré. Fred et moi, on n'ose se regarder dans les yeux bien qu'on s'épie mutuellement. On est comme dans le tableau de Cottet, deux pâles mannequins de cire, à peine plus vivants que l'autre allongée. Je pense à Camus, à *L'Étranger*, pas relu depuis le lycée. Il y a ces deux types, le héros et le concierge de la morgue, veillant le cadavre de la mère dans le funérarium d'un asile de vieillards, et qui luttent contre le sommeil en fumant des cigarettes. C'était pas un gros bouquin, au poil, vite lu, le prof de français nous faisait remarquer l'austérité brutale du style. *Tous les êtres sains avaient plus ou moins souhaité la mort de ceux qu'ils aimaient.* Dieu que cette phrase m'avait marqué, tombée sans sommations comme si ça allait de soi. Souhaiter la mort de ceux qu'on aime. Sacré Albert !

Troadec, c'était le nom du prof en question, répétait cette phrase lentement puis silencieux, assis sur l'une des tables du premier rang, balayait la classe avec le regard légèrement pervers d'un sergent-chef qui cherche un volontaire. Je jure qu'on avait les boules, les autres je ne sais pas mais moi si. À dix-sept ans, une bonne partie d'entre nous se voyait allègrement décimer sa propre famille à coups de kalachnikov puis partir à travers champs, un brin d'herbe dans la bouche et, dans les poches, le gros paquet de biftons qu'on avait pris soin de ramasser dans l'armoire avant de mettre le feu à la baraque. Je dis des conneries ? Troadec doit être en retraite depuis un bon moment. Je pense à lui, ici, en présence de Gwen, par une obscure association d'idées et de souvenirs. Bien sûr qu'on a tous souhaité la mort de ceux qu'on aime, ce n'était pas une raison pour le dire, l'écrire, on aurait gardé ça pour nous, au fond de nous, dans les sombres dédales de notre inconscient, personne n'en aurait rien su. On aurait continué d'étrangler nos petites sœurs dans la plus parfaite sérénité.

Troadec avait le parler franc des types qui aiment leur métier et on se faisait tous avoir les uns après les autres à sa façon de nous fixer. On lui cherchait un troisième œil. *Il n'y a qu'un problème philosophique vraiment sérieux : c'est le suicide. Juger que la vie vaut ou ne vaut pas la peine d'être vécue, c'est répondre à la question fondamentale de la philosophie.* Albert Camus, prix Nobel de littérature. Vous met dans l'ambiance dès la première page. Pas de tergiversations métaphoriques pour annoncer le menu, il vous pose de suite sous le nez une assiette de harengs-pommes de terre à la vinaigrette, envie ou pas et tant pis pour les difficiles. Hein, Gwen, que la vie vaut la peine d'être vécue, dis-moi oui, les petites fleurs, les petits coquillages, les petits oiseaux, Gwen, qui font cui-cui dans les arbres et les crépuscules d'automne du haut des monts d'Arrée, quand le soleil plonge dans le Yeun et qu'on revient à la maison avec un sachet en plastique bourré de châtaignes, qu'on va retirer nos bottes, faire un bon feu dans la cheminée et ouvrir une bouteille de cidre fermier. Bien sûr que la vie vaut la peine d'être vécue, mon cher Albert. Personne n'a voulu ta mort Gwen, tu entends, personne ! C'est dégueulasse d'écrire ça. Demande à Fred, à Alex. Et Pierre, demande-lui aussi. Personne. Tiens, quand on parle du loup. Pierre vient juste de nous rejoindre, besoin de souffler, lui aussi. On se retourne, la porte est restée entrouverte, un peu comme la loi l'exige dans les ventes aux enchères, par exemple, au cas où quelqu'un aurait quelque chose à redire.

Pierre s'assoit près de Fred, deux frères siamois quand tout à coup, pas le temps de faire ouf, voilà mon Frédo qui s'effondre en larmes, comme si tout se mettait à jaillir d'un seul coup, une chasse d'eau, un bouchon d'une bouteille de champagne pas assez frais qui saute et ça dégouline de partout.

Je pense qu'il n'a pas dû encore pleurer, pas pu ou pas voulu, qu'il n'avait pas trouvé le moment ou même qu'il n'avait jusqu'à maintenant compris rien à rien et que la vérité lui explosait brutalement au visage. Ça y est, elle est morte, tête de nœud, elle est morte pour toujours, et Fred de se cogner le front, bon sang mais c'est bien sûr, et le voilà qui laisse éclater sa peine. Seigneur dans quel recoin obscur de notre crâne va-t-on donc chercher toute cette eau et tout ce sel, où est la source ?

Fred qui laisse tomber son épaule sur celle de Pierre, la balançant de droite à gauche, gosse idiot, handicapé moteur à vie puis voici ces deux-là qui se tiennent maintenant la main et l'autre qui se met à pleurer à son tour, juste des petites larmes lentes, il a déjà versé son compte, lui, mais c'est communicatif, les pleurs, comme le rire, sans doute, ou bien l'ennui, on peut pas s'empêcher de déteindre sur son voisin, tout au moins en partie. Fred le gros chagrin tout mouillé et Pierre les larmichettes de solidarité, qui se font des nœuds avec leurs doigts, des mamours comme deux vieux phoques ! Maintenant il pleure avec le ventre, par soubresauts réguliers, des spasmes qui finissent par devenir des frissons. De temps en temps, on dirait que la crise va reprendre, que toute la machinerie lacrymale va se remettre en branle mais Dieu merci, ça ne se déclenche pas, le réservoir semble asséché. Ne reste que le sel du Grand Lac salé, qui laisse sur son visage une terre blafarde et craquelée. On dirait un albatros. Et tout paraît si désolé, si aride.

Il farfouille dans sa poche, regarde autour de lui à la recherche d'un éventuel Kleenex, c'est pas la saison des rhumes, pas de mouchoirs. Devant son embarras, je lui tends un paquet qu'Aline m'a donné. Aline qui pense à tout, enfin non, elle oublie la plupart du temps des tas de choses, ses clés, ses papiers, mais pour des petites choses comme ça, les mouchoirs et les bouquets de fleurs, elle est championne. Je n'en ai jusqu'à présent utilisé qu'un seul, pour me moucher en fait, pas une seule larme ne m'est sortie des yeux depuis des lustres, c'est pas l'envie qui me manque mais ça vient pas, c'est comme pisser tout à l'heure. Je fais de la rétention d'eau. Toute cette flotte s'évacue par mes dessous de bras et des ruisseaux dévalent le long de mes flancs, un courant d'air passe par là et j'attrape la mort.

Il aurait fallu installer un distributeur, plaisante Pierre, soudain cynique, un distributeur de mouchoirs à l'entrée de la chambre mortuaire, comme le PQ dans les toilettes ou bien les sachets en plastique dans les bateaux. Alors tous les trois, on se met à rigoler, pas vraiment franchement mais les épaules tressaillent. Un gros distributeur blanc, servez-vous, une poubelle au-dessous. Est-ce qu'ils possèdent de tels ustensiles dans les funérariums, ces établissements qui ne sont conçus que pour ça, une pièce un mort, une pièce un mort, un long couloir et des portes numérotées. J'ai visité celui de

Brest, je me paumais dans les couloirs, l'employé m'avait expliqué l'air de celui qui n'a pas volé sa paie la différence entre funérarium et crématorium. J'avais l'air con, je croisais des groupes de familles en deuil, veuve en tête, soutenue par le fils aîné, qui allaient s'enfermer une bonne heure dans l'une de ces chambres mortuaires.

Sans doute valait-il mieux pour nous tous que Gwen soit là, à la maison, c'était plus facile pour pleurer et pour le reste. Vous imaginez le bruit d'un bouchon qui saute dans un funérarium, plop, le préposé coiffé de sa casquette aurait déboulé presto avec son règlement. Non, le seul bruit d'une cacahuète s'écrasant entre deux molaires serait apparu comme indécent, alors on était mieux là. On commençait par se détendre tous les trois autour de Gwen. Fred n'arrivait pas à se détacher de son visage, il en était encore à la phase B, le constat. Pierre réfléchissait, oui, on pouvait appeler ça réfléchir, bien que le stade de l'analyse proprement dite de la situation fût encore à l'ébauche et que tout ça se mettrait en place plus tard, bien plus tard. Il ajoutait des éléments les uns sur les autres, numérotait des pierres pour en bâtir une pyramide, y inhumer sa Gwen dans sa maison d'éternité. Il l'embaumait tendrement de myrrhe et de cannelle et l'emmaillotait de bandelettes de lin. Avant de refermer le sarcophage, il y glissait des petits objets personnels, des formules magiques et des mots d'amour écrits à l'encre sympathique sur de minuscules rouleaux de papyrus. Enfin le corps vidé de toute impureté s'en allait à la tombée du jour voguer sur la barque du soleil pour rejoindre le champ d'Ialou, le monde des Morts. Les Égyptiens anciens n'imaginaient guère un au-delà différent de la vie terrestre. Les palmiers suaient de l'huile et le Nil apportait à chaque crue ses faveurs.

On somnolait, veilleurs de nuit, tous les trois de corvée de garde quand subrepticement au milieu de la nuit, la musique nous est venue par l'embrasure de la fenêtre, un air d'accordéon, aussi subtil qu'un vent de fin d'été, effleurant les maïs, enjambant les talus. Alex, Alexandre le Grand, du jardin nous poussait sa plainte, sa *gwerz*. Le chant des baleines et le *Requiem* de Mozart se confondaient en une même étrange mélopée. Alex jouait ce que Gwen voulait qu'il joue, la valse lente, la valse brune des chevaliers de la Lune, la valse bleu horizon, la valse à mille temps, Alex jouait sa valse à lui, tout en mineur et qu'on connaissait si bien. Il nous l'avait chantée des milliers de fois, sa valse, aux anniversaires, aux mariages, et à chacune des fois de ces milliers de fois, on se tenait par le bras et on faisait la la la, la la la, c'était si beau, si mélancolique, il restait quatre temps sur le *sol* mineur avant de monter crescendo vers le haut de la gamme après quoi on reconnaissait le refrain et on y allait tous en chœur, la la la, la la la. Les gens lui demandaient qui avait écrit cet air-là, et Alex, triomphant et modeste, pétrissant son accordéon de tous ses muscles tendus comme une grosse pâte à pain, c'est un air que j'ai trouvé moi-même, avouait-il, un air qui m'est venu comme ça, ça vous plaît ?

On aurait pu imaginer des croches noires virevoltant dans la pièce comme des poussières étincelantes, des plumes d'argent tournoyant autour du lit en une ronde douce avant de s'y poser délicatement, une par une, des petites notes de musique, à la queue leu leu, venues pour réveiller les princesses aux yeux scellés par le mal du sommeil. On aurait pu espérer ça, un signe de l'Au-delà, mais la Belle restait endormie, insensible aux notes qui comme des bulles de savon éclataient avant de disparaître au-dessus de ses paupières closes. D'un souffle laborieusement extrait des narines, je me surprenais à fredonner des bouts de mélodie, lalala, à battre la mesure du pied puis je m'arrêtais mais je savais qu'Alex faisait son boulot et cela me rassurait.

Sans mot dire, il était allé chercher son engin dans sa bagnole comme quoi il n'était pas si innocent que ça. Il s'était rassis non loin du feu, sur une chaise pliante, de manière à se poster face au carré de lumière du premier étage qui découpait la nuit. Il avait sorti l'instrument de son caisson, les gens s'étaient poussés pour lui laisser de l'espace, les musiciens ont toujours une place privilégiée au sein des assemblées et c'est mieux ainsi. Les musiciens sont des êtres qui ont gravi un palier supplémentaire dans la grande hiérarchie cosmique, les musiciens ont droit à des faveurs et les filles laissent traîner plus longtemps leur regard sur eux, je le sais.

C'est ainsi que ça s'est passé cette nuit-là, la nuit sainte, peu avant minuit, vingt-quatre heures après le dernier souffle de Gwen, après que son compagnon lui a fermé les yeux. C'était hier à la même heure, nous venions de passer deux tours d'horloge sans Gwen, et pourtant nous étions encore avec Gwen puisqu'elle était là, allongée devant nous. Il suffisait de retirer ce masque de cire pour la voir revivre et râler comme avant. Voilà la finalité de ces veillées mortuaires. Gwen ne pouvait pas partir comme ça, directement de l'arrêt clinique au tombeau, il fallait qu'elle passe nous voir avant le grand départ, faire un petit salut à tout le monde, un bisou, laisser une adresse, poste restante, le Paradis.

Nos compagnes nous ont rejoints. Elles étaient venues pour la relève, une équipe de garçons, une équipe de filles. J'ai tendu ma chaise à Aline en bâillant, la place est chaude, j'ai dit. J'avais envie d'une cigarette, d'un verre de vin, quelqu'un me proposerait une bonne lampée de whisky, je ne dirais pas non, au goulot, cul sec, champagne sacrebleu. J'ai fait un signe à Pierre, que je voulais suffisamment éloquent pour qu'il accepte de me suivre. Viens, on descend, viens boire une bière, elle va pas s'envoler, ta gonzesse, t'inquiète donc pas, pas d'avion avant demain, le croque-mort a dit demain midi.

On s'est retrouvés dehors, dans la nuit, près du feu. Alex avait achevé sa valse triste, mais il en avait d'autres en réserve, mon cochon, le bal ne faisait que s'ouvrir. Des trucs à nous arracher des torrents de larmes, puisés dans le répertoire traditionnel du vieux Paris ou des monts d'Arrée jusqu'aux fandangos dénichés du fin fond de la Biscaye. C'était à chaque fois la même goualante, les pauvres passaient leur temps à pleurnicher et à brailler. Esclaves noirs du Mississippi, haleurs de la Volga, faucheurs de goémon, jamais contents, les pauvres, toujours à se plaindre. Oui, Alex s'est mis d'abord à chantonner, puis à vraiment chanter, du chagrin plein la voix, on en était arrivés à se demander d'où venaient ces craquements, des bûches de bois qui éclataient dans le feu ou de nos propres gorges cherchant de l'air ?

Fred faisait le tour de l'assemblée et remplissait les verres, on avait beau boire, personne n'était saoul ou alors on l'était tous et donc personne ne s'en rendait compte et, dans ce cas, on n'était pas près de dessaouler. *C't'aujourd'hui l'jour de l'an,* chantait Alex, et qui aurait osé le contredire, qui ? Cette nuit était douce, on aurait mis Noël au mois de juin, nos sabots près du feu, dans l'espérance d'une orange et d'un petit jésus en chocolat. Là-bas, aux antipodes, de l'autre côté de la planète, on savait qu'ils allaient vers l'hiver, que leurs nuits s'allongeaient et qu'ils marchaient à l'envers, la tête en bas. Aucune loi ne pouvait nous empêcher de fêter Noël.

Je suis allé dans la pièce où Gwen rangeait tout son fatras, ses dossiers, ses cours et ses cailloux, sa machine à coudre, les bobines de fil qui débordaient, un de ces merdiers, j'ai eu la sale impression d'entrer dans un sanctuaire. J'ai attrapé la guitare, une vieille caisse avec cinq cordes en Nylon, manquait le *mi* aigu. J'ai jeté un coup d'œil avant d'éteindre. Qu'est-ce qu'il allait faire de tout ça ? C'était arrivé plus d'une fois de lire dans le journal qu'un individu avait aspergé sa maison d'essence avant d'y craquer une allumette et ffft, c'est arrivé plus d'une fois. J'ai serré les omoplates. Je savais déjà que je reviendrais dans cet endroit, à pas de loup, dans la tiédeur d'un après-midi d'automne, que j'ouvrirais un livre au hasard pour simplement le renifler, le coller à mon visage et y retrouver quelque chose de toi, ton nom écrit au crayon gris sur la page de garde, avant de lire le titre. Tous les objets qui l'avaient entourée allaient devenir objets de piété, reliques sacralisées par la mort. Gwen était sainte. On n'allait pas attendre que Rome lance une enquête, organise le procès, ça prendrait des siècles. Gwen venait de se faire canoniser cette nuit-ci. Sainte Gwenola, notre martyre à nous, notre patronne.

On s'est tous ou presque retrouvés près du feu, à écouter Alex pendant que je l'accompagnais à la guitare, tout cela était parfait, limpide, on passait d'un accord à l'autre avec une telle aisance que l'inspiration ne pouvait nous venir que du Ciel, nous étions ces anges musiciens, joufflus et candides, qu'on voit sur les peintures bibliques de la Renaissance, Van Eyck, oh Van Eyck, j'ai pleuré à Gand devant *L'Agneau mystique,* nous étions inspirés par la grâce. C'est ce que Gwen aurait voulu, c'est ce que Gwen aimait, des chansons mélancoliques au sens le plus noble du terme. Alex a enchaîné sur un air du siècle dernier puis j'ai ressorti un vieux Brassens de derrière les fagots. Toujours là quand il faut, le père Brassens. Pile poil.

À son tour, Fred a pris la guitare. *Le Bateau,* Frédo, *Le Bateau.* Il était impossible d'imaginer une soirée sans. Le type voulait se foutre à l'eau, nager jusqu'aux mers tièdes des Caraïbes et se donner enfin du bon temps, du rhum à gogo et des filles à la peau épicée, chante-nous *Le Bateau,* Fred, souviens-toi de notre mariage, des quarante ans de Léna, fais-nous pleurer, fais-nous rêver. Le type a plongé dans la flotte, il a nagé, nagé, et nos yeux s'embrumaient de larmes, c'étaient de bonnes larmes, salées à point, un virgule quatre pour cent de chlorure de sodium. Elles s'évaporaient dans l'atmosphère, formaient des petits nuages, que les alizés poussaient vers l'ouest, et rejoignaient d'autres larmes évaporées de l'Atlantique et les nuages s'alourdissaient, de plus en plus menaçants dès qu'ils approchaient l'Équateur, alors une tornade prénommée Gwen s'abattait sur les îles lointaines, Dominique, Marie-Galante, et c'étaient nos mêmes larmes, je le sais, qui retombaient avec fracas sur la tôle ondulée de leurs cahutes, des hommes hilares, sortis des bouges, s'en frictionnaient le torse. Elles ruisselaient jusqu'au quai, s'en retournaient à la mer, rejoignaient le Gulf Stream, coulée de lave incandescente qui galopait vers l'Europe en un gigantesque arc-de-cercle, glissait vers la mer d'Iroise, retour à l'envoyeur, et réchauffait nos terres grises, les primevères apparaissaient aux premières semaines de l'année, les jonquilles nous venaient en février. Tout cela obéissait à un cycle infaillible, l'eau retournait à l'eau et charriait des tonnes de sel.

La musique s'est tue, Fred m'a tendu à nouveau la guitare comme pour s'en débarrasser, j'ai fait non de la tête. Pour Alex c'était idem, alors il n'y eut plus personne pour chanter quoi que ce soit. C'était toujours un peu difficile de s'y remettre après *Le Bateau* alors imaginez, une nuit comme cette nuit-ci. La fête entrait dans sa phase finale. Tout le monde débarquait, finalement pas si mécontent d'être à terre. On devait s'approcher des quatre heures du matin, la nuit était à peine plus fraîche et les bâillements devenaient de plus en plus réguliers. On n'a pas vu la nuit passer, s'étonnait Léna après avoir regardé sa montre. Les étoiles devaient avoir changé de place. J'interrogeai le ciel puis cherchai Brigitte du regard, elle semblait avoir disparu. J'avais entendu qu'elle devait dormir chez sa mère. Quelques-uns d'entre nous s'envolaient sans prévenir, réintégraient leur tanière, se couchaient deux par deux et s'emboîtaient l'un contre l'autre.

Aline était devant le feu et s'amusait à l'aide d'un bâton à frapper les braises pour dessiner des gerbes d'étincelles, un dernier feu d'artifice pour Gwen et au lit.

— Et Pierre ?

— Pierre est parti se coucher, dit-elle, il n'en pouvait plus. Il n'a pas dû dormir des masses pendant ces dernières quarante-huit heures, il a besoin de récupérer avant demain. On dort ici, dans le grenier, faudrait commencer à demander aux gens de partir. Moi aussi, faut que j'aille au lit. Je suis nase.

— Tu as raison, Aline, la mauvaise fée va bientôt te transformer en citrouille.

La plupart des veillées d'antan duraient la nuit entière, on se relayait autour du mort pendant que l'équipe de réserve s'empiffrait dans la cuisine, comme si les larmes ouvraient l'appétit. Aline s'est levée, m'a embrassé sur le crâne, a soufflé un baiser à la cantonade. J'ai entendu ses pas dans l'escalier, j'ai deviné sa halte au premier étage. Après quoi, tout s'est passé très vite. Un raclement de gorge et les derniers convives se sont levés, dépités de devoir s'arracher à cette somptueuse apathie.

On s'est retrouvés une demi-douzaine dans le jardin, au milieu de la nuit, à se faire des adieux, on aurait dit le quai d'une gare. Le train n'arrivait pas, la nuit était belle, étoilée, on se disait qu'il ferait beau demain, et chaud, ça ne serait pas la peine de trop se couvrir. C'était un quai de banlieue, à moitié désert avec un réverbère et en haut, le carré de lumière de la chambre du chef de gare qui veillait. Mussolini exigeait que son bureau du palais de Rome demeure éclairé toute la nuit. Le peuple italien avait ainsi la garantie que le Duce veillait sur lui.

Fred, qui devait rester avec moi, a pris d'autorité l'initiative d'embrasser tout le monde, pas de train mais tant pis, vous avez des bagnoles, on s'est léchés, filles, garçons, sous le halo de l'ampoule extérieure, on s'est pelotés dans tous les sens. À nous voir ainsi, on ressemblait à des réfugiés se disant définitivement adieu, et j'ai pensé à cette famille venue de l'Europe orientale ou du Moyen-Orient que j'avais remarquée dans le hall d'un grand aéroport, toute une smala, une bonne douzaine, de tous âges, et ils s'embrassaient, mon Dieu, ils détonnaient tant au milieu de ce vaste hall ultramoderne. On savait que c'étaient des pauvres gens. On lisait le journal, plus personne n'ignorait ce qu'il se passait au Kurdistan, en Bosnie et ailleurs, parfois un enfant était soulevé par-dessus le groupe tandis que les autres s'étreignaient puis revenaient se fondre dans la masse, ce qui évoquait un ballet traditionnel et je les regardais de loin dans cet immense aéroport, les voix mièvres des hôtesses et la foule qui court après quoi, j'allais en vacances avec ma poule, dans les îles, voyage de noces, vous pensez si je m'en balançais du Kurdistan, on faisait la queue au guichet des enregistrements et on les matait, fascinés, les hommes attrapaient les valises, les femmes leurs gosses et le groupe se disloquait pour se scinder en deux blocs, l'un restant immobile, prisonnier de l'œil du cyclone, et l'autre disparaissant à reculons, happé par un couloir mais pourquoi étais-je en train de leur raconter ces horreurs en pleine nuit devant la maison de Gwen alors que Clarisse et Léna grelottaient comme des petites chattes qu'un sale gosse aurait jetées dans la mare. On s'est donné un dernier coup sur l'épaule, faites gaffe aux flics, on a prévenu, peut encore y avoir des contrôles, c'est l'heure de la sortie des boîtes de nuit, manquerait plus que ça !

On a attendu, Fred et moi, que le rayon de leurs phares disparaisse derrière la haie puis on a fait une brève évaluation du ménage qui nous attendait. Oui, c'était préférable de s'y atteler tout de suite, des visiteurs pouvaient arriver assez tôt dans la matinée et la vue de cadavres de bouteilles de vin et de cendriers pleins pourrait faire jaser. La situation n'était pas catastrophique, l'essentiel était de camoufler le plus gros, on fignolerait demain. Terrés dans notre mutisme, on se croisait dans nos allers-retours entre la cuisine et le jardin, une éponge ou une pile d'assiettes à la main, travaillant aussi machinalement que si l'on avait été payés pour ce boulot et qu'il était hors de question de s'opposer aux ordres de la patronne. Elle nous avait coupé la langue de peur que le récit de ses frasques dionysiaques ne s'ébruite hors les murs. J'ai passé un coup de tampon Jex sur la table en ferraille du jardin. Fallait frotter, le café s'était évaporé mais le sucre était resté collé, des auréoles violacées de vin s'étaient ajoutées aux traînées de graisse qu'une armada de fourmis s'apprêtait à dévorer goulûment. D'une chiquenaude, j'ai envoyé valdinguer le tout au fond de mon sac-poubelle. Ce n'étaient que des fourmis.

Au bout d'un quart d'heure, on a marqué une pause pour constater l'avancée des travaux, et il faut dire qu'on n'était pas mécontents de nous. Toutes les traces de la fête avaient été effacées, enfin presque, et le commun des mortels aurait pu totalement ignorer ce qu'il s'était passé cette nuit de ripailles et de bombances pour honorer la bonne hôtesse. On était en nage. Fred a saisi une bouteille de Coca qui avait échappé à la vigilance des gosses et on se l'est descendue au goulot, chacun son tour. Il a versé ce qu'il restait pour éteindre les dernières braises. Une grosse fumée marron s'est échappée, on l'a regardée se dissoudre dans l'atmosphère en attendant quelques secondes qu'un génie apparaisse.

Aline dormait au grenier, Pierre sur le canapé du salon, et les gosses dans leur chambre, Gwen, n'en parlons pas. On les veillait tous, armés de torchons et d'éponges, enfin on espérait de tout cœur qu'ils dorment comme des justes. On n'était pas spécialement maniaques, mais on savait entretenir le monde avec un minimum de propreté. Nos femmes ne s'étaient pas trompées en nous épousant. Ouais, on formait une sacrée paire.

Il était plus de quatre heures du matin. Fred a allumé une cigarette, la dernière avant d'aller au lit. On est ressortis dans le jardin en bâillant.

— Ça sera mieux comme ça, dit-il.

J'ai renchéri Dupont-Dupond. Ouais, ça pourrait être pire. Il dormirait dans son camping-car, tranquille, besoin de rien.

Je commençais à avoir mal au crâne, trop fumé, trop bu, je tremblotais par saccades, humide de sueur. On a grillé notre clope sous le ballet des mouches qui tournicotaient autour de la grosse ampoule jaune et nue, toujours sans rien dire, les larmes, les mots, on avait épuisé le stock depuis déjà longtemps, Fred m'a juste souhaité bonne nuit en m'embrassant et je l'ai suivi des yeux, marchant dans la nuit vers son camion, et quand la petite lueur rouge de sa cigarette a disparu, j'ai jeté mon mégot en enfer et j'ai fermé la porte derrière moi.

Une légende, mais où avais-je donc lu ou entendu ça, une légende assurait qu'il fallait laisser la porte ouverte la nuit des morts, de même qu'il fallait entretenir un feu dans l'âtre et déposer de la nourriture sur la table afin que les âmes des trépassés puissent une fois l'an venir se rassasier et se réchauffer auprès des leurs. C'est cette nuit-là qu'un forçat échappé du bagne de Brest abusa de la crédulité d'une pauvre vieille paysanne en se faisant passer pour son défunt fils et jouir d'une planque idéale, à l'occasion faire main basse sur les victuailles. L'une parlait de l'enfer, l'autre du bagne et chacun s'accordait à merveille. Je me posais maintenant la question de savoir si, lors des veillées funèbres, la porte devait rester ouverte ou fermée. Il devait sûrement exister à ce sujet des rites fermement établis depuis des générations, mais je n'étais pas le chef du protocole, j'étais un jeune stagiaire à qui on avait confié de trop lourdes responsabilités. J'ai coupé la poire en deux. La porte serait fermée et non verrouillée. Quant aux lumières, fallait-il les éteindre ? La maison me semblait peuplée de fantômes. J'ai retiré mes godasses, les ai rangées sous l'escalier comme on l'avait toujours fait et il y avait là toutes les chaussures de Gwen, ses chaussons, ses baskets, ses pompes de ville, ses gros godillots de randonnée, des rumeurs prétendaient qu'elle était morte mais tout cela était naturellement non fondé. La preuve en était que la salle de bains était habitée par tout un incroyable méli-mélo de flacons et de brosses à cheveux attendant crânement sur des étagères que la maîtresse des lieux veuille bien les utiliser. Eux, bien sûr, ne prêtaient nullement foi à ces sordides allégations. Ils veilleraient jusqu'à l'aube, toujours prêts, le shampooing aux herbes, la crème antirides, le parfum numéro machin, c'était leur raison d'être. Je me suis passé la langue sur les gencives et j'ai cherché une brosse à dents. Je ne savais pas où Aline avait planqué la trousse de toilette et je n'avais plus la force de remuer ciel et terre pour recouvrer une haleine acceptable. Il y avait là quelques brosses dans un petit vase posé sur le lavabo et j'ai pensé en emprunter une au hasard, on n'allait pas en faire une affaire d'État, mais je me suis retenu à temps, c'était pas décent. La brosse à dents de Gwen aurait crié à l'imposture, le dentifrice se serait soudain transformé en un violent venin, mieux valait pas discuter avec ces petites choses-là. Je me suis rincé la bouche, je me suis regardé devant la glace et mon visage se reflétait, un peu terreux, certes, mais c'était mieux que rien.

Maintenant, la maison était entrée dans la plus profonde des quiétudes, si l'on oubliait les tournoiements gras du lave-vaisselle. J'entendais en montant l'escalier la forte respiration de Pierre, qui n'était pas encore un ronflement mais qui signifiait qu'il dormait à peu près correctement. Son cauchemar à lui réapparaîtrait aux premières lueurs, il lui faudrait quelques minutes avant de pouvoir se reconstituer, se ressouder à son nouvel état comme un infirme attache chaque matin sa prothèse après avoir passé la nuit à galoper dans les prés. La veille, la même brute l'avait arraché à son sommeil.

Pierre, ce matin-là, avait de suite rejoint la chambre des gosses. Comment l'annoncer, il avait passé des heures dans le noir à se poser cette question, et cela bien avant la mort de Gwen, comment leur dire, Maman est morte cette nuit, Maman ne reviendra plus, Maman est partie au ciel. Elle était très très malade, et maintenant elle n'aura plus jamais mal, elle est guérie mais on ne la reverra plus, c'est comme Bernadette, la chatte, on la mettra dans un trou dans la terre, mais Papa est là, Papa restera auprès de vous, toujours, c'est promis, juré. Croix de bois, croix de fer. Des mots, nom de Dieu, du vent. Il allait devoir infliger à ses gosses ses propres souffrances, les arracher à leur sommeil en leur envoyant des claques de mots dans la gueule, mais les enfants n'ont pas pleuré, la réalité ne leur fait pas le même effet qu'à nous les grands, non ils n'ont pas pleuré, la petite chatte est morte, Maman est morte, ça fait deux morts dans la maison et voilà. Les gosses savent compter. Un plus un font deux. Pierre s'était allongé sur le lit de Loïc, l'aîné. Dans sa main, il avait pris une peluche avec laquelle il jouait machinalement, les oreilles du lapin s'animaient, les pattes gambadaient joyeusement sur la couette et le gosse regardait les yeux écarquillés le lapin lui annoncer la bonne et la mauvaise nouvelle. Je commence par la bonne, dit Jeannot-lapin en dressant ses deux longues oreilles : pas école aujourd'hui. Après quoi Pierre avait confié les petits à sa mère pour se rendre aux pompes funèbres et choisir le cercueil.

De l'autre côté des cloisons parvenait aussi le souffle ténu des enfants, et de la cuisine ce même lourd ronronnement. J'étais dans le Transsibérien qui traversait de nuit les immenses steppes désolées d'Asie centrale. J'ai pénétré dans le compartiment de Gwen, la porte a couiné. Je me suis soudain senti envahi par une profonde lassitude. Il m'arrivait de me laisser divaguer tout en observant son visage et là, elle était la vieille copine qu'on avait toujours connue, mais dès que j'essayais de me concentrer sur elle, de lui insuffler par ma mémoire une nouvelle vie, de la reconstituer en quelque sorte, elle m'échappait totalement. Je captais un souvenir : Gwen marche sur les dunes de Sainte-Marguerite, un bout de bois tordu dans une main, et avance les yeux fixés sur le sol à la recherche d'une quelconque anomalie du règne animal ou végétal. C'est l'hiver. Elle est emmitoufflée sous son kabig. Elle s'arrête, se baisse, ramasse un coquillage, une crépidule, le frotte contre sa manche. Je la vois revivre, là, devant moi, elle astique la crépidule, souffle dessus, l'examine, elle est toute contente, elle sourit et nous appelle : Hé, les gars, venez voir ! On accourt. Un crépidule ! On dit un ou une crépidule, demande Alex ? Je l'ignore, dit-elle, ce sont des parasites importés par les navires américains pendant la dernière guerre, et subitement, sans comprendre pourquoi, l'image disparaît, plus de Gwen, envolée, et devant moi, je n'ai que le cadavre d'une inconnue qu'on a rafistolé dans la cuisine d'un hôpital afin de le rendre présentable. On lui a mis de la colle entre les lèvres. De la colle pour les tenir closes. Dans les dernières heures de sa vie, elle a tant cherché le moindre souffle d'air que sa mâchoire en est restée bloquée, grande ouverte. Elle est morte asphyxiée, aspirée par des sables mouvants, elle est morte noyée. Maintenant, on dirait qu'on lui a cousu les lèvres pour la punir et qu'une fois pour toutes on ne l'entende plus. Je reviens à la case départ, je joue à cache-cache avec elle et avec mes souvenirs, mais ce petit jeu m'épuise. Le fest-noz de Spézet, les quinze ans des Diaouled, Gwen qui se fout de ma gueule parce que je ne sais pas danser la scottish, Gwen qui rigole, la tête en arrière, quel lourdeau ! ses boucles d'oreilles fantaisie se balancent, rien à faire, elle me glisse entre les doigts, ça dégouline de mes yeux mais ça n'adhère pas. Je danse la scottish avec un fantôme qui se fout de ma gueule. Mes visions sont fugitives et ça me désole. Ce ne sont là que les premières trahisons de la mémoire. Dans un mois, dans un an, sera-t-elle autre chose qu'une image déformée qui ferait des grimaces dans notre cerveau ? On pourrait fantasmer ainsi des années à s'en rompre le crâne sans résultats probants. Les morts meurent d'abord d'une première mort brutale avant de s'effacer à petits pas, ils se gomment d'eux-mêmes et c'est à partir de ce moment-là qu'on commence à sortir les albums de photos. J'ignore aujourd'hui totalement ce à quoi je pensais à cet instant précis, seul au milieu de la nuit dans la chambre de Gwen, bercé par le lancinant clapotis du lave-vaisselle, j'avais eu mon compte de vin rouge et je luttais contre une profonde envie de dormir, mais je ne pouvais pas me résigner à la laisser seule, quelque chose me disait que c'était mal, que ce n'était pas bien, que des esprits malfaisants en profiteraient, que le Malin trouverait bien quelque perfidie pour s'emparer de cette âme innocente.

Je ne rigolais pas dans ma barbe, ce type de terreur nous avait été insidieusement inculqué depuis notre plus tendre enfance et si ma foi en un Dieu unique et tout-puissant s'était depuis belle lurette effondrée, je restais au contraire intimement persuadé de l'existence réelle du diable. Gwen sur sa bicyclette, en baskets et jupe courte, avec ses lunettes noires, son petit garçon sur le porte-bagages, c'était quand ? y a pas si longtemps. J'essaye de la faire pédaler encore quelques centaines de mètres, ça va vite, c'est en descente, elle va se casser la gueule, les freins sont en mauvais état, fais gaffe, Gwen, fais gaffe à la falaise, tu vas tomber, freine, nom de Dieu, freine…

Je me réveille brutalement, j'émerge d'un rêve, les ajoncs ont un parfum de noix de coco, j'ai dû m'assoupir quelques secondes, me laisser aller, je sursaute, enregistre en un instant la situation, je comprends qu'il est inutile de veiller davantage, qu'il vaut mieux dormir dans un lit que sur une chaise, que la journée sera longue et pénible et que de toute façon le diable nous l'a déjà arrachée, notre Gwen, et qu'on n'a rien gagné au change, floués jusqu'au trognon, tous.

Je me suis approché du corps. Gwen était une enfant malade, j'ai posé une main sur son visage de la manière la plus douce possible, ma main n'effleurait que le duvet de sa joue, je l'ai embrassée sur le front pour ne pas la réveiller, à nouveau outré par le froid brutal de sa peau. J'ai relevé une mèche de ses cheveux, une mèche qui n'était pas à rajuster, mais les cheveux étaient encore vivants. On dit qu'au même titre que les ongles, ils continuent de pousser après. Je te laisse la lumière, ma chérie, si tu crains le noir. Partagé entre des craintes souterraines et l'idée que le processus de putréfaction allait maintenant démarrer, j'ai fini par fermer la fenêtre au cas où. Je suis monté au grenier. Je me suis déshabillé dans le noir, glissé sous les couvertures, je devais être imprégné par l'odeur graisseuse de la nuit. Aline ne dormait pas, je le savais. Tu ne dors pas, ma puce, j'ai chuchoté. Non, a-t-elle répondu, j'arrive pas. Elle s'est tournée vers moi : Faut dormir, j'ai dit, une journée difficile nous attend. Elle a posé sa tête sur ma poitrine, j'ai enroulé un bras autour de ses épaules, c'était pas une bonne position pour s'endormir, mon bras allait vite s'engourdir et, allongé ainsi sur le dos, il était fort à parier que j'allais me mettre à ronfler, le mieux aurait été de se mettre l'un contre l'autre en chien de fusil, mais on est restés comme ça un bon moment, les yeux ouverts dans l'obscurité, des fois qu'il y aurait eu encore des choses à penser.

Quand Enora nous a réveillés, le jour était déjà largement avancé, le soleil encore bas caressait la campagne dans le bon sens du poil, et cette brume opalescente était une couette de plume sous laquelle tout un monde bouillonnait de désir. Les maïs et les lilas, les coccinelles et les mésanges allaient encore aujourd'hui s'en payer une bonne tranche. Au bout d'un champ jaune, un renard, la patte droite levée et le museau pointé, dans un instant ouvrirait le bal. Par la lucarne du grenier, on devinait tout cela, le paysage se découpait en plusieurs lignes d'horizon, de plus en plus floues à mesure que notre regard s'éloignait.

La petite avait pleuré ou plutôt pigné, les gosses sont très doués quand il s'agit de geindre ainsi de manière à se rendre suffisamment insupportables pour qu'on s'occupe enfin d'eux. Hin... hin... ce n'était pas des pleurs arrachés par l'émotion, c'était une volonté délibérée de faire chier le peuple, c'est du moins ce que moi, j'ai pensé. Hin... hin... J'ai regardé ma montre, sept heures moins dix, la petite conne, on a entendu ses pas menus sur la moquette de sa chambre et sa porte s'ouvrir, Môman, Môman. Aline s'est levée d'un bond, faut pas qu'elle réveille Pierre, a-t-elle lancé. Elle est descendue, au moment où la gamine en larmes avec son gros doudou orange et sa suce dans la bouche entrait dans la chambre de Gwen. Elle l'a prise dans ses bras et Enora en a profité pour sortir la grosse artillerie, l'arsenal de ses hurlements préférés. Aline, vaincue, a ouvert la chambre, la porte a couiné, cette putain de porte couine toujours, voilà, elle est là, ta maman, montrait Aline tout en serrant très fort l'enfant dans ses bras, alors les cris, les larmes, ont stoppé instantanément. Il y avait ces deux femmes, la grande et la petite, la petite dans les bras de la grande, toutes les deux en culotte, les jambes potelées et la tronche enfarinée, les cheveux en vrac, subitement transformées en statues de sel.

C'est la première chose que voit Pierre, réveillé par ce raffut du diable, les portes et la gosse qui couinent, Aline qui dévale l'escalier, il aperçoit cela dans l'embrasure de la porte, dans un rectangle de soleil qui entre à nouveau ce matin-là, des poussières virevoltent à travers la lumière comme une pluie d'étoiles, et derrière ce premier groupe de personnages immobiles, dont il ne distingue que la silhouette nacrée, il ne peut entrevoir dans son champ de vision que ce lit de draps blancs. Pourquoi la mort est-elle devenue blanche, ainsi que les baptêmes et les mariages ? C'est une mode somme toute récente que de parer ainsi les fiancées et les défuntes. Si on observe les vieilles photos de famille ou les tableaux du XIXe siècle, on s'aperçoit que la couleur était privilégiée, jeunes filles de Plougastel vêtues de mauve et de jaune, enfants morts d'Ouessant enrubannés de bleu et de rouge. Le costume traditionnel ne craignait pas les tons les plus criards, les broderies d'or. Que s'est-il passé après la guerre ? Les Bretonnes ont suivi la mode de la ville, abandonné leurs fichus dans les armoires. Ma mémé se lamentait : J'avais acheté un joli costume à ta mère, de velours et de soie, brodé par Jean Le Cam de Pontivy, c'était pas donné, mais rien à faire, ta mère n'a même pas voulu en entendre parler.

Les jeunes filles souriaient aux soldats américains qui mataient leurs mollets blancs et leur offraient du chocolat et des bas en Nylon. Oui, les mariées sont devenues blanches, comme au baptême et jusqu'à la mort, un petit bouquet de bruyère dans la main. Gwen est blanche et le restera.

Pierre la revoit en tee-shirt et minijupe, une jupe jaune, et un tee-shirt orange et des baskets également jaunes. Il suit la courbe de ses jambes fines et ambrées, elle est assise sur un banc du jardin, un bouquin dans les mains, elle le regarde et lui sourit, coquine et amoureuse. Elle lui embrasse la nuque. Pierre ferme les yeux et les rouvre, les couleurs s'estompent, virent au gris pâle.

— Donne-la-moi !

Aline lui tend la petite qui se jette dans ses bras.

— Elle est chiante, n'est-ce pas, tu as vu l'heure !

Pierre sourit tristement parce qu'il voit briller les yeux d'Aline et le blanc de ses yeux est lacéré de cicatrices, et ces deux-là sont au bord de la falaise, un vent violent chargé de sable leur brûle le visage, le premier qui pleure fera pleurer l'autre. Retourne te coucher, conseille Pierre, je m'occupe d'elle, et Aline remonte au grenier, je sens son corps refroidi qu'elle essaye de réchauffer contre le mien, elle voudrait extraire de son cerveau la case où une petite fille appelle en pleurant au matin sa maman, Maman, Maman. Aline se bouche les oreilles, elle voudrait se les arracher mais ça ne servirait à rien, c'est entré dedans, indélébile. Ça va y rester des années. Et je sens entre mes omoplates nues du plomb en fusion qui s'écoule et qui me paralyse.

Aline ne s'est pas rendormie, elle s'est levée, s'est habillée et elle est descendue dans la salle de bains se faire une toilette de chat. Elle regarde dans le miroir ses paupières lourdes, sa peau sèche. Faudrait du repos, dormir suffisamment et régulièrement, s'aérer, éviter les excès, surveiller son poids, manger des légumes verts. Faudrait. N'exagérons rien, elle est jolie et elle est encore jeune, toujours aussi séduisante. Qu'est-ce que c'est trente-huit ans de nos jours pour une femme ? Si elle tient compte de l'espérance de vie moyenne des Européennes, il lui reste au moins autant à vivre. Trente-huit ans, bandante et radieuse.

C'est l'âge de Gwen, Gwen et Aline ont le même âge, à quelques mois près. Le problème, c'est que l'une s'est arrêtée avant l'autre et quand Aline fêtera ses quarante, ses cinquante ans, quand Aline sera une vieille mamie avec des cheveux blancs et des rides, Gwen sera toujours cette jolie jeune femme au teint frais, nature, qu'on voit sur la photo, là, et qui ne s'enquiquine pas à passer la matinée dans la salle de bains. Gwen ne vieillira pas. *Tir na n-Og,* éternelle jeunesse, paradis des Celtes. Jusqu'à présent Aline n'avait entendu de ce mot que sa sonorité cristalline. *Tir na n-Og.* Elle se brosse les dents, s'asperge le visage d'eau froide et se rince les aisselles, y lance deux pressions de déodorant. Elle se peigne les cheveux. Il y en a des blancs, isolés et minoritaires, mais de nouveaux apparaissent chaque matin et le phénomène ne fait que s'amorcer. C'est la règle du jeu. Un autre jour, elle se tâtera les seins, se pincera les cuisses. Gwen n'aura jamais les seins qui tombent. Aline fait la moue devant le miroir, sur la défensive. Tu veux ma photo ou quoi ? Elle jette un œil sur les tubes de crème qui sont posés là, éclat du teint, antirides, elle sourit de dépit, dévisse un flacon d'eau de toilette et renifle. Un sac-poubelle ferait l'affaire, tout de suite, ici, avant que Pierre ne se lève, faire disparaître chaque trace, chaque odeur de femme, lui faire croire que non, non, jamais eu de gonzesse ici, ou tout au moins lui faire oublier qu'il y en a eu une, dans le temps, peut-être.

Aline imagine la scène, son bras comme un vérin programmé qui s'avance impitoyablement, le sac-poubelle grand ouvert et toute cette verroterie y dégringolant dans un bruit métallique et sourd. En trente secondes, le tour est joué. Disparus les flacons, les machins, évaporés les pschitt-pschitt à se mettre sous les bras, les shampooings revigorants et les sent-bon pour les dîners en ville, une bonne chose de faite. Les chefs guerriers des tribus vikings se faisaient enterrer avec leurs armes, et les femmes leurs bijoux. Il est une tombe néolithique au musée préhistorique de Penmarc'h où le squelette d'une jeune fille est orné de deux ormeaux en guise de boucles d'oreilles et la nacre rose du coquillage semble encore étinceler derrière le crâne poussiéreux. Aline se demande ce qui la retient de tout foutre en l'air une bonne fois pour toutes, et cette frustration en même temps que cette pulsion violente lui donne des haut-le-cœur.

Elle entend la porte de la maison s'ouvrir, enfile un tee-shirt, Fred s'est levé. Il faut être raisonnable, c'est trop tôt, Gwen est encore parmi nous, elle attendrait la semaine prochaine que tout soit fini, viendrait avec une ou deux copines, elle dirait à Pierre de ne pas s'inquiéter, qu'elles s'occuperaient de tout. Oui, c'est comme ça qu'elle voyait les choses.

— Bien dormi dans ton camion ?

— Couci-couça, comme tout le monde. C'est facile pour personne.

Aline lui explique que la petite s'est réveillée très tôt puis s'est rendormie auprès de Pierre, enfin elle suppose, elle espère qu'ils dorment à nouveau à poings fermés, le plus dur les attend, oui, ça sera encore une superbe journée, l'anticyclone des Açores paraît s'être installé chez nous de toute sa masse et pour des siècles. Une bien belle journée pour un enterrement, Gwen née au printemps, morte au printemps, c'est dur de partir au printemps, chantait Brel. Elle aurait eu trente-huit ans dans moins d'une quinzaine de jours. Elles s'étaient promis de fêter ensemble leurs quarante ans. Quarante ans, Fred, c'est trop con ! Faudra choisir des fleurs des champs de manière que tout ça ne devienne pas trop pompeux. Des fleurs qui collent à son prénom. Gwen la Blanche, les foins, l'odeur de juin, Gwen dans la prairie, cheveux couleur de blé, une blonde aux yeux bleus, une vraie.

Fred pose deux bols sur la table, deux petites cuillères, le sucre et le lait, pendant qu'Aline verse l'eau bouillante dans la théière, le thé de Gwen selon la méthode de Gwen, le plus banal des gestes devient une action de grâces, tout ce qu'on fera désormais, on le fera en sa mémoire, des choses de ce type traversent l'esprit, des relents de catéchisme. Aline verse l'infusion, elle est debout, la lumière parvient de la fenêtre et ne lui éclaire qu'un profil. Filtrée par la brume matinale, elle lance des tons pastel et la scène est d'une intimité bouleversante. Aline se revoit plus d'un an auparavant lorsque Gwen, debout à la même place, accomplissant exactement le même geste avec la même théière, lui avait annoncé sa maladie. Vous ferez ceci en mémoire de moi.

La théière a la couleur du beurre de ferme, décorée de motifs floraux et arrondie à sa base, c'est un vrai quimper, cadeau de fête des Mères. À ce moment, oui, elle pourrait tout lâcher, elle sent venir ce vertige, entre la nausée sourde et l'évanouissement, dormir, dormir encore, et encore une fois, il lui faut rassembler toutes ses forces pour se dominer. Je veux pas mourir, lui avait soufflé Gwen, et ce n'était ni de la colère, ni de l'amertume, l'injustice était trop lourde pour la combattre de cette façon, elles s'étaient prises dans les bras, s'étaient serrées à s'en rompre les os. Aline rejette brusquement cette vision.

Elle s'assoit à son tour face à Fred, oui elle préfère un peu de lait dans son thé, un nuage s'il te plaît mais pas de sucre, jamais de sucre, question d'habitude. Fred en revanche, c'est le contraire, thé ou café, toujours du sucre, un demi dans une tasse de thé, un morceau entier dans le café ! Ils s'accrochent à leurs manies, leurs habitudes comme à un gilet de sauvetage, dressent avec leurs jalons familiers des amers qu'ils pourront repérer du large dès la prochaine tempête. Chaque vague de silence est un gouffre qu'il faut obligatoirement remplir sous peine d'ensablement. Aline frissonne. Fred propose quelque chose à manger, des crêpes, du pain, mais ils n'ont pas faim.

Le jardin exige encore un sacré coup de torchon, les oiseaux n'ont fait que ramasser les miettes de pain et des centaines de mégots jonchent encore le sol. C'est infect, les gens sont dégueulasses. Aline enrage, elle l'arpente maintenant avec un sac plastique, se baisse tous les deux pas, s'agenouille dans l'herbe, putain de clopes, saloperies, assassins. Ça la dégoûte, en même temps, elle a la volonté farouche d'éliminer tous ces mégots, d'éradiquer le mal de la surface de la planète. On fume, on se bécote, on torche, on se bécote encore, on pue du bec. Infect méli-mélo de petites morts au grand bal de l'insouciance. Écœurant. Regardez-moi ça, une cigarette consumée jusqu'au filtre, un mégot couleur merde grand comme la moitié de mon ongle et celui-ci, souillé de l'empreinte d'une bouche, quelle est donc cette salope qui portait du rouge à lèvres ? Elle sent encore sa langue chargée de l'amertume des cigarettes qu'elle a elle-même fumées dans la nuit, une dizaine, peut-être plus, à s'en gargariser la gorge de ces laves toxiques jusqu'à l'empoisonnement. Saloperies. Ordures. Tous ces mégots, c'est du pognon qui tombe dans les caisses de vous savez qui, des milliards de dollars, pas envolés pour tout le monde, de quoi fabriquer des chars, connards, des porte-avions à propulsion nucléaire, tant de nicotine, tant de royalties. Il y a un gros type là-bas quelque part, assis derrière un immense bureau avec une calculatrice et un sourire ravi devant les chiffres qui défilent, alors fume, imbécile, t'attraperas la chiasse du caisson, la grande diarrhée noire.

Aline décontamine, elle purifie. Quand les gosses vont se lever, ils auront droit à une planète enfin habitable. Les autres gens qui vont passer dans la matinée ignoreront tout de la nuit où Gwen fut veillée. Une nouvelle journée peut commencer, limpide.

Aline revient dans la cuisine, son sac plastique à la main, à moitié plein, à moitié vide selon que. Elle se lave longuement les mains avec du produit vaisselle et une brosse. Elle pue. Elle puera tout le temps. L'âcre odeur du tabac froid semble s'être imprégnée entre ses doigts, comme sur ses habits, ses cheveux, comme à l'intérieur de la maison et de ses propres poumons. Dites, c'est contagieux ? Elle prendra une douche plus tard, elle arrêtera de fumer, cette fois-ci définitivement, bien sûr qu'elle arrêtera net, dès que tout cela sera fini.

Pierre vient de se lever, ils s'embrassent et restent là à s'étreindre et s'écouter mutuellement battre le cœur dans la poitrine de l'autre. Pierre porte le même tee-shirt que la veille, il a dormi avec. Douze mois, quinze mois qu'il ne décuite pas, sa gueule de bois démarre aujourd'hui même. On fera des pronostics. On parlera d'un an, durée réglementaire du deuil. Péremptoires, certains parieront jusqu'à deux, deux ans de lancinantes migraines et d'aigres remords. La moyenne d'un chagrin d'amour ordinaire, conclura-t-on avant de se taire, effrayés par ces grotesques supputations. Je vais prendre ma douche, dit-il en se détachant d'Aline. C'est ça, va prendre ta douche, c'est un bon début. On entend l'eau couler. Rien que l'eau. Il se remettra à chanter dans dix mille ans.

Je suis descendu à mon tour, aussi flapi que les autres. Fred était parti chercher du pain et le journal, oui, le journal avait continué à paraître, les rotatives à tout berzingue, et les boulangers avaient passé leur nuit à enfourner des croissants. C'était magnifique. L'ordre du monde ne s'en trouvait que conforté. On pouvait en toute confiance s'occuper dès maintenant du petit déjeuner. La mise en bière était prévue pour midi, ça nous laissait quelques heures pour se préparer convenablement. Pierre est sorti de sa douche, je tenais la petite Enora dans les bras et Aline était partie réveiller son grand frère. La table était dressée, thé ou café. Le téléphone s'est mis à sonner. Au même moment un jeune type a frappé à la porte, un bouquet et une enveloppe dans les bras, une composition soignée, bruyère et roses jaunes. Tanguy, c'est ici ? J'ai opiné. Le type m'a refilé le tout sans plus de sollicitude que s'il s'agissait d'un ballon de basket puis a fait demi-tour sans demander son reste. Un milliard deux cents millions de nouveaux francs étaient dépensés dans le pays chaque année à l'occasion de la Toussaint, alors une couronne de plus ou de moins, on n'allait pas rajouter un pourboire. Machinalement, j'ai reniflé le bouquet, c'était déjà l'été, ça sentait la nuque des filles dès qu'on y fourrait le nez avec un minimum d'attention, la même essence qu'on surprenait le dimanche matin au sortir de la salle de bains avant qu'elles aillent au marché acheter des fraises pleine terre à l'étal du paysan bio.

J'ai installé Enora devant son chocolat chaud, puis je suis monté dans la chambre de Gwen pour déposer les fleurs au pied du lit. La lumière du jour avait à nouveau envahi la pièce, on aurait pu craindre les premiers signes de la décomposition, mais ça sentait encore et toujours les fleurs à s'en éclater les naseaux. Les pollens s'en donnaient à cœur joie. Bonjour Gwen, j'ai chuchoté, mais je n'avais pas le goût pour la causette, j'ai juste souri un peu bêtement comme pour m'excuser de déguerpir avant que mon café ne refroidisse. Gwen n'est pas du matin, alors n'insistons pas ! Elle n'aura plus ces petits tracas et ces réveils difficiles, elle n'aura plus non plus le plaisir réconfortant du premier bol fumant de la journée quand le soleil perce à travers les rideaux, mais réfléchissons deux minutes, elle ne saura pas qu'elle ne l'aura pas, ce plaisir, elle n'en saura rien maintenant, n'est-ce pas ? Toute conscience, toute sensation a disparu. Tant qu'elle était à l'agonie, sans doute y avait-elle pensé, à son café au lait, au soleil orangé qui le matin émergeait de la brume, aux doigts nerveux d'un homme se tortillant autour de la pointe de son sein, à toutes ces choses qui ajoutées les unes aux autres vous mettent les sens en alerte et font que finalement, oui finalement, la vie vaut la peine d'être vécue. Bien sûr qu'elle avait dû faire sur son lit d'hôpital le compte de tout ce qu'elle allait perdre et ça faisait un sacré paquet, mais désormais tout était tombé aux oubliettes, évaporé. Le parfum des fleurs, la brise tiède et la lumière qui entrait par la fenêtre, ce n'était plus pour elle, tintin, c'était pour nous. La mort finalement ne concernait que les vivants.

Il y avait au bourg une boulangerie digne de ce nom. Je me suis beurré une tartine qui craquait, je l'ai plongée deux secondes dans mon bol, ça fondait, c'était délicieux, il n'y a pas de petits plaisirs. On entamait Fred et moi la deuxième baguette quand on a entendu frapper à la porte, encore des fleurs sans doute, autant désormais laisser la porte ouverte. Une jeune femme est entrée, bonjour, c'est par ici, a dit Fred, donnez-vous la peine. Elle a jeté un regard vers la gauche, Pierre lui a lancé de son téléphone un clin d'œil de bienvenue, puis elle nous a vus, nous et les gosses devant leurs bols de céréales, un filet de lait leur dégoulinant des lèvres. Bonjour les enfants.

C'était la maîtresse de l'école, les gosses sont restés interdits. Ici, ce n'était pas la place habituelle des maîtresses, ça bousculait leurs repères, les gosses sont du genre conservateur, une place pour chaque chose et chaque chose à sa place. Dites bonjour à la maîtresse, enfin !

Loïc a marmonné. Oui, elle apportait des fleurs pour ta maman, elle aussi, et tous tes copains, toutes tes copines avaient voulu t'offrir un dessin, pour toi, pour vous tous, parce qu'ils avaient pensé très fort à toi, à ta petite sœur, et la maîtresse en tremblait quand elle prononçait ces mots, son rouleau de dessins dans la main entouré d'un ruban bleu. Tout cela avait été si simple hier à l'école, elle avait expliqué avec délicatesse ce qu'il s'était passé, elle avait su trouver les mots, ceux de la maladie, ceux de la mort et ceux de la vie, et les gosses de la maternelle avaient passé l'après-midi chacun devant leur feuille. De temps en temps, ils posaient des questions dont elle connaissait les réponses sans jamais les avoir apprises mais les mots venaient, et quand les mots sortaient, les larmes restaient à l'intérieur.

Fred, sentant sa gêne, l'accompagna jusqu'à la chambre et la laissa seule un moment parce qu'il avait compris que les gens avaient besoin de cet isolement, ne serait-ce que quelques minutes, le temps d'évacuer les premières émotions. Le regard oblique des autres peut devenir dans ces cas-là impitoyable. Montrer sa douleur, c'est un peu se montrer nu. L'institutrice a posé les fleurs sur le lit, elle a gardé le rouleau de dessins entre ses mains. Pierre est venu la rejoindre avec les gosses et la petite a sautillé sur le lit en clamant à la maîtresse : C'est ma maman, elle est morte. Toutes ces visites donnaient sans conteste à la maison une importance soudaine et cette fierté rejaillissait sur elle. Loïc a pris le rouleau de dessins que la maîtresse lui a tendu en répétant que ses camarades de classe pensaient très fort à lui, mon Dieu, à chaque fois qu'elle évoquait ces dessins, un torrent de larmes lui arrivait aux paupières, il lui fallait de toutes ses forces dresser un barrage.

Et Gwendal, il en a fait un ? demanda Loïc, un rien soupçonneux. Oui, bien sûr, toute la classe en a fait un. Conforté par la légitimité du projet, Loïc hocha la tête tout en dénouant le ruban, mais, les choses n'allant pas assez vite à son goût, il l'arracha d'un violent coup de dent et les feuilles s'envolèrent instantanément comme une nuée de pigeons voyageurs. On voyait des maisons symétriques avec un grand soleil jaune en haut et à droite de la feuille. Devant la porte une dame avec une tête, deux bras et deux jambes se tenait aussi raide que si elle pissait debout, il y avait des champs de fleurs et des vaisseaux spatiaux intergalactiques, il y avait une dame couchée sur son lit d'hôpital, on devinait que c'était un hôpital parce qu'il y avait une infirmière debout près du lit et des tuyaux qui descendaient de bouteilles accrochées dans le vide, et tous ces dessins étaient éparpillés sur le lit, Loïc les examinait brièvement un par un, s'intéressait surtout à la signature de l'artiste, puis les refilait à sa sœur qui les reposait au petit bonheur la chance, le lit en était couvert et l'institutrice continuait de sourire comme si elle venait de croquer un piment rouge et qu'invitée dans une maison de riches elle n'osait cracher par terre. Pierre lui demandait des nouvelles de l'école, où en était le projet d'extension de la bibliothèque, est-ce que les dates de la classe de mer étaient confirmées, elle répondait mécaniquement en regardant devant elle, les yeux vissés à ce lit où gisait une morte, un lit recouvert de feuilles de papier coloriées que deux enfants en pyjama déplaçaient dans tous les sens et sans doute s'est-elle dit en elle-même : Je dois rêver, c'est ça, je rêve.

Celui de Mélissa, il est nul, a conclu Loïc sans appel. Les gosses se sont levés, laissant derrière eux ce désordre surréaliste, ils ont couru vers la télé, on était samedi et c'était l'heure des Minikeums. Oui, elle acceptait volontiers un café.

C'était très sympa, c'était une bonne idée, merci d'y avoir pensé, lui confia Pierre en descendant l'escalier et comme les autres, comme tous les autres, elle se tenait à la rampe, en deux jours ce pauvre escalier avait pris un sacré coup de patine et ce n'était pas fini. Elle s'était rendu compte qu'ils avaient laissé la chambre en l'état un peu comme pour laisser le temps à la morte de pouvoir admirer à son tour les dessins, ça la changerait des fleurs, ça lui rappellerait ses dernières heures. Les dessins d'enfants ont un langage particulier articulé autour de quelques codes secrets qui leur donnent un caractère sacré, un peu comme les figures de sable des Aborigènes australiens ou les motifs abstraits des tapis de Cappadoce. À l'hôpital, Gwen avait demandé qu'on accroche quelques dessins de ses petits en face de son lit, dernières images concrètes glanées sur la terre avant le grand envol. Elle s'était vue se séparer inexorablement de ses deux enfants, écartelée par le déchirement et la culpabilité, morte en flagrant délit d'abandon. Abraham jetant son fils du haut du précipice. Là où s'achevait sa vie s'ouvrait béant le chaos.

Ces images étalées comme un patchwork sur son lit étaient une rosée de mai. La maîtresse nous a rejoints à la cuisine, déjà on nettoyait la table mais on avait fait partir un autre café, la cafetière électrique ouvrait une autre longue journée et son parfum peu à peu envahissait la maison tout entière. C'était rassurant. Personne ici n'ignorait ce qui nous attendait, la mise en bière, la messe d'enterrement à l'église, l'inhumation. Jusqu'ici, le rituel avait été païen, barbare, certains d'entre nous avaient déjà fait leurs adieux et se refusaient d'aller plus loin, mais Pierre avait laissé scrupuleusement à chacun le droit de se séparer de Gwen à sa façon et selon sa conscience.

C'était pour nous l'heure des derniers adieux, du dernier baiser, et nous étions comme des amants qui n'arrivent pas à se séparer, se détacher alors qu'il le faut bien, pas de tergiversation possible parce que c'est la vie, c'est le destin, oui on pouvait appeler ça le destin, le destin, sire. C'était commode. On évoquait la mort, les gens répondaient en haussant les épaules : C'est la vie !

Aline a remis un peu d'ordre, chassé une mouche qui utilisait le nez de Gwen comme un terrain d'atterrissage, rassemblé les dessins des enfants dans une rosace de feuilles qui colorait le lit à la façon d'un vitrail. Je lui ai dit en la prenant par l'épaule, j'ai dit : Viens, faut y aller, les gosses nous attendent. C'est comme si j'avais rien dit. Maintenant, on ne la reverra plus jamais. La mouche continuait ses acrobaties, à moi désormais de gifler dans le vide. Plus jamais, répétait-elle. Qu'est-ce que j'aurais pu lui répondre, à ma femme, que Gwen nous reviendrait un jour sous une autre apparence, une libellule toute bleue avec des taches d'argent sur les ailes, un papillon monarque, de ceux qui migrent chaque année par nuées gigantesques de l'automne rouge des forêts canadiennes jusqu'aux premiers contreforts des montagnes mexicaines et que les paysans de là-bas, héritiers des Aztèques, vénèrent comme étant les âmes de leurs ancêtres défunts qui reviennent chaque printemps s'abreuver à la sève des arbres. De la voir pleurer ainsi, des larmes me sont venues à mon tour, puisées au plus profond. Et la mouche continuait de nous narguer. Au moins les croyances des autres civilisations, animistes ou polythéistes, nous faisaient espérer dans l'Au-delà de fantastiques métempsycoses, des réincarnations sublimes, l'espérance était poétique. On s'embarquait pour le grand voyage, la découverte, les funérailles étaient un bal costumé. À côté de ça, le paradis des chrétiens docilement assis en rang d'oignons à la droite du Père faisait pâle figure. Des mouches auprès des papillons.

On l'a embrassée une dernière fois, nos grosses larmes se sont écrasées lourdement sur son visage, on les a essuyées avec un mouchoir en papier puis on est sortis à reculons, comme tout le monde, de peur sans doute qu'elle ne se réveille dès qu'on aurait le dos tourné. On se tenait la main et on a vu la mouche, la sale bête, revenir à l'assaut. S'il y a bien un animal, œuvre de la Création ou non, qui ne sert strictement à rien sur cette planète qu'à faire chier le peuple et les vaches, c'est bien la mouche. En y réfléchissant davantage, l'idée de réincarnation n'était pas si reluisante que ça. Ça dépendait des cas. Chacun s'imaginait aigle royal, grand condor surplombant les montagnes de toute sa majesté, il n'y avait à ma connaissance personne qui s'attribuait une destinée de mouche à merde, de crapaud d'autoroute ou de bonbonne de gaz.

On a traversé lentement le bourg, c'était jour de marché, tout un monde allait et venait avec des paniers débordants de tomates fraîches et de poireaux empanachés. J'ai dû me garer en double file pour acheter les journaux à la maison de la presse, j'ai dit à la vendeuse donnez-moi les deux, *Ouest-France* et *Le Télégramme*, et un paquet de chewing-gums à la menthe s'il vous plaît.

Aline avait un mal fou à trouver la page des obsèques, c'était sans doute une question d'habitude, ou plutôt de manque d'habitude, d'autant plus que l'habitacle de notre bagnole était relativement réduit pour ce format des journaux du samedi, épaissis de surcroît par les pages supplémentaires consacrées aux petites annonces.

— Cherche avant les sports, j'ai conseillé.

Je pensais à ma mère, à ma grand-mère, à toutes les personnes âgées que je connaissais qui démarraient la plupart leur sainte journée en se plongeant immédiatement dans la page des avis d'obsèques. Ils se levaient, allaient à la boîte aux lettres le temps que le café se fasse, en profitaient pour tâter l'air du temps puis se mettaient frénétiquement à leur lecture favorite. Qui était mort aujourd'hui dans le journal ? Ils avaient une méthode, toujours la même, ajustaient leurs lunettes et faisaient glisser leur index le long des colonnes à la recherche du nom de leur paroisse, éventuellement des paroisses voisines. Grâce à Dieu, la Faucheuse ne travaillait pas tous les jours, aussi pouvaient-ils sauter à la page des informations locales. Cela dit, un enterrement n'était pas rare et le programme de la journée s'en trouvait bouleversé, les radis attendraient, il fallait d'abord téléphoner aux amis qui de toute façon venaient eux aussi d'apprendre la mauvaise nouvelle.

On l'a trouvée de suite, notre Gwen, dans la première colonne, juste après le rappel à Dieu d'un colonel décoré de la croix de guerre et de la médaille de la Résistance. Ils faisaient partie de la même charrette. D'autres gens, des inconnus, étaient morts ce même jour et Gwen devrait en subir la promiscuité. Je conduisais sur une route de campagne ensoleillée et j'entendais Aline qui la voix aussi monocorde que l'énoncé des cotations boursières, et c'était volontaire, me déclinait la douleur des familles, les témoignages de sympathie, l'amitié des proches, la solidarité des associations, les litanies de noms et de lieux, en breton comme en français. *Aet eo d'an anaon.* Partie avec les âmes des trépassés, si on traduit littéralement.

Ainsi, c'était donc vrai, puisque c'était écrit dans le journal, noir sur blanc, son nom, son prénom, son âge dévalant la colonne en lettres grasses. C'était si étrange de voir ce nom familier inscrit à cet endroit. Ce ne pouvait être qu'une erreur, un problème d'homonymie. Que venait-elle faire ici, jeune vierge jetée dans la fosse aux lions, au milieu de tous ces vieillards ? C'était à la fois insupportable et surréaliste. Ailleurs, dans le sud de l'Italie, la coutume méditerranéenne voulait qu'on publiât également une photo. Ces annonces étaient reproduites, agrandies et affichées sur les panneaux municipaux et on ne pouvait pas faire un pas sans tomber à chaque croisement de rues sur ces affichettes étranges surmontées d'une croix, comme une sorte d'avis de recherche avec récompense pour quiconque apporterait un renseignement. Aline a replié le journal n'importe comment, je lui ai dit : Fais gaffe ! Fais gaffe à quoi, m'a-t-elle lancé, presque méchamment, tu veux le garder en souvenir ? Ça ne t'a pas suffi de la voir allongée, faut que tu la voies imprimée en toutes lettres. J'ai serré les dents.

Dans le second journal, c'était pareil. Même motif, même punition, les canards ont atterri sur la banquette arrière. Le reste des actualités ne nous concernait plus. On regardait le paysage sans se dire un mot, chacun se dépêtrant du mieux qu'il pouvait de son désordre émotionnel. Ce retour à la maison fait partie des choses que j'ai oubliées, exclues à jamais de ma mémoire. Je devais conduire au radar, écarquillant des yeux comme s'il y avait une cible à l'horizon de la route et que rien ne pouvait me détourner de ma trajectoire. C'était prodigieux. J'étais aussi dangereux que si j'avais eu trois grammes d'alcool dans le sang. Aline avait la trouille, elle m'a réveillé. Roule moins vite, s'il te plaît, c'est pas le moment. J'ai hoché la tête. Elle est partie à la pêche aux sujets de conversation, la salle de bains était à refaire, ça faisait un moment qu'on n'avait pas planté d'arbres.

On a traversé le pont de l'Iroise. Ici, j'ai fait du stop avec Gwen, se souvient Aline, juste à cet endroit, en bas du gros rocher noir, un dragueur à la manque nous avait emmenées jusqu'à Quimper. Désormais, on allait clouer des plaques commémoratives aux quatre coins du pays, ici j'ai bu un verre avec Gwen, là j'ai ramassé des champignons avec Gwen. Ici même. Faites fondre sur l'heure quatre cents canons pris aux armées ennemies pour ériger un obélisque de bronze à chaque carrefour où Gwen fit de l'auto-stop.

Gwen ne verra plus rien de tout ça. Non, elle ne verra plus ça, ni les levers ni les couchers du jour, ni les crêtes brunes des monts d'Arrée, mais elle ne verra pas non plus l'extension sauvage des porcheries industrielles et les résultats que fera bientôt le

Front national aux législatives et toutes les autres saloperies qu'on n'a pas eu le cœur à lire ce matin-là dans le journal, comme quoi à toute chose malheur est bon. Terminé pour elle, les rages de dents, la puanteur du lisier et l'omelette des cantines scolaires. À ce petit jeu du qui perd gagne, on pouvait s'amuser encore longtemps. Finalement, on est revenus à nos projets de salle de bains, c'était plus raisonnable. Dès les vacances, j'allais m'y mettre sérieusement, promis.

On est arrivés sans encombre à la maison une heure plus tard après avoir récupéré les gosses chez les Tognazzi, nos voisins. C'était presque l'heure de l'apéro mais non, franchement non, merci, un café ou un thé à la rigueur, quelque chose de ce genre. Les gosses s'asseyaient sur nos genoux, heureux de nous voir et de nous apprendre que Gwen, la maman à Loïc et Enora, eh bien elle était morte, tout excités d'avoir maintenant dans leurs relations un personnage parvenu à cette étrange et extraordinaire condition qui n'avait jusqu'à maintenant concerné que les poissons rouges et un petit chat souffreteux qu'on retrouva raide un matin dans le couloir et qui eut droit à des funérailles quasi nationales. On leur souriait avec la bienveillance charitable d'une assistante sociale. On leur passait la main dans les cheveux tout en racontant à nos amis, des gens hors du coup, les événements de la veille, les saucisses et la musique, et les fleurs et l'accordéon. Eux aussi nous souriaient avec la même bienveillance, on leur faisait le récit d'une veillée funèbre avec le même élan que s'il s'était agi d'une beuverie d'adolescents. Ils sont fatigués, devaient penser les Tognazzi, ils débloquent un peu, c'est naturel. On ajoutait Aline et moi chacun son tour des détails sur la soirée, des anecdotes croustillantes sur le cas de tel ou tel, se coupant régulièrement la parole mais unis tous les deux dans une parfaite complicité. C'était sans doute pour les amis aussi ennuyant que de se faire relater un film qu'ils n'iraient de toute façon pas voir mais charité oblige, ils nous laissaient dégoiser sans laisser paraître le moindre signe d'agacement.

Pas de problèmes, on reviendrait prendre l'apéro un jour prochain sur la terrasse, goûter le pâté de *brennig* arrosé d'un vin frais du Brionnais. On est rentrés à la maison avec toute la smala, c'était un temps à ouvrir les fenêtres en grand, à laisser entrer l'air tiède jusqu'à ce que les murs s'en imprègnent, c'était un temps à mettre de la musique et confectionner un bouquet de fleurs fraîchement coupées dans le jardin. Le lecteur de CD m'a tiré sa grosse langue noire. J'ai déposé le dernier disque de Diwall en guise d'hostie. Un accordéon diatonique introduisait la mélodie et dès la huitième mesure arrivait en douceur la guitare. Les jeunes musiciens bretons faisaient des miracles ces derniers temps, du miel coulait des clarinettes, fut un temps, on aurait dansé. Aline est sortie de sa douche enroulée dans une grosse serviette rose à la recherche d'un sèche-cheveux qui avait le don exaspérant de disparaître chaque fois qu'elle en avait besoin. Qu'est-ce qu'on foutait là, chez nous, à écouter de la musique bretonne alors que notre place était auprès d'elle, les types des pompes funèbres n'allaient pas tarder à passer avec leur camionnette, y fourguer le cercueil et terminé. On aurait dû rester là-bas, j'ai dit.

— Parle plus fort, a crié Aline, j'entends rien !

Il y avait l'accordéon, le sèche-cheveux et toute la rumeur du monde sur la même fréquence, j'ai répété, j'ai crié : On aurait peut-être dû rester, qu'est-ce que tu en penses ? Éteins-moi d'abord ce bazar ! Elle a tout éteint, musique et sèche-cheveux. J'ai répété ma phrase posément. Dis-moi, qu'est-ce que tu en penses ? J'étais debout derrière l'évier, un flacon de produit vaisselle dans une main et un tampon Jex dans l'autre, on s'était un peu laissés aller ces derniers jours question ménage. Aline est restée interdite une vingtaine de secondes, sa serviette et son sèche-cheveux, le regard intense d'un enfant autiste fixé sur le vide mais rien, un haussement d'épaules et débrouille-toi avec ça. C'était peut-être pas une bonne question. Bien sûr qu'il fallait rester et bien sûr qu'il fallait rentrer, récupérer nos gosses, se laver, se changer pour l'enterrement, tout ça, on ne peut pas être partout, au four et au moulin, on ne peut pas se dédoubler, une famille, c'est des responsabilités, des soucis et la merde à la fin ! J'ai engueulé les gosses qui faisaient du bruit, les ai mis en demeure de nettoyer illico leur chambre sous peine de poursuites et j'ai saisi une casserole qui avait cramé dans le fond.

Ce n'est qu'à la fin de l'hiver suivant que je me suis rendu chez Alex et Léna, à la recherche du chaînon manquant. Comment l'avaient-ils mise dans leur foutue boîte ? Et tout le reste. J'avais besoin d'établir une chronologie, je voulais tout savoir.

J'ai débarqué vers midi, prétexte de pique assiette.

— Je fais juste une salade, m'a dit Léna. Tu resteras bien manger avec nous.

— Je voudrais pas m'imposer.

On entendait du bureau situé à l'étage le cliquettement doux et familier du clavier d'un ordinateur. Alex avait un rapport urgent à taper, le temps de servir l'apéro et il était à nous. J'ai sorti une bouteille du frigo. Léna préférait un kir sans trop de cassis, juste une larme, j'ai rempli les verres aux trois quarts, des petites gouttelettes de condensation descendaient le long de la paroi extérieure du verre, bien sûr qu'elle se souvenait de cet instant. La mise en bière, quel foutu vocabulaire, je te jure, quoique parfois tout semble redevenir flou, l'impression d'avoir vécu tout ça en y étant aussi bien présente qu'absente, actrice et spectatrice. Étrange, très étrange, dit-elle pensivement, une sorte de pièce de théâtre.

— Oui, oui, je comprends bien, une pièce de théâtre. Je t'écoute, Léna.

Ils étaient arrivés chez Pierre deux minutes après qu'on était partis, Aline et moi. Pierre, le cul par terre sur le seuil de sa maison, ses chaussures noires à la main, c'était sans doute la première fois qu'elle le voyait les cirer.

— La maison était nickel, Fred finissait de desservir le petit déjeuner, on entendait les cris des gosses qui jouaient dans la baignoire, plus rien ne ressemblait à ce qu'il s'était passé la veille au soir, comme si tout avait été effacé. On aurait pu, tu entends, on aurait pu s'attendre ce matin-là à voir Gwen sortir de la maison, un panier de linge sous le bras, profitant d'un rayon de soleil pour le mettre à sécher sur le fil. Un matin ordinaire. C'était tellement bizarre.

Léna s'est arrêtée le temps de saupoudrer son assiettée de tomates de minuscules morceaux d'échalote qu'elle venait d'émincer. Elle avait trébuché sur le mot bizarre, ça rappelait le film.

— Tu veux un coup de main ? ai-je proposé.

— T'as qu'à t'occuper des œufs.

J'ai pris les œufs qui refroidissaient dans une casserole d'eau pour les éplucher un par un. Je savais qu'il n'y avait pas meilleure intimité pour lui tirer les vers du nez que de se concentrer sur un travail manuel. Tout en parlant, Léna regardait ses propres mains hacher une botte de persil sur une tablette de bois, ça lui donnait un excellent prétexte pour ne pas croiser mon regard.

— Après… attends, laisse-moi réfléchir. Après, des gens sont arrivés, la famille de Pierre notamment, des frangins, des cousins, on a habillé les gosses, on a refait du café pour tout le monde et puis les types du service mortuaire, comment dit-on déjà, les pompes funèbres, c'est ça, les types des pompes funèbres sont arrivés, ont garé leur camionnette dans la cour, juste devant la porte. Ils étaient deux, un grand maigre, pète-sec, assez âgé, peut-être le patron, et un plus jeune, la trentaine, tous les deux blazer bleu marine, pantalon gris, cravate noire et chemise bleue, aussi briqués que leur camionnette. Dans le temps, on les appelait des croque-morts et tu sais d'où ça vient ?

— Non, ai-je menti.

— À l'origine, ils mordaient l'orteil de leurs clients afin de s'assurer qu'ils étaient réellement morts. Pas de cri, au trou. Enfin, c'est sans doute une légende. Ils ont installé deux tréteaux dans la cuisine et nous, on a poussé la table contre le mur et passé un coup d'éponge dessus.

Léna a jeté le persil sur la salade puis s'est allumé une cigarette. J'étais toujours en train de me dépêtrer avec mes œufs durs, pour en décoller la coquille. J'avais cessé de ronger mes ongles il y a quelques années. C'était une sage décision dont je recueillais aujourd'hui les fruits. Léna nous a resservi deux kirs. On entendait toujours l'ordinateur. Pour elle aussi, les souvenirs s'effaçaient derrière une succession de voiles, un peu comme la superposition de ces lignes d'horizon que l'on surprend les matinées d'automne quand la brume tarde à disparaître.

— Oui, poursuit-elle, et les deux types sont ressortis chercher le cercueil dans le camion et l'ont posé sur les tréteaux. Le cercueil a soudain occupé une place immense dans la cuisine. Un cercueil c'est balèze de l'extérieur, mais quand tu regardes dedans, ça devient tout petit. On s'est demandé dès qu'ils ont soulevé le couvercle comment elle allait bien pouvoir s'y glisser. À l'intérieur, c'était capitonné, rembourré d'un tissu, une sorte de satin bleu ciel, couleur de la Vierge, je dis ça pour plaisanter, c'était un écrin vide. On y aurait planqué des diamants, des butins de guerre, le trésor d'Ali Baba. Étonnant, ça fait partie de ces objets, de ces meubles totalement inutiles, c'est un luxe inouï, ça vaut la peau des fesses, et ce n'est qu'une boîte, rien qu'une boîte, une boîte de nuit, rigolo hein ! Gwen enterrée dans une boîte de nuit.

On s'est souri. Léna a toussé puis s'est avalé une gorgée de kir pour s'éclaircir la gorge. Elle cherchait dans sa mémoire, l'œil fixé sur un arbuste planté au fond de son jardin, se demandant s'il ne faudrait pas le tailler un jour ou l'autre.

— Puis, il a fallu descendre les fleurs, on s'y est mis à cinq ou six, peut-être plus, tout le monde voulait prêter main-forte, tant et si bien que ceux qui voulaient monter gênaient ceux qui descendaient les bras remplis de gerbes et de couronnes énormes, les obligeant à se déhancher pour respecter la politesse. Au bout du compte, ça a fait un immense tas devant la maison, près de la porte, un peu comme quand disparaît une personnalité, une princesse, les grilles du château qui plient sous le poids des fleurs, c'était pas Lady Diana mais presque. Attends un peu, je me souviens d'une chose. Pierre avait demandé à ce qu'un bouquet, un seul, soit laissé dans la chambre, sur l'étagère à bouquins. Quand tout a été descendu, les deux types sont restés là-haut seuls, je crois qu'ils glissaient le corps dans une enveloppe plastique, opaque, type Cellophane. Les linceuls sont désormais en plastique. Sans doute pour retarder le plus longtemps possible le processus de putréfaction.

Léna a écrasé sa cigarette, ses longs cheveux noirs d'où jaillissaient des reflets bleus naturels cachaient un bon tiers de son profil. Il n'était toujours pas question qu'elle lève les yeux vers moi.

— Ils ont descendu le corps sans trop de difficulté, le plus jeune la portant par les épaules, l'autre par les pieds. Nous étions tous postés dans la cuisine, comme un détachement militaire au garde-à-vous. Pierre portait Enora dans ses bras, et elle se tenait, comme son frère collé aux jambes de son père, également droite, intimidée par la solennité de l'événement. Un moment, un des deux types a glissé d'une marche, s'est rattrapé *in extremis*, le corps a failli basculer mais l'homme avait des réflexes. Tout le monde a retenu son souffle, crainte d'une catastrophe ajoutée à une autre catastrophe. Pas un bruit autre que des froissements de vêtements, ils ont descendu les dernières marches sans encombre.

« Après quoi, ils sont entrés dans la cuisine. On a dû se tasser pour faire de la place, formant ainsi un groupe compact, aussi gris que les saints de granit qui jouent des coudes sur nos calvaires. Ils ont installé Gwen dans le cercueil, son corps semblait avoir encore rapetissé. Elle était, je t'assure, elle était devenue minuscule. Ils pouvaient se réjouir, les gars, d'avoir eu une sacrée chance avec une telle cliente, ça pesait quoi, trente kilos au jugé ? Ils ont posé au-dessus de l'enveloppe plastique un drap blanc jusqu'au cou, de manière à montrer une dernière fois son visage. Alors, il s'est formé comme une ronde entre le couloir et la cuisine, on passait devant le corps chacun à notre tour, pour l'embrasser une dernière fois, on faisait la queue, la queue leu leu avant de contourner le cercueil et de ressortir vers le couloir où on se tassait à nouveau, on devait être une quinzaine. Pierre tenait toujours Enora dans ses bras, Loïc s'était agenouillé sur la table et d'une curiosité timide et fascinée observait de ce promontoire le défilé funèbre, sans perdre une miette du spectacle et parce qu'il avait sans doute compris que ces instants, ces derniers instants passés avec sa mère, il fallait les garder, il savait pas encore exactement où, mais quelque part. Un caillou planqué dans sa poche, un os enterré provisoirement au pied d'un massif.

« On a tous fait nos adieux, mais qu'est-ce que ça voulait vraiment dire ? Ça faisait des semaines qu'on était en train de lui dire adieu, tu le sais autant que moi ! On s'est tous tassés dans le couloir, on entendait les gargouillements de nos estomacs et des sanglots étouffés, tu vois le tableau, mais personne, personne n'a laissé éclater ses larmes, pas même les gosses, ce faux silence s'imposait d'une autorité tyrannique. Le pète-sec a fouillé dans sa caisse à outils qui se trouvait là, sous le cercueil, tandis que son collègue recouvrait le visage du linceul. Alors, ils ont posé le couvercle. Plus de Gwen, plus rien, on ferme, c'était fini. Je suis sortie dans le jardin, j'avais pas envie d'entendre les coups de marteau, bong, bong, les coups de marteau pour sceller le cercueil, ça me rappelait mon père. C'est le souvenir le plus précis que j'ai gardé de son enterrement. Le reste, la messe, le cimetière, ça m'est complètement sorti de la tête, mais les coups de marteau qui résonnaient contre la caisse en bois, c'était comme des coups de poing que mon père recevait dans la figure pour être achevé, des pains de dynamite qui explosaient dans mes tympans. J'avais treize ans, ça tape encore dans mon crâne, je t'assure, je suis sortie dans le jardin, fumer une cigarette au soleil, je n'étais pas la seule.

J'ai saisi un autre œuf dans la casserole, je faisais mon boulot aussi consciencieusement que possible. J'avais le sentiment qu'elle s'arrêterait de parler si, par malheur, j'abandonnais ma besogne. Elle se concentrait toujours sur le fond de son jardin et peut-être même plus loin, un point de fuite imaginaire qui lui servait de vecteur.

— Gwen, elle, a eu droit à la visseuse électrique pour la fermeture de son cercueil. ça faisait brrrr… brrrrr…, pas certaine que ce soit un réel progrès, je pense à Loïc, je me dis qu'il ne retiendra peut-être que ça, lui aussi, ce bruit glacé et électrique, indélébile, tatoué dans le cerveau, exactement comme moi et mes coups de marteau, et dès qu'il entendra ce bruit-là quelque part, brrrr... brrrr..., comme une roulette de dentiste, irrémédiablement, ça le ramènera à sa mère. Va chercher l'oubli dans tout ce tohu-bohu.

J'ai fait une pause. Six œufs, c'était plus qu'il n'en fallait pour le repas du midi, il en resterait pour le lendemain. Je me suis inquiété.

— Tu en as gardé un pour la mayonnaise, j'espère ?

Léna a soudain atterri. On s'est enfin regardés dans les yeux. Jusque-là, je n'avais pas fait attention aux larmes qui lui coulaient sur les joues. Je lui ai souri piteusement.

— Non, a-t-elle murmuré, c'est pas grave, ça fait du bien d'en parler de temps en temps.

Alex est descendu. On s'est embrassés. C'était juste un petit repas ordinaire, œufs tomates et chipolatas couscous, un repas de semaine soumis aux exigences quotidiennes et que ma visite impromptue venait perturber. Oui, bien sûr qu'ils se souvenaient de la suite. C'est comme si c'était hier et en même temps, ça n'avait jamais existé. Le cercueil dans le fourgon, et les gerbes de fleurs qui emplissaient peu à peu l'espace et finissaient par enfouir le cercueil comme une première inhumation et tous ces proches formant une haie d'honneur chaotique. Le fourgon, couleur pourpre et gris, gris sur les côtés et pourpre sur le dessus. De quel droit avaient-ils abandonné le noir des corbillards d'antan ? Quelle étrange pudeur ou quelle nouvelle superstition les avaient poussés à repeindre le navire ? Était-ce tout simplement mauvais pour les affaires, le noir rebutait-il le client ? Les pompes funèbres se devaient à l'aube du IIIe millénaire de répondre aux exigences d'un marché en pleine mutation. Des conseillers en communication, des types sans doute très bien, pères de famille non fumeurs et tout, avaient étudié ça, lancé des sondages. Le noir, c'était révolu, passéiste, ça faisait cureton, vieille veuve de l'île de Pétaouchnok figée granitique au bout du bout de la jetée attendant va savoir quoi, la pauvre vieille. Alors, ils nous avaient pondu ce contraste subtil entre un mauve violacé, teint d'ivrogne sauf votre respect, et un gris plus ou moins pastellisé. Le noir, ce bon vieux noir, on l'avait envoyé paître vers des destinées plus chatoyantes, porte-jarretelles et chocolats fins.

— Mauve et gris, s'excuse Alex à l'avance, c'est joli aussi !

Bien sûr qu'on lui répond en chœur, Léna et moi, c'est joli, c'est le mot, joli, mais excuse-nous, ton corbillard, ça ressemble à un fourgon de plombier-chauffagiste. Tu imagines la dépouille de John Lennon dans un engin pareil !

Alex voulait changer de conversation, nous jugeait morbides, demanda s'il restait des saucisses. J'ai tendu mes mains en éventail, non merci pour moi, un morceau de camembert et ça sera parfait. Mais j'avais encore un truc à rajouter, un seul. Ils devenaient de plus en plus sournois, ces thanatocrates. Du bon noir des familles rutilant comme une paire de souliers vernis un dimanche avant la messe, ils étaient progressivement passés à l'anthracite. Et la grisaille, on en soupait notre soûl dans ce putain de pays, on en était gavés jusqu'à la glotte. Il n'y avait qu'à lever les yeux au ciel et neuf fois sur dix, c'était du gris qui s'ajoutait au gris de la mer froide, des navires de guerre et des murs de la ville. Grise, la pierre des calvaires et des linteaux de cheminée.

— Tu sais, a répliqué Alex, plus têtu qu'une bourrique, les goûts et les couleurs...

Le cortège s'est ébranlé. Fallait compter deux bonnes heures avant de rejoindre l'église de Kerascoet. Gwen venait d'une paroisse lointaine accrochée aux premiers contreforts des monts d'Arrée où seules les rues parallèles à la crête montagneuse étaient plates, les autres dégringolaient vers la vallée. Ça avançait pépère, les convenances imposaient une lenteur de bon aloi, un train de sénateur. Jadis, les gens s'immobilisaient et se découvraient.

La chaleur était déjà en ce début d'après-midi trop forte, les deux chauffeurs avaient accroché leur blazer au dos de leur siège et dénoué leur cravate, ils portaient tous les deux une chemise bleue et une cravate noire, comme l'exigeait leur fonction. Pour des raisons évidentes, ils s'abstenaient de fumer.

Tant d'effluves concentrés ici auraient donné la nausée à n'importe qui, mais pour eux c'était une simple question d'habitude. L'un conduisait et l'autre lisait le journal. Le premier jetait régulièrement un œil dans le rétro, soucieux de préserver la cohérence du cortège qui s'enfonçait dans les landes intérieures. Faisait trop chaud pour discuter.

Je buvais mon café debout contre la fenêtre qui donnait sur le jardin, j'imaginais le fourgon mauve et gris dans les virages d'Arrée, suivi d'une demi-douzaine de voitures. Je me suis souri à moi-même. Des crêpes de deuil accrochés aux antennes des autoradios et le timbre « corne de brume » d'un klaxon rebondissait contre les talus.

Bien sûr que j'étais prêt. Depuis des heures. Douché, rasé, vêtu d'un pantalon noir, le seul que j'avais de présentable, et de ma chemise blanche, repassée, impeccable, mais c'est Madame qui traînait dans la salle de bains. Un shampooing, je veux bien, mais pas la peine de faire tant de chichis, on n'allait pas à la noce. J'engueulais les gosses. Interdit de mettre les pieds dans le jardin vous allez vous salir ! Ils baissaient pavillon pour quelques minutes. On les avait prévenus : Si vous n'êtes pas sages, vous n'irez pas à l'enterrement de Gwen ! Ils savaient qu'on était sérieux, et pour rien au monde ils n'auraient raté ça. La journée était historique, leur compte rendu tiendrait dès lundi prochain le haut du pavé pendant au moins deux récréations.

Je finis mon café en deux gorgées, j'examinai mon paquet de cigarettes posé sur le rebord de la cheminée à côté d'une photo de Gwen que je venais de sortir d'un album. La photo avait été prise sur un sentier qui descendait à la mer. Il y avait le bleu de ses yeux et le bleu de la rade. Gwen clignait de l'œil face au soleil. Un sourire, j'avais demandé.

Une centaine d'individus se demandaient au même moment comment ils allaient se fringuer et ils s'énervaient devant le miroir de la salle de bains, enfilaient pour la quatrième fois un nouveau chemisier ou une cravate en faisant la moue, ça fait trop deuil, c'est trop voyant, c'est pas la saison et que penserait-elle, Gwen, si elle me voyait ainsi fagotée sur mon trente-et-un. Gwen, spécialiste des remarques acerbes, était capable de vous cisailler net en deux formules bien affûtées alors bien sûr, pour la dernière fois, on se sentait tendu, on n'avait pas le droit à l'erreur. Et pendant ce temps-là, une autre voix nous criait : Qu'est-ce que ça peut bien faire, ce n'est qu'une église. Ce n'est que Gwen, c'est pas la princesse de Monaco.

Aline est sortie de la salle de bains. Pas trop tôt ! Elle portait une robe, Seigneur, mon épouse portait une robe, je ne l'avais pas vue de tout l'hiver en robe, l'avais-je d'ailleurs déjà vue vêtue ainsi, ailleurs que dans une autre vie ? Elle avait mis la plus belle, la noire avec de grosses fleurs rouge sang, elle s'est tournée vers moi, a relevé ses cheveux. Veux-tu bien m'aider ? Je ne me le suis pas fait répéter deux fois, j'ai remonté la fermeture Éclair, le plus lentement possible de manière à faire durer le plaisir. Il fallait surtout faire attention à ne pas coincer un cheveu rebelle, ce type de fermeture est sournois, mais c'était un sacré geste d'amour et j'en ai profité pour lui planter deux incisives dans la nuque en guise de récompense. Aline s'était faite belle et j'en étais fier. Pas de rouge à lèvres, ça aurait accentué la pâleur, pas de Rimmel bien sûr, juste un trait vert au-dessus des paupières de manière à atténuer la brûlure des yeux. Je me suis demandé si elle avait appris ça dans les magazines ou si c'était inné.

On a casé tout notre joli monde dans la bagnole. La chaleur était à son zénith, l'air se saturait de l'odeur fauve des foins. Gwen avait vraiment choisi son jour. La Bretagne tout entière s'était parée de sa plus belle toilette, elle aussi, coiffée d'un ciel d'un bleu intense hachuré par quelques filaments blancs qui s'effilochaient à mesure qu'ils quittaient notre atmosphère, la terre chauffait, le paysage devenait vaporeux et les champs étaient vert et jaune, oui, je m'en souviens, c'était hier, c'était Gauguin, un vert et jaune qui nous éclatait à la figure, et tant qu'à être enterrée, autant que ce soit un jour comme celui-ci, hein ! On avait suivi tant de funérailles sous des parapluies qu'on n'allait pas faire aujourd'hui la fine bouche.

Aline m'a demandé de m'arrêter à l'épicerie du coin, faire le plein de chewing-gums et de mouchoirs en papier. Aline dans sa robe rouge et noir, ses collants noirs et ses lunettes noires, comme dans un film, une actrice américaine qui sort d'un drugstore de la 42e Rue. Aline était une star déchue de Hollywood. Les chewing-gums, c'est pour tout à l'heure ! elle a dit. J'ai mis mon clignotant et on est entrés sur l'autoroute, les autoroutes étaient de grands fleuves qui charriaient des épaves, des arbres déracinés, toutes les routes aujourd'hui convergeaient vers la même église. Kerascoet était Byzance, La Mecque, Bénarès, Compostelle. Kerascoet était ville sainte, nous étions devenus pèlerins aux genoux ensanglantés.

La plupart d'entre nous venaient de la côte nord et certains moins nombreux du sud, Sud-Finistère, j'entends. D'autres étaient descendus dans les gares des grandes villes, dans les aéroports. Des vieux potes installés aux quatre coins du pays et même à l'étranger avaient pris l'avion ou le train, ceux de Marseille et ceux de Dublin.

La soirée de la veille nous avait permis de canaliser, à défaut de la dominer, notre détresse. Eux, les nouveaux arrivants, j'allais dire les non-initiés, n'avaient pas vécu cette nuit de deuil ou d'exorcisme, appelons-la comme ça. Ils n'avaient eu droit ni aux saucisses ni à l'accordéon. Pour eux, la mort de Gwen ne s'était pas matérialisée et ils nous regardaient avec des yeux de chiens malades, surpris, voire choqués par nos mines épanouies, même si elles ne l'étaient pas vraiment, épanouies, nos mines, mais ils s'étaient tant attendus à pire. On les embrassait, on les rassurait, vous auriez vu ces fleurs, toutes ces fleurs, et elle, sur son lit de mort, un foulard de soie autour du cou, quel beau temps hein, oui, c'est comme ça depuis une semaine. Vous l'auriez vue…

La route nous menait vers le pays d'Argoat, dans les terres du Centre-Bretagne. C'était chez nous, chez elle, il fallait bien être né quelque part. Le paysage prenait du relief. Partout la nature était modelée, mille fois recomposée, façonnée par des générations de paysans qui à chaque automne, depuis les débuts du néolithique, tournaient et retournaient cette lourde terre brune. Des petits carrés bombés de couleurs différentes, séparés par des haies épaisses et des talus gras, fuyaient vers l'horizon en arrondissant la perspective. Des voies avaient été tracées, des villages bâtis et des calvaires érigés à la croisée des chemins. Ces terres étaient nôtres. On vénérait toujours de manière plus ou moins clandestine, dans une chapelle éloignée des routes, le crâne de Sébastien Le Balp, chef de l'armée de loqueteux des Bonnets Rouges, assassiné en l'an de grâce 1675 sous le règne du grand roi Louis et le sang des insoumis irriguait encore les sillons de nos vallées.

La fatigue des derniers jours et la quiétude de la route m'engourdissaient tandis que je conduisais. Aline somnolait. À l'arrière, le plus petit s'était endormi sur l'épaule de sa grande sœur. Ça sentait les vacances à pleines narines. À l'horizon, on devinait le téton sec de la montagne Saint-Michel, et dès lors la route se mettait à grimper. Les bois se faisaient plus rares, la lande devenait drue et la terre stérile, et des roches de granit émergeaient sur les crêtes comme des îles volcaniques. Là commençaient les monts d'Arrée et au centre de ce cirque hercynien était le Yeun et les crêtes étaient un rempart, chaque épi de granit un fortin, Tuchenn Gador, Roc'h Trévezel, chaque pousse d'ajonc une ligne de barbelé, car ici était le Yeun Ellez, le Grand Marais, la bouche de l'enfer, la porte de l'Au-delà. Malheur à celui qui s'y risque au crépuscule ou qui s'y perd dans les brumes de novembre, il tomberait nez à nez avec les lavandières de la nuit, ces âmes damnées, condamnées en rémission de leurs péchés à laver pour l'éternité les blancs linceuls des élus qu'elles frottent, frottent, et nettoient et rincent inlassablement dans le grand étang noir. Méfie-toi, voyageur égaré, elles t'agripperont, te supplieront de les aider à tordre le linge mortuaire et toi, abruti par leurs lamentations, tu ne sauras leur refuser ton aide. N'approche pas, malheureux ! Éloigne-toi ! Cours ! Prends tes jambes à ton cou avant que leur poigne ne te saisisse, te brûle les os entre les draps mouillés jusqu'à t'essorer de tout ton sang. Combien en a-t-on vus ne pas revenir ? Combien ? Le Yeun n'avait jamais livré ses secrets.

Les miens venaient de l'autre versant de la montagne, vers le sud-ouest. Le langage n'était plus le même ni les couleurs politiques, ni même les crêpes, autant dire que j'étais en terre étrangère, voire ennemie et cette crête inculte nous séparait définitivement de la Bretagne septentrionale. Ma grand-mère qui vivait à une trentaine de kilomètres parlait de ceux de Kerascoet comme nous parlons aujourd'hui des nomades d'Ouzbékistan. Au nord étaient les barbares.

J'ai aperçu la pancarte, j'ai tourné, j'ai oublié de m'apercevoir combien ce paysage était beau à pleurer, j'ai oublié de me souvenir des après-midi passés ensemble à chercher des myrtilles à la fin de l'été, Gwen, nous tous, Gwen aux portes de l'enfer, gardienne du Yeun, Gwen au paradis, cela n'avait aucune importance, les Celtes ne concevaient pas cette dualité, le Yeun n'était qu'un embarcadère pour l'autre rive. Ce n'est qu'après, bien après qu'un tailleur à la solde des évêques rondouillards et des princes corrompus a sculpté le tympan de la cathédrale de Bourges, Dieu le Père tout là-haut, les élus à sa droite, les damnés à gauche, bien entendu, infidèles et régicides, et nus, bousculés par les fourches de diablotins lubriques vers un énorme chaudron juché sur un feu d'enfer. Tu parles d'une religion !

Kerascoet, village du bois, trois kilomètres. C'est ici qu'elle était née, tu vois la ferme aux volets bleus à la sortie du bourg après la grande croix, c'est ici qu'elle avait grandi, et chaque jour il fallait mériter son pain. Pas de fainéants, ici, pas de fainéantes. Sarcler les betteraves, traire les vaches et savoir monter une remorquée de paille aussi solide qu'un château de brique représentait dans le cursus de tous les jeunes gens et jeunes filles des bases aussi essentielles que de savoir compter et prier. La plus terrible insulte qu'on pouvait adresser à une femme consistait à prétendre qu'elle n'était pas courageuse. Dans ce monde avant tout agricole, la raison d'être de tout un chacun était d'extraire le suc de la terre. Chaque aube se levait avec les mêmes exigences, changer l'eau en vin, multiplier les pains, produire et produire encore. Et avant que le soleil ne se couche, le miracle s'était accompli, les blés avaient germé, la crème était devenue beurre et leurs mains étaient calleuses, ils vous les tendaient pour les serrer, vous pouviez y lire leur curriculum vitæ. Leurs caresses étaient celles d'un éclat brut de granit et vous vous demandiez par quel prodige vous en gardiez cette sensation charnelle.

Gwen se sentait mieux sur le tracteur de son père que dans la cuisine de sa mère. On l'envoya chez les sœurs de l'Immaculée Conception, parce qu'à l'époque toutes les jeunes filles de chez nous y allaient sauf celles qui n'y allaient pas, et celles-là, mieux valait ne pas les fréquenter, aussi bien leur père était communiste ou je ne sais quoi, quelque chose de pas avouable. Le dortoir du pensionnat de l'Immaculée Conception était la cale d'une jonque flottant en mer de Chine au gré des humeurs des vents et elles, les jeunes filles des Montagnes, se sentaient parquées et ballottées comme des boules de billard, certaines étaient malades, mais malades, mal de mer, mal du pays. Gwen silencieuse sous ses draps retenait sa bile pour des nausées futures. Pour d'autres, la crainte de Notre Seigneur représentait une telle sécurité, une telle douceur, qu'elles ne concevaient pas un instant de plan d'évasion.

Les sœurs de l'Immaculée Conception les réveillaient aux premières lueurs de l'aube, une armée de fantômes en chemise de nuit se dirigeait alors vers les sanitaires, des rires étranglés se mêlaient aux filets d'eau coulant lourdement des robinets de cuivre, des ordres fusaient, exigeaient le silence, rebondissaient violemment contre le carrelage, la première prière devait être dite avant le petit déjeuner, allons, mesdemoiselles, veuillez vous presser ! La cale dégageait des relents d'encaustique et de cabinets mal assainis.

Mais Gwen ne rêvait pas, elle voulait construire des maisons, repeindre les villes. Elle dessinait des plans dans les marges de ses cahiers. Une nuit, elle s'échappa du navire, glissa le long de la coque et se laissa porter par les vagues, et les vagues étaient de vraies vagues, les poèmes de Xavier Grall circulaient dans les rangs de la classe comme des émeraudes de Colombie troquées au marché aux voleurs, et dès qu'elle écrasait de ses paumes ses deux oreilles pour ne plus écouter l'éternelle litanie des religieuses, alors elle entendait des cornemuses, oui, des cornemuses et des tambours, sonnés par une armée de *bagadoù* jaillis des entrailles de son encrier.

Elle décida de fuir en direction de ces villes qui se dressaient vers la mer, ces villes qu'elle apercevait à l'horizon du haut de sa charretée de paille quand son père lui tendait une botte au bout de sa fourche. Elle apprit les pas de toutes les danses et les danses de tous les pays de basse Bretagne. Reine d'Ys, elle entraîna les hommes par le bout des doigts, en fit ses amants d'une nuit avant de les jeter à l'aube du haut de la falaise. Mille fois elle fut promise aux affres du châtiment, elle fumait des cigarettes à bout doré, dénouait ses cheveux, portait des jupes courtes, regardait les prêtres dans les yeux, tenait des discours d'une rare insolence et s'était mis en tête, la pauvre folle, de suivre les chemins tortueux du libre arbitre. Seigneur, que s'était-il passé, où diable les sœurs de l'Immaculée Conception avaient-elles donc fauté ?

Kerascoet, deux kilomètres cinq, j'ai les jambes en coton. J'essuie mes mains moites à mon pantalon. Dès qu'on s'approche du village, les champs deviennent des jardins, les fermes des pavillons. Les géraniums dégoulinent des fenêtres du premier étage. Ici les bourgs embellissent au fur et à mesure qu'ils crèvent. Les bistrots, les garages et les charcuteries ferment pendant que les municipalités dépensent des fortunes à refaire le pavage à l'ancienne. On est solidaires de la terre labourée par ses ancêtres, ici dans les Montagnes sans doute plus qu'ailleurs, ici où les rivières et les crêtes sont des frontières naturelles, où l'on brandit une lame à propos d'un talus, d'une source ou d'un sentier à vaches. C'est un sentiment ambigu que d'être de quelque part et de défendre bec et ongles ceux qu'on a reniés la veille dès lors qu'ils deviennent la risée des gens des villes. Un pays n'a pas meilleurs défenseurs que ses renégats et on l'était tous, plus ou moins.

Cheval de Troie, Gwen pénétrait dans sa ville cachée dans un cercueil. Pieds nus, en chemise.

Fille prodigue, elle revenait parmi les siens, réintégrait son clan. Elle avait parcouru le monde, bravé les tempêtes, elle était partie en Patagonie extraire les derniers diamants, elle avait grimpé le Kilimandjaro et se retrouvait plus démunie qu'au matin de son départ. La parabole était sèche, sans appel. Nous ne pouvions que nous soustraire à la loi du clan. Le glas a résonné à travers les rues, bong, bong, bong, trois notes dissonantes, frappées sur une cloche de médiocre facture, bong, bong, bong. C'est quoi cette musique, a demandé le plus petit. C'est le carillon des morts, mon cœur. C'est pas beau, c'est nul, il a dit.

J'ai garé la voiture à une centaine de mètres de l'église dans une rue adjacente, à l'ombre de la devanture de bois rouge d'une boucherie-charcuterie en vente depuis des mois. Les gosses assoupis par la route montraient une sagesse naturelle ou peut-être connaissaient-ils déjà ce serrement de gorge, tout le monde apprend ça très tôt, la bouche qui se dessèche et, se plaignaient-ils en pointant un doigt vers la gorge, il y a une boule, là, qui m'empêche d'avaler.

Ils étaient étonnamment conscients de la gravité du moment et à la fois curieux d'en connaître davantage. Bong, bong, bong, nous n'étions plus habitués à ce rythme. Le silence entre chaque coup de cloche était saturé d'une telle intensité qu'on aurait pu se croire en fermant les yeux et en se bouchant les pores un matin de février sur le seuil de notre porte devant une couche de quinze centimètres de neige. Bien joué, le bedeau.

Il y a du monde, les gens marchent lentement, se tiennent par le bras, convergent vers l'église puis s'éparpillent dans l'enclos par petits groupes chuchotants, un mot de trop et les cloches vont leur fracasser le crâne. On évoque tous cette magnifique journée, et que oui, personne n'ose vraiment y penser, c'est ça qui rend les choses supportables. On aurait aisément imaginé un ciel tourmenté, spectaculaire à pleurer, un ciel sorti d'une toile d'Eugène Boudin, des grosses masses lourdes et menaçantes filant vers l'est comme une escadre de zeppelins au-dessus d'un peuple sans armes, mais non, le Bon Dieu nous fait du charme, le Bon Dieu fayote à mort. C'est l'été. La veste est lourde et des grosses perles de mercure nous coulent le long du dos. On aurait presque hâte de se rafraîchir à l'église. On serre des mains ici et là, on remarque des têtes pas vues depuis longtemps. Et puis il y a toute une troupe d'inconnus, des gens d'ici, le ban et l'arrière-ban, venus là parce que les animations deviennent rares à Kerascoet.

La fille à Marie-Annick est morte dans le journal à trente-huit ans, l'événement est extraordinaire. Ils ne la connaissaient pas mais ils sont venus parce qu'il faut être là, parce qu'un jour, il y a de ça des années, Jean leur avait prêté l'ensileuse. Le glas a été lancé au-delà du canal à l'adresse de toute la population. Ils ont revêtu les habits du dimanche, refait une permanente. La fleuriste a rempli son tiroir-caisse, la coiffeuse aussi. Dans ces petits bleds du Centre-Bretagne, espaces en voie de désertification prétendent les rapports du secrétariat d'État à l'Aménagement du territoire, de « finistérisation » – le mot n'est pas de moi, il est extrait d'un manuel de géographie à l'usage des classes de seconde, authentique – ; dans ces bleds, donc, les enterrements représentent une véritable petite industrie et font bosser plus de gens qu'on ne croit, du croque-mort au cantonnier. Étant donné la moyenne d'âge relativement élevée dans ces cantons où le glas retentit bien plus souvent que la cloche des baptêmes, c'est devenu une part non négligeable des ressources locales. Et puis après, faut bien aller boire un coup chez Phine ou manger une pâtisserie chez les sœurs Delamotte.

On chuchote, on passe de l'un à l'autre en écrasant dans les allées du vieux cimetière entourant l'église le fin gravier jaune et gris qui crisse sous nos pieds, je ne sais pas si le verbe est adéquat. On dirait qu'à chaque pas on croque une biscotte, et donc que chaque pas trahit notre gourmandise, c'est sans doute pour ça qu'on marche sur la pointe des pieds. On cache tous sous notre veste un grand pot de confiture à la fraise volé en haut de l'armoire. On se faufile entre les tombes. On lit des noms, des âges. Le poilu de service, baïonnette au poing à l'affût d'un improbable ennemi, nous toise de toute sa hauteur. Quatre-vingts ans qu'il nous fait de l'ombre et pas le moindre Boche en vue.

C'est une église grasse et trapue, construite à flanc de colline, une église prévue pour une communauté de plus de mille âmes et sans doute dut-elle se révéler trop étroite à plusieurs reprises. C'est ici que Gwen a été baptisée, qu'elle a fait sa communion et c'est ici qu'elle a meurtri ses genoux, sous le regard angélique de sainte Thérèse de l'Enfant Jésus. C'est donc dans l'ordre des choses qu'on la retrouve ici pour nos adieux.

Ici ou ailleurs, cette église était nôtre, c'était la maison du peuple, j'en avais l'intime conviction. Des générations d'ancêtres avaient trimé suffisamment à lever pierre par pierre l'édifice, ou plutôt denier par denier, soutirés de leurs maigres subsistances pour que nous, leurs descendants, ayons droit à une place assise, alors bienvenue à Gwen ! Que voulait-on au juste ? Un employé des services funéraires nippé comme un vendeur de bagnoles d'occasion avec son air de pousse-toi de là que je m'y mette, tel qu'il m'avait été donné d'en rencontrer lors d'une crémation et qui préparait la facture sur son ordinateur pendant que le corps était en train de brûler dans la pièce voisine ? Alors tant qu'à choisir, notre bon curé de campagne faisait aussi bien l'affaire. Les églises étaient belles et, même si les sermons ne collaient guère, il nous restait tout le loisir d'admirer là, la lumière poignardant le vitrail de saint Sébastien, ici l'imagination un rien perverse d'un sculpteur anonyme ayant réalisé le retable du rosaire. Les sablières étaient des bandes dessinées édifiantes qui nous avertissaient des péchés capitaux. Un ivrogne affalé contre un tonneau, un cochon reniflant le postérieur de sa congénère. Un peu de musique par-dessus et l'affaire était dans le sac. On allait faire un bel enterrement, remplir l'église et la charger de pompe et d'émotions. De nos émotions. Halte-là ! monseigneur, le peuple reprend ses droits, sa dîme. Nous étions les enfants de Sébastien Le Balp et ce n'était pas un curé qui allait nous faire la leçon.

J'ai attrapé Aline par le coude. Elle était bras nus et tenait un gilet. Toutes les filles avaient mis de belles robes, et on se disait que c'est ça que Gwen aurait voulu, des robes de toutes les couleurs. Même les plus âgées avaient abandonné le noir. Ce n'était plus la mode. Leurs cheveux avaient des reflets mauves et argentés. Seuls les hommes avaient conservé le noir et le blanc, *gwen ha du*, et ils avaient mis leur veste par-dessus l'épaule. Faisait chaud.

On s'est approchés de l'entrée principale de l'église, là où se garerait le corbillard. Il y avait là les parents, nous tous et les autres. Et quatre jeunes femmes, des voisines. C'était à elles et à elles seules comme le voulait la tradition qu'incomberait la tâche de porter le cercueil. Porter est un bien grand mot, le catafalque était une sorte de petite carriole avec des roues de vélo, bricolée par un bedeau inventif, sur laquelle on posait le cercueil et qu'il suffisait de pousser. Ça donnait sans doute une dimension moins lyrique, mais ça évitait les risques d'évanouissements et autres incidents. Elles étaient d'anciennes camarades de classe, elles avaient fait ensemble avec Gwen les quatre cents coups à Kerascoet et ailleurs, elles avaient grandi en regardant les mêmes garçons et se retrouvaient aujourd'hui écrasées par le soleil. On les avait prévenues la veille. Elles aussi avaient préféré opter pour des tons plus gais, disons moins graves, des jaunes, des turquoises et c'était pour mieux mettre en valeur les lisérés de dentelle noire. Elles attendaient là, presque effarouchées, cherchant à trouver une logique à leur présence ici, un sens à tout ça. Elles se remémoraient intérieurement le dernier éclat de rire devant un diabolo menthe chez Phine, mais c'était il y a combien de temps ? Depuis, leurs routes avaient divergé et elles se retrouvaient ici, volontaires désignées d'office, parce qu'il est dit dans la loi non écrite que le cercueil doit être porté par les camarades de classe de la même paroisse. Tout cela était savamment orchestré par les mères et belles-mères, douces et fermes matrones qui, bien que déchirées par la douleur, gardaient en elles ce pouvoir indiscuté sur les choses. Elles contrôlaient tout, regardaient leur montre, redressaient l'épi blond de la chevelure d'un petit-fils et souriaient à ceux qui semblaient l'avoir oublié, le sourire, et se félicitaient quant au monde qui s'était déplacé.

On m'a tendu le papier sur lequel était écrit le texte que je devais lire. J'ai fait la moue mais il était bien sûr inconcevable que je me dérobe, ce n'était pas une proposition, l'ordre émanait des plus hautes autorités. On obéissait, laissant sa conscience et son identité à la porte. J'ai plié la feuille en quatre et l'ai glissée dans ma poche. Ces mêmes femmes s'étaient entendues pour désigner les gosses les moins turbulents chargés de porter à l'église un bouquet ou une couronne. Les enfants empoignaient fermement leur trophée, convaincus de la gravité de la tâche, et les fleurs leur arrivaient jusqu'aux yeux, ils s'enivraient de leur arôme empoisonné. Enfin tout sembla prêt et le silence s'alourdit, on constata que les oiseaux ne chantaient plus, que le monde se taisait, suspendu à l'attente, et ceux qui fumaient écrasèrent leur cigarette sur le gravier. On jetait un coup d'œil sur la montre, les vedettes se font toujours attendre, Gwen n'avait jamais eu la réputation d'être très ponctuelle. Un lointain bruit de moteur, et des têtes se tournaient, des oreilles se tendaient, mais le son disparaissait vers la vallée, alors les sourcils se fronçaient d'une irritation à peine voilée.

Dans la sacristie, le curé achevait de revêtir sa chasuble pourpre et consultait sa montre. Il est toujours plus délicat d'écrire l'épitaphe d'une jeune femme fauchée dans la force de l'âge que celle d'un petit vieux parvenu essoufflé au terme de son mandat. « Fauchée dans la force de l'âge », ça, il allait le garder. Son métier consistait en partie à trouver les justes mots et à les placer au bon endroit, et bien que le Livre fût là pour le soutenir, il lui arrivait de douter, même après toutes ces années de sacerdoce, de la résonance des mots. Rude métier. Kerascoet était pourtant une paroisse sympathique et paisible où il était bon d'attendre la retraite. Une équipe dynamique soudée autour de la femme du pharmacien animait le conseil paroissial et le pardon de Saint-Trémeur faisait chaque année un malheur. Les bénéfices réalisés l'été dernier avaient permis de rénover l'aile droite du presbytère. Tout bien réfléchi, c'était un bon job. Il jeta un coup d'œil par l'embrasure de la porte. L'église était bondée, tous les sièges occupés excepté les trois premiers rangs réservés à la famille. Des gens restaient debout au fond de l'église et il en entrait encore, un vrai succès, à se demander où on allait tous les caser.

Il y avait bien sûr les pleurnicheuses abonnées aux places habituelles mais aussi des têtes inconnues, beaucoup de jeunes gens, de jeunes femmes, qui regardaient autour d'eux, contemplaient les vitraux et s'attardaient sur les statues. Sainte Apolline et sa tenaille, sainte Éveltrude, quel drôle de nom, et puis as-tu remarqué celui-ci qui relève sa toge pour exhiber sa plaie ? C'est saint Roch et son bubon. Saint Roch nous protège de la peste. Chut ! soufflait-on dans les rangs.

L'église se remplit de toussotements, de crachotements, de divers bruits de chaises. On se tassait dans l'attente d'un chef d'orchestre. Une musique de chambre a envahi le lieu. Que serait devenu le monde sans Mozart si ce n'est un vaste champ de cendres froides ? Les premiers enfants inaugurant le cortège sont entrés avec les bouquets et les couronnes, avançant à pas lents et incertains le long de l'allée centrale de la nef. La dame de la paroisse les a accueillis pour leur indiquer où installer les fleurs, et les gosses, soudain déchargés de leur fardeau, se sont éparpillés maladroitement dans les travées à la recherche de leurs familles. Les couronnes s'ajoutaient aux couronnes, une pyramide végétale s'érigeait devant le chœur et les fleurs parlaient, les tulipes disaient « À notre fille », « À notre sœur », « À notre amie », elles ouvraient leur tête jaune et rouge avant de se courber. Sectionnées, elles faisaient encore semblant d'être vivantes et je me demandais jusqu'où irait la supercherie. Alors, tiré par les quatre femmes et recouvert d'un drap pourpre, le catafalque pénétra dans le temple. Ça ressemblait à une drôle de machine, ces premiers engins à vapeur illustrant les manuels d'histoire au chapitre des révolutions industrielles, on s'attendait à y voir surgir une cheminée crachant une fumée noire et grasse.

Tous avançaient vers le curé qui de quelques battements de paupières leur donnait un rythme de croisière, doucement, doucement, y a pas le feu, alors ils marchaient comme des pénitents cagoulés se dandinant vers les lieux de leur supplice. Les visages se dressaient, se contorsionnaient pour ne pas rater une miette du spectacle, car l'homme qui suivait le cercueil était vêtu d'un pantalon noir et d'une chemise jaune citron. Il portait dans ses bras une fillette blonde qui tenait un grand paquet de chips et les grignotait une par une en lançant des regards étonnés sur l'assistance et le monsieur tout déguisé, au bout là-bas, qui semblait leur demander de les rejoindre. Laissez venir à moi les petits enfants.

Le garçon, l'aîné, mâchait un chewing-gum et calculait consciencieusement le nombre de Malabars qui restaient dans son paquet de manière à savoir s'il pouvait en offrir un à son pote Gwendal tout en en gardant assez pour le cas échéant les échanger contre le calot vert planqué dans la poche de ce même Gwendal. Et la petite fille faisait tomber des miettes de chips sur les dalles grises de l'église parce qu'à mesure qu'elle s'approchait du monsieur déguisé elle perdait de son assurance. Oh, bien sûr, elle était dans les bras de son père où rien ne pouvait lui arriver, tout le monde sait que cette situation la rendait totalement invulnérable, mais quand même. Les miettes tombées à terre étaient des poussières de soleil, des pépites d'or avec lesquelles, Petit Poucet égaré dans la forêt de colonnes de pierre, elle balisait son chemin pour retrouver sa trace au retour. Oui, elle avait déjà visité avec son papa et sa maman des châteaux comme celui-ci, aux fenêtres multicolores. Sa maman dessinait des maisons avec des portes et des fenêtres, des maisons qui ressemblaient à des maisons. Pas des comme celle-là, avec des décorations à la noix, et bien trop sombre.

Le cercueil s'est immobilisé devant le curé et les quatre femmes sont parties s'asseoir aux places qui leur avaient été réservées. La musique s'est arrêtée. Mozart avait été enterré à l'aube comme un vulgaire palefrenier dans une fosse commune des faubourgs de Vienne sans avoir pu achever le *Requiem*. Là était le péché originel. Pierre a posé Enora sur le banc du premier rang tandis que les proches qui suivaient se sont à leur tour assis. Il y avait là la famille et nous, c'est-à-dire ceux du premier cercle, avec nos gosses émus et sapés comme à la noce. Plus vous êtes liés au défunt, plus vos places à l'église seront proches du cercueil. L'étiquette était scrupuleusement respectée. Certains d'entre nous avaient été faute de sièges invités à s'asseoir dans le chœur, derrière l'autel, là où jadis chantaient les moines. Ainsi juchés sur ces trônes sculptés, ils devenaient comiques, à la limite, se demandant ce qu'ils faisaient à une place privilégiée, eux qui pensaient somnoler peinards derrière un pilier, les voilà en pleine ligne de mire. Mal à l'aise face à Pierre, voyeurs malgré eux.

On ne pouvait pas le rater. Rudolf Valentino rayonnait dans sa chemise jaune au centre de la nef.

Il s'assit au premier rang entre sa mère et sa fille qui finissait son paquet de chips. De l'autre côté s'était installée la famille de Gwen. Le curé promena un long regard circulaire au-dessus de ses lunettes demi-lunes de manière à superviser l'ensemble de l'assistance et rappeler au cas où il y aurait encore des doutes que c'était désormais lui le patron. Le côté spirituel, c'était son affaire. La médecine des hommes s'étant révélée impuissante, il lui incombait aujourd'hui la lourde tâche de sauver les âmes, et ce n'était pas une mince affaire. Rien n'est donné ici-bas.

Je vous demande de vous lever, dit-il, et hop, voyez-vous ça, tous se levèrent comme un seul homme. Il fut un temps où il aurait exigé qu'ils s'agenouillent et tous se seraient agenouillés, courbant craintivement l'échine devant Notre Seigneur. Le père Maunoir avait obtenu au temps de la répression féroce contre les Bonnets Rouges de bien spectaculaires soumissions, mais ce temps n'était plus, on rechignait à salir ses habits du dimanche, les collants des femmes s'accrochaient au bois rugueux des prie-Dieu et pour un oui pour un non, on se plaignait d'arthrose aux genoux. On avait goudronné la route du paradis, pensa le prêtre avec dépit.

Il lança ses premières paroles d'un voix monocorde qui se voulait puissante et à la fois réconfortante, un rien mielleuse, comme on le lui avait enseigné au séminaire. Il roulait un chouïa les *r* et nous l'entendions sans réellement l'écouter, enfin sans doute que certains d'entre nous l'écoutaient attentivement, moi pas, j'avais l'esprit ailleurs, je n'entendais qu'un bulletin de météo marine sorti d'un transistor mal réglé.

Pour être juste, l'homélie de ce bon prêtre de Kerascoet était celle d'un honnête homme. Il avait su jauger l'assistance, s'était fait une petite idée sur nos douleurs et nous avait prévenus dès le début que son église était ouverte à tous : « Celui qui croyait au Ciel, et celui qui n'y croyait pas. »

Gwen non plus n'écoutait pas, Gwen était devenue sourde, la mort a ses avantages. Le cercueil était recouvert d'un drap violet et d'un crucifix posé dessus tel un sceau de cire. Au village de mon père, le catafalque de l'église est frappé d'une tête de mort posée sur deux tibias entrecroisés. Voilà qui met tout de suite dans l'ambiance.

Enora abandonna soudain sa chaise pour s'approcher du cercueil. Elle se baissa, souleva le velours pourpre. Elle n'ignorait point que des lutins s'y cachaient, des korrigans espiègles faisant la nique au prêtre pour chaparder l'âme de sa maman et l'envoyer dans la forêt près de la rivière d'Argent, au pays de la fée Viviane. Et cela était la réalité vraie. Les petites créatures faisaient la courte échelle pour y grimper. Le plus rusé s'était armé d'un vilebrequin pour percer un énorme trou dans le plancher du cercueil et c'est par ce trou que l'âme de la jeune dame blanche s'échappa pour renaître au loin, ailleurs, tout le monde sait ça, sauf les prêtres évidemment, il aurait fallu être aveugle pour ne pas voir ces petits gredins de korrigans s'enfuir à toutes jambes à travers l'allée centrale, emportant avec eux un baluchon gonflé comme une outre.

La petite fille laissa retomber le drap mortuaire et s'en alla rejoindre les genoux de son père, là où plus que tout autre endroit au monde était désormais sa place, son trône de jeune princesse maintenant qu'il était vacant. La Reine est morte, vive la Reine ! Elle regarda son père et fit brièvement un parallèle avec la statue de saint Roch.

Nos regards revenaient invariablement à Pierre. La plupart, le voyant de dos, guettaient le moindre frémissement d'épaule, allait-il craquer, oui ou non, et si oui, dans quelles conditions ? Non, bien sûr que non, on savait doser notre douleur dans ce pays, souffrir dans la modération et la décence. Race rude et fière, peuple taciturne, c'est du moins ce que prétendaient certains guides. Les Bretons ont plus que nul autre peuple une intimité farouche avec la mort, lisait-on encore. On s'épiait mutuellement, se lançant des sourires désolés. La dame de la paroisse ajusta ses lunettes et nous invita par le biais du micro à nous asseoir et à prendre notre livre de cantiques à la page 241. Oui, mieux valait chanter, c'est ce qu'on savait encore faire de mieux. Le répertoire breton regorgeait de cantiques larmoyants à souhait. Je me suis assis comme les autres, dans un vacarme épouvantable. Je gardais un œil pointé sur les deux garçons qui sur l'estrade du retable de la Résurrection s'échangeaient des chewing-gums à la menthe contre des billes anglaises. Les négociations traînaient et régulièrement, je leur lançais des menaces muettes en posant mon index contre mes lèvres en cul-de-poule et bon, les gosses se tenaient peinards une bonne trentaine de secondes jusqu'au moment où la bille échappée d'une poche s'en allait rouler sur les dalles de pierre. Des gens que je ne connaissais pas me tançaient de toute leur désapprobation. C'est vous le père, eh bien bravo !

Il s'en passait des choses, finalement, je ne comptabilise pas les douleurs intestinales, les pets douloureusement retenus et les rancœurs macérées depuis trop longtemps. En général, les cris exaspérants d'un bébé éclatent au beau milieu de l'oraison funèbre et c'est exactement ce qui arriva. Une église, c'est une sorte de bateau, vous êtes enfermé là-dedans pendant un temps déterminé, avec des gens que vous ne connaissez ni d'Ève ni d'Adam mais qui sont là pour les mêmes raisons que vous, la même destination. Et pour se donner du courage, faut chanter. Faut ramer en chantant, sous l'œil menaçant du capitaine.

Les trois quarts de l'assistance ignoraient les paroles du cantique et une bonne moitié avait déjà entendu la mélodie quelque part. Il était question de lumière, la lumière ceci, la lumière cela, la lumière viendra, Jésus est grand. *Jezuz pegen braz vez.* Jésus était toujours très grand et bon et miséricordieux, c'était notre grand pote à nous tous, notre frangin. Dieu le Père était pour sa part plus difficilement abordable, plutôt du genre à vous convoquer au bureau et croyez-moi, ça balisait sec dans les couloirs. Pour le reste, la colombe de l'Esprit-Saint concrétisait notre héritage païen. La Sainte-Trinité était vraiment une idée de génie : le patron, le copain, le sorcier, à la fois triple et en même temps une et indivisible, comme la République. Aussi étonnant que cela puisse paraître, ça marchait. Les gens se levaient, s'asseyaient, éventuellement s'agenouillaient, le dos courbé devant le sourire angélique et bienveillant d'une statue de bois, oui, les églises, parfois, les magnifiques retables Renaissance d'une grande richesse, l'expression mystique de tout un peuple, jetez un œil à votre droite sur cette représentation exceptionnelle de la vie de saint Jacques le Majeur, vitrail XVIIIe, rénové début XXe, les églises ma claque. Dans l'état où j'étais, tout ce décor baroque me paraissait d'une laideur affligeante, rococo à donner la nausée.

On arrivait au deuxième couplet, repris par une faible partie de l'assemblée. Si on observait un rien attentivement le texte, on était en train de déclarer au Seigneur que tout bien calculé, on n'avait vivant guère plus d'importance qu'un chien bâtard errant, que le trottoir sur lequel on crapahutait en jappant n'était qu'une vallée de larmes qui au dernier couplet nous menait à la vie éternelle assis à la droite du Père et l'on revenait au refrain, la lumière viendra, certaines voix de soprano dominaient insolemment la mêlée et pour le reste, ça ressemblait à un brouhaha tumultueux venu des basses soutes de la galère.

On ne savait plus chanter, on avait oublié, perdu notre voix et j'en voyais parmi nous qui serraient les mâchoires pour se retenir de hurler, ou qui baissaient la tête, se curaient l'oreille du petit doigt, contemplaient la voûte en attendant que ça se passe, se rappelaient les interminables messes de l'enfance. Les cantiques peu ou mal chantés sont pathétiques. Il me semblait que celui-ci l'était et Gwen méritait Mozart.

Brûlez les églises, déchirez les icônes, rasez les temples, bâtissez-en de nouveaux, écrivez d'autres chants, d'autres prières et que ces chants nous fassent verser du sang, chantez le nouveau *Requiem* qui jaillira des limbes. Je fermais les yeux, je collais un coquillage de nacre contre mon oreille et j'entendais le *Gloria* d'Antonio Vivaldi, celui qu'on surnommait le Prêtre Roux et qui ne dit jamais une messe. Le deuxième mouvement, *Et in Terra Pax hominibus,* était une lourde mélopée de chants et de contre-chants, un *kan ha diskan* baroque où les altos répondaient aux basses, les sopranos aux ténors, comme si des barques égarées dans une brume épaisse cherchaient à se retrouver, à s'aborder pour regagner ensemble la rive, et la plainte gémissait comme une corne de brume, oui, c'est ça, une corne de brume que Vivaldi faisait s'évanouir au crépuscule. *Et in terra pax hominibus.* J'ai décroché mon coquillage dès que j'ai vu la dame de la paroisse s'éloigner du micro. Le cantique s'est achevé tristement sur le claquement sec des livres rabattus.

Une année s'est écoulée et je n'arrive pas à réunir mes souvenirs, comme s'il manquait des pièces à mon puzzle. Je revois ces deux garçons que je surveille du coin de l'œil, je vois près d'un grand pilier mes parents, mes parents sont venus, ils connaissaient Gwen, la pauvre mignonne. Ma mère en a profité pour nous apporter un cageot de pommes de terre nouvelles, quelques salades du jardin et deux litres de cidre. Je vois une foule silencieuse et honnêtement choquée. Je vois ce prêtre qui pose sur son lutrin une feuille de papier, ajuste ses lunettes et lit, mais je n'ai strictement aucune souvenance de ce qu'il raconte. Et sans doute qu'on était tous ailleurs, dans un état second, que cette voix nous portait jusqu'aux confins de notre mémoire. Je vois aussi des femmes en larmes et les hommes les envient de pouvoir pleurer aussi aisément. Elles n'ont pas assez dormi, elles ont pris dix ans en deux jours. Elles sont devenues moches.

Notre fille a onze ans et je la vois sangloter, collée à sa mère. Le reflet rose d'un vitrail lui éclabousse le visage et lui donne un air de poupée. C'est la première fois qu'elle entre dans une église autrement que pour une simple visite de curiosité. Ce que c'est d'avoir des parents passionnés par l'art sacré, et qui astreignent leurs pauvres gosses à se farcir l'évolution entre le roman et le gothique. Je regrette aujourd'hui de ne pas l'avoir envoyée à la messe auparavant, ne serait-ce qu'une fois pour voir cet endroit animé autrement qu'à l'occasion de funérailles. Jusqu'à présent, elle considérait une église comme un musée, un peu barbant soit, mais une glace était promise après la visite. Oui, bien sûr, c'est dur, cette foule en larmes, ce prêtre qui officie et la musique qui pleure misère comme si on avait voulu condenser toute l'émotion du monde dans cette petite église, alors elle sanglote doucement, la puce. Elle fait comme sa mère, elles se refilent le paquet de Kleenex, c'est son premier chagrin de jeune fille et elle s'étonne de l'engourdissement que cela provoque. Il y aura d'autres larmes et ces larmes seront à chaque fois plus amères et ça me désole.

Je l'ai interrogée plus tard, un matin au petit déjeuner.

— De quoi te souviens-tu ? Des cantiques ?

— Non, dit-elle, je ne me rappelle pas les cantiques.

— Réfléchis un peu ! Il y avait des cantiques.

— C'étaient des chansons, ajoute-t-elle. Je ne pigeais rien à ce que racontait le curé, il était vieux, on s'endormait. Alex a récité une poésie au micro et un de tes copains a sonné de la bombarde à la fin de la cérémonie, quand on arrosait le cercueil. Il y a eu les cloches, le cimetière et on est allés manger des crêpes et de la limonade au restaurant.

Elle avale ses céréales, tente de se cacher derrière la boîte.

— Continue, je lui ordonne, fouille dans ta tête, fais un effort, cherche à te remémorer des choses plus précises, des détails.

— Attends un peu. Un moment, les petits sont sortis avec Léna, ils jouaient sur le machin, l'estrade, devant le buffet du côté. Ils faisaient du bruit, la cérémonie était trop longue pour eux.

— L'autel, je précise.

— L'hôtel ?

— L'autel, a, u, t, e, l, c'est le buffet dont tu parles, ou la table si tu préfères. Il y en a souvent plusieurs dans une église. Celui que tu évoques est l'autel latéral. « Je m'avancerai jusqu'à l'autel de Dieu, la joie de ma jeunesse. »

— Tu n'as rien de plus gai à chanter, glapit Aline de la salle de bains.

— Ah, ne te mêle pas de ça, s'il te plaît !

Je n'avais pas six ans et je savais très bien ce qu'était un autel, moi. Je n'ignorais rien des tabernacles et des ciboires. Nos gosses sont devenus par notre laisser-aller, notre laxisme, totalement incultes sur le plan religieux.

Aline sort de sa douche entortillée dans deux ou trois serviettes de couleurs vives. Elle ressemble à une princesse orientale.

— Ce n'était pas Léna qui a envoyé les petits dehors, assure-t-elle, c'était Clarisse. Personne n'aurait vu le sèche-cheveux, par hasard ?

— Non, c'était Léna, rétorque la petite.

— Doucement les filles, chacune son tour, une par une. M'adressant à Aline : Laisse-la s'exprimer, veux-tu, on reverra ça ensemble plus tard. Va t'habiller !

Elle tourne les talons vers la salle de bains en haussant les épaules.

— Reprenons calmement dès le début, si tu veux bien. Alors, disions-nous, les gens qui pleurent, le vieux curé qui bâille et Fred qui vient parler au micro. Qu'est-ce qu'il a dit, Fred ?

— Attends, je me souviens. Il a dit qu'on était tous emmerdés quand il s'agit de parler de la mort, il a dit le mot « emmerdés », dans une église. Et puis quand Alex a récité son poème, il souriait tout le temps, comme s'il était content, et ça finissait par « je t'aime ». C'était un chouette de poème et les mots résonnaient dans l'église, on aurait dit de la musique. Je trouvais ça bien, je ne pleurais plus. Tout le monde paraissait très ému.

Elle avale le reste de son bol de corn-flakes.

— Tu sais, j'ai juste des souvenirs ici et là, s'excuse-t-elle, c'est déjà loin.

— Je sais, ma puce, je sais. J'ai l'impression que personne n'a rien compris au film, les petits comme les grands. Ne t'essuie pas la bouche avec ta manche, veux-tu !

C'est mon tour. Je fais comme les autres, je déplie mon papier sur le lutrin, je crachote dans le micro, le curé me dit de m'approcher davantage, je sens sa main s'appuyer sur ma nuque, ça m'énerve, je suis assez grand pour savoir comment fonctionne un micro et s'il n'a pas une confiance suffisante en sa sono, il n'a qu'à demander des subventions à la mairie, ou à l'Évêché, on ne sait jamais vraiment qui paie quoi, dans ce pays. Je lis mon texte avec la précision et la clarté nécessaires pour me faire comprendre de chacun. Je fais des efforts.

« Tu es partie. » Ça commence bien. Ce que je dégoise m'importe peu, c'est extrait d'un recueil écrit pour ce genre de circonstances. C'est un texte fourre-tout, bouche-trou, bien-pensant et tout le monde est content, le Seigneur bien sûr mais aussi ceux qui restent et surtout celle qui s'en va, la veinarde, Paradis express dans un Pullman à air conditionné. Appelons ça un poème, ça se décompose grossièrement en trois parties. Un le départ, deux, la solitude et la détresse de ceux qui restent, trois, les retrouvailles pour l'éternité. Je trébuche quand il faut évoquer dans un vers le sourire et la bonne humeur de la défunte. Ça ne passe pas. Il fallait parfois se lever tôt pour obtenir un sourire, faire des pieds et des mains en jouant du tuba, ou raconter des histoires cochonnes, ou je ne sais plus, je n'ai pas envie de parler de la bonne humeur de Gwen, pas aujourd'hui en tout cas, mais je lis les mots à mesure qu'ils apparaissent à la façon d'un téléscripteur. Ça n'a plus tellement de sens. Ne m'écoute pas Gwen, bouche-toi les oreilles, c'est juste pour meubler, pour tester la sono. Mais Gwen n'est pas là. Je parle à une boîte, à six planches de sapin.

J'ai devant moi une église pleine de gens silencieux qui m'observent l'air ahuri, c'est du moins le sentiment que j'ai, ma voix semble passer en écho et tout ça s'envole vers la nef comme une nuée d'étourneaux turbulents. J'essaie de me convaincre que ça n'a pas d'importance, que ce ne sont que des mots, que ça n'a jamais tué personne. Je rajoute une phrase, une petite phrase personnelle. *Kenavo*. Tu te souviens, Gwen, quand on beuglait comme des veaux, ironiques et chevrotants, débordants de trémolos, *Kenavo, lalala, Kenavo, dans un dernier sanglot quittons-nous sur ces mots, keeeenaaaa-voooo*... En fin de bringue, en valsant, on n'arrivait jamais à se quitter. Un vieux chant de noce qu'entonnait mon père à chaque gueuleton, les convives se tenaient par le bras et à chaque refrain : *Kenavo, keeenaaaaavooooo*.

Pas de chanson pour Gwen. Je reprends ma place. Je remets mon coquillage sur l'oreille. *In terra pax hominibus*. J'entends les chœurs s'agripper aux derniers rochers de l'estran, j'entends la marche des esclaves châtiés, j'entends les lamentations des damnés. Dès que je rentre à la maison, je couche par écrit mes dernières volontés que je paraphe devant notaire, femme et enfants. Le *Gloria* de Vivaldi sinon rien.

La mort de Gwen était programmée depuis des semaines, des mois, et aucun de nous n'avait été capable de rédiger le moindre brouillon d'épitaphe, de pondre quelque chose venant du fond des tripes. On sifflotait l'air de rien en attendant le jour J. Alex avait recopié le texte d'une chanson le matin même en avalant son café et j'ai baragouiné ce poème, purée de profane et de sacré, avec la même ardeur que s'il s'était agi de la notice de mise en route d'une tondeuse à gazon.

Mis à part Clarisse qui sauva l'honneur en chantant une ballade écrite par Fred, on s'était tous retrouvés en manque d'inspiration, finalement plus muets que des carpes dans un étang pollué. Excusez l'expression mais on était une sacrée bande de serrés du calcif. Il me semblait l'entendre râler, nous traiter de branquignols, de rigolos, d'incapables. Je regardais son cercueil et comme dans une bande dessinée une immense bulle s'en échappait pour y dessiner des gros mots sous forme de pictogrammes. On baissait la tête, les gens devaient penser que c'était par tristesse alors que ce n'était rien d'autre qu'une sorte de honte devant un devoir qui n'avait pas été rendu à temps. Il nous restait toute une vie, disons au moins une bonne partie, la seconde moitié, mettons chez certains le dernier tiers, pour méditer sur ce qu'on n'avait pas déclamé ce jour-là.

Clarisse s'est avancée à son tour vers le micro, toute petite, toute menue. Elle tremble de tous ses membres parce que ça caille, une vraie glacière, cette église, été comme hiver. Elle est vêtue d'une courte robe noire sur des collants noirs, avec des lisérés d'argent, elle grimace, Dieu, que c'est pénible. Il y a là trois, quatre, peut-être cinq cents personnes attentives à la moindre défaillance. Certains commencent à fatiguer, trouvent le temps un peu long sans parler des gosses. De ce côté-là, il y a toujours un volontaire pour évacuer le braillard et retrouver l'air pur.

Tiens-toi bien, Clarisse, ronge pas tes ongles, faut jouer serré, maintenant, faut pas leur en promettre, qu'ils soient au moins remboursés du déplacement. Clarisse ferme les yeux et se met à chanter *a cappella* la chanson des étoiles et du cosmonaute. J'ai tout oublié, je ne sais pas où je suis.

Un après-midi ensoleillé de fin d'hiver, Clarisse est passée à la maison, comme ça sans prévenir, on ne l'attendait pas, on s'ébahissait devant le mimosa en fleur du voisin. Ce premier hiver qui suivit la mort de Gwen fut vraiment d'une remarquable douceur. C'est à ce moment-ci qu'on a évoqué le réchauffement de la planète, la fonte des glaces et la montée des océans, cette fois on aurait des orangers en Irlande, vrai, avança Clarisse. Tu rigoles, malheureuse ! Le Gulf Stream allait inévitablement être détourné vers le nord par ce processus catastrophique et les hivers seraient bientôt plus rigoureux que ceux de Terre-Neuve ou de Spitzberg.

Je l'avais sous la main, je l'ai saisie par le bras. Rappelle-moi ta chanson, Clarisse. On descendait vers la côte, un petit port croquignolet coincé au fond de la rade pas loin de la maison. On tenait nos gosses par une main, dans l'autre un bouquet de primevères arrachées aux talus. À partir de là, on pouvait joindre un sentier côtier qui enlaçait la rade comme une écharpe de soie. Des riverains aigris avaient envoyé l'affaire devant le tribunal administratif et s'étaient octroyé avec insolence le droit de bloquer le sentier qui passait devant chez eux. J'ai dégommé une chicane d'un coup de pied, envoyé valser quelques branchages qui se voulaient barricades et j'ai craché par-dessus le barbelé. Change pas de conversation, tu vas chanter, oui ou non ?

Clarisse s'est mise à chanter pour moi tout seul, ici même, à la source de l'Atlantique. Il me semblait maintenant entendre ce que j'avais refusé le jour de l'enterrement. Elle chantait juste, de sa voix à la fois rauque et fluette, un tantinet jazzy. En face, de l'autre côté de la rade, on apercevait les maisons basses de Landévennec. La falaise était parfois abrupte, fallait garder un œil sur les petits. « Juste » dans tous les sens du terme, qu'il s'agisse de tonalité ou d'émotion à tel point que nos propres gosses se sont tus et l'ont écoutée la bouche ouverte. Ils regardaient Clarisse et ses grands yeux et se demandaient d'où venait la lumière. Ces yeux mouillés, on aurait dit des calots trempés dans l'huile d'olive. Continue, Clarisse, continue ta chanson, je veux l'apprendre, le moment où le cosmonaute perd sa fusée au troisième couplet. C'est alors que Clarisse s'est mise à chialer. Chante, j'ai ordonné, tu nous ennuies avec tes pleurnicheries, ça fait des mois qu'elle est bel et bien morte et enterrée. Allez, sois un peu raisonnable, fais pas d'histoires, chante. J'étais un juge ordonnant la reconstitution d'un crime.

À regarder ainsi la rade à travers ses larmes comme d'un hublot couvert de buée, Clarisse s'est soudain sentie saisie par le mal de mer, elle m'a serré l'avant-bras à m'en faire mal. Elle m'a dit, je ne peux pas oublier, tu comprends, l'enterrement c'était facile, on était tous ensemble, faisait beau, ça ne voulait strictement rien dire, mais c'est après, les jours d'après, quand il a fallu ranger la maison et ses affaires.

Clarisse s'agrippait à ma manche comme au bastingage d'un navire secoué par un vent de force huit. On s'est assis sur une souche d'arbre que le voisin avait utilisée pour bloquer le sentier. Les gosses sont descendus jouer sur la grève. Je l'ai laissée poursuivre son récit.

— Léna était là, et Aline aussi, elle a dû t'en parler. On était comme des pleureuses professionnelles et tu vas rire, c'est ce jour-là qu'il s'est mis à pleuvoir, mais pleuvoir, de cette pluie drue qui transperce. Putain, c'est pas qu'il pleut tout le temps dans ce pays, c'est qu'il pleut tout le temps quand il faut pas. On s'est retrouvées au Traon dans l'après-midi pour le grand ménage, la grande braderie. Tout devait disparaître. C'était le mardi qui suivait l'enterrement. Je revois Pierre, lugubre, arpenter la maison avec un sac-poubelle à la recherche de tous les médicaments possibles. Il y en avait partout, on était dans la grotte d'un apothicaire, l'armoire à pharmacie en regorgeait, mais plus sournoisement, des boîtes de comprimés se terraient sur le buffet de la cuisine ou sous le lit. Il ne cherchait même pas à regarder ce qu'il y avait d'écrit dessus, il laissait le tout s'écraser lourdement au fond du sac. Tout y passa, jusqu'aux sachets d'aspirine les plus inoffensifs. Pierre continuait sa traque en silence et nous, les filles, on se taisait également. Agenouillées devant la commode de la chambre, on sortait des tiroirs le linge de Gwen, les chemises de Gwen, les collants de Gwen, les jupes de Gwen, les slips de Gwen, tu peux pas t'imaginer ce qu'on peut accumuler, nous les bonnes femmes. Au début, on faisait attention à bien trier le linge, l'une pliait soigneusement un pantalon et l'autre cherchait la chaussette sœur, pour un peu on aurait sorti le fer à repasser. Léna avait trouvé un débardeur orange, oui, tu dois t'en souvenir aussi, Gwen l'adorait, elle le portait souvent l'été dernier, du temps où elle avait encore des seins qui pointaient, elle était supermignonne dans ce débardeur, avec son chapeau rapporté de Tunisie !

J'ai laissé un temps de silence. Le ciel était d'une clarté inouïe, les bateaux semblaient s'être collés à cette mer d'huile.

À la vue du débardeur et par un effet de mimétisme, elles se sont mises à pleurer et leur cœur est devenu lourd.

— Je te jure que j'ai jamais chialé comme ça, m'a assuré Clarisse. Léna a jeté le débardeur dans le sac et c'est alors que les choses se sont précipitées. Il n'était plus question de plier le linge, à quoi bon, les dames de l'association caritative à laquelle il était destiné allaient s'en occuper, elles étaient en retraite, avaient tout leur temps.

Les filles ont bourré les sacs plastique pour en finir au plus vite. Pierre leur avait proposé de se servir au cas où il y aurait quelque chose à leur taille ou à leur goût, mais les armoires se vidaient de la chair de Gwen, de sa substance, elles effaçaient sa mémoire. Les sacs formèrent une barricade bloquant le couloir. Clarisse était venue avec sa vieille Ford pourrie qui lui claquerait entre les mains un jour ou l'autre.

Secours catholique ? On avait déjà assez donné ces derniers temps. Secours populaire ? De plus en plus de gens dans ce pays n'avaient plus de quoi se payer correctement à bouffer, oui, oui, c'est bien de ce pays-là que je parle, alors question de s'acheter des fringues, n'y pensons pas. Les trottoirs étaient hantés d'éclopés de la vie, de laissés pour compte. Qu'ils crèvent, disaient les libéraux, on ne fait pas d'omelette sans casser des œufs. Le libéralisme est le meilleur et le seul système économique adapté à nos sociétés postindustrielles. On se frottait les yeux, on relisait trois fois l'article, mais non, on avait bien lu.

— Faut pas les apporter à Brest, avait dit Clarisse, c'est trop près. Un de ces jours, on risque de croiser dans la rue une fille avec le débardeur orange, je vous jure qu'on aura envie de lui foutre des claques. J'irai à Quimper fourguer tout ça, il y a des pauvres à Quimper, maintenant il y a des pauvres partout, ils font la manche au pied de la cathédrale face aux boutiques où on vend des soutifs à six cents balles. J'irai à Quimper, je bosse pas demain, j'en profiterai pour visiter la cathédrale.

Je tends à Clarisse un mouchoir en papier. C'est l'heure d'aller préparer le goûter pour les gosses. Les choses deviennent floues au fur et à mesure qu'on s'éloigne d'elles, comme un paysage défilant dans un rétroviseur. Parfois, on a le sentiment d'avoir réussi à emprisonner des moments d'une parfaite précision. On les cultive, on les arrose, on y tient parce que ce sont des bornes qui jalonnent notre vie, la seule façon de lui donner un sens chronologique. Des dates clés, en quelque sorte.

De l'enterrement de Gwen, de cette cérémonie, il ne me reste que très peu d'images. J'avoue mon désarroi devant ma mémoire défaillante. Ce n'est pas curieux si les autres ressentent le même malaise. Il me faut maintenant reconstituer l'événement en recoupant les témoignages de chacun. À ce jeu-là, la réalité, c'est évident, perd de sa légitimité mais qu'importe, on se souviendra tous de l'église de Kerascoet, on se souviendra que Clarisse a chanté dans sa petite robe noire. Elle semblait si fragile, poupée de porcelaine, tronche de piaf, mais faut se méfier des filles qui vous donnent l'impression qu'elles vont se briser entre vos doigts si vous avez le malheur de les toucher. Gwen était un peu du même gabarit mais Gwen, c'est un mauvais exemple, à présent.

Ce n'était pas une messe, il n'y eut point de sermon ni d'eucharistie. Le curé s'avança vers le cercueil et prononça une sorte d'ultime oraison funèbre. Petit à petit, le cercueil perdait sa fonction pratique d'abriter un cadavre, pour devenir un objet de culte, ésotérique et sacré, devant lequel les Anciens s'inclinaient comme devant la Grande Pierre levée. Gwen disparaissait au profit d'une abstraction spirituelle, elle devenait symbole et par là même se débarrassait de sa chair. En ce sens, on pouvait accorder un crédit à la foi des chrétiens en l'immortalité de l'âme. L'âme, cette pâte caoutchouteuse et translucide qu'on pouvait sculpter à loisir alors oui, va pour l'immortalité, ça ne coûtait rien. Mais le malaise demeurait, Gwen avait disparu, son passage à l'église l'avait transcendée en un « non-être ». On pouvait peut-être comparer cette métamorphose avec cet antique rite, sans doute issu de traditions préchrétiennes, consacré aux disparus en mer qui subsistait encore à Ouessant au début du siècle : la *proëlla.* Il était intolérable pour les proches et la famille d'imaginer le sort de l'un des leurs abandonné à la voracité des hauts-fonds et plus intolérable encore de ne pas avoir pu lui dire adieu. Je veux dire que le corps des morts fait toujours partie du monde des vivants tant que le rituel, qu'il soit chrétien ou païen, n'a pas eu lieu. Ce rituel, justement, déshumanise le corps et en distille la quintessence. Les marins péris en mer s'étiolent au fond de l'océan comme dans des limbes obscurs et leur corps reste de chair, et par là même, comestible. À Ouessant, les femmes façonnaient des petites croix de cire symbolisant le disparu et qui faisaient l'objet de la même vénération que s'il s'était agi du corps du défunt. On les veillait, on les posait délicatement sur une étoffe de lin avant de les envoyer jusqu'à l'église, puis au cimetière où une urne les abritait.

À ce moment de la cérémonie, Gwen n'avait pas plus de consistance qu'une petite croix de cire et le poids du cercueil n'était qu'illusion. Solennellement, le curé a pris un seau d'argent et un goupillon. Il a fait le tour du cercueil en y aspergeant de l'eau bénite comme de la poudre de perlimpinpin, il était redevenu magicien, marabout, prononçant avec force pompe d'illisibles incantations, et ma main à couper que d'un coup de baguette, pof, vous souleviez le drap, vous ôtiez le couvercle et prodige, le corps avait disparu. Applaudissements ! Manquait simplement la pin-up, bikini à paillettes et tête à claques, pour présenter les accessoires sur un plateau et le numéro aurait été parfait.

Le défilé a commencé, le curé en ayant précisé les modalités. Chacun à la queue leu leu a essayé à son tour le coup de la baguette magique avec le goupillon d'argent, se le passant tour à tour. Certains se livraient à des gesticulations compliquées, faisaient des signes de croix, mais ça ne marchait pas non plus, je peux témoigner qu'aucun de nous n'a réussi à faire ressusciter qui que ce soit, pas même à faire disparaître le cercueil ou à recoller les morceaux de la femme coupée en morceaux. Et ce défilé n'en finissait pas, tout le monde voulait tenter sa chance, quoi de plus normal ?

C'est à cet instant qu'on a entendu la bombarde. Un type habillé de noir s'est levé et a introduit sans prévenir un hymne celtique, ou était-ce un cantique, une ancienne *gwerz*, les trompettes de Jéricho, je ne sais, la musique a déchiré l'église et a coupé la nef en deux. On a tous serré les mâchoires et j'ignore encore pourquoi cette satanée bombarde nous faisait cet effet. S'il y avait un moment, un seul, pour laisser éclater son chagrin, se cogner la tête contre les piliers de granit, c'était bien celui-là. La musique couvrait largement le bruit de nos pleurs et les gens debout, défilant vers le cercueil, nous cachaient de toute leur masse, oh, sainte Mère de Dieu, aie pitié de nous, je crois me rappeler avoir vraiment eu mal à ce moment-là. Mais le sonneur n'a pas stoppé sa plainte pour autant. Ses joues étaient gonflées comme des outres à vin et on pouvait se demander comment un si petit instrument pouvait faire un tel raffut. C'était beau, Seigneur, beau à mourir. On avait l'impression que les vitraux ne tiendraient pas, qu'ils allaient voler en éclats sous la pression. Nous étions dans un navire qui coulait par la proue.

Un jour, une nuit, ce type-là reviendrait, c'est à parier, pour enlever femmes et enfants, les faire passer de l'autre côté de la rivière. Il y a deux versions à cette légende allemande du joueur de flûte qu'un village embaucha pour le débarrasser des rats et qui fut chassé, une fois sa mission accomplie, à coups de fourche pour solde de tout compte. Une nuit, le musicien revint pour se venger. Ou bien les gosses se noient dans la rivière, ou le musicien les guide vers un pays merveilleux, une sorte de Disneyland, sans parents ni rien. C'est bien sûr la seconde version que je privilégie quand il s'agit d'endormir les enfants. En réalité, les pauvres gosses de la légende, qui n'en était pas une, s'étaient fait emporter dans la tourmente de la guerre de Trente ans, déchiquetés par une bande de soudards assoiffés ou décimés par la vérole, la peste, allez savoir. Si vous croisez cet homme un jour, jetez-lui des pierres, élevez un bûcher.

La bombarde s'est tue mais les vibrations sont restées en suspension pendant de longues secondes. La *gwerz* était achevée. La messe aussi. On s'est gratté l'oreille. Gwen avait entendu la musique, d'abord comme dans un songe puis la mélodie s'était faite plus précise, plus insistante, elle s'était levée, il faut l'imaginer dans une longue chemise de nuit de satin blanc, elle avait ouvert la fenêtre, senti le vent frais venant de l'ouest et poussée par l'irrésistible désir de la musique, elle s'était échappée à travers la nuit vers le Val sans Retour à la poursuite du joueur de flûte. Et jamais plus on ne la revit.

On t'aimait, Gwen, on t'aimait d'amour et d'amitié, on a tous gravé ton prénom sur notre sein, à l'encre indélébile. Il y aura des jours, je le sais, où tu disparaîtras de notre pensée et ces jours deviendront des semaines, c'est comme ça, tu ne peux rien y faire. Ton visage s'effacera peu à peu de notre mémoire mais à chaque fois qu'on entendra cette bombarde de malheur, je dis bien à chaque fois et cela jusqu'à la fin, c'est du sang qui coulera dans nos tympans.

Le prêtre avait rejoint sa sacristie, nous abandonnant face au cercueil Gros-Jean comme devant. La dame de la paroisse, après nous avoir informés de sa voix aiguë que la famille ne recevant pas de condoléances remerciait les personnes présentes et les invitait à une collation au café-restaurant Chez

Phine, rangeait maintenant les feuillets, alors on a compris que c'était l'heure de se lever. À notre tour, on a arrosé le cercueil, le drap pourpre était couvert de grosses taches d'eau bénite. J'ai refilé la quincaillerie à Aline et j'ai détourné la tête. On s'est tous retrouvés avec un bouquet sur le bras. Le cortège s'est remis en branle, les mêmes femmes guidant le catafalque vers ce large rectangle de lumière oppressante. Les enfants avançaient en première ligne avec les fleurs et Pierre suivait le cercueil poussé par ces quatre demoiselles. On marchait derrière, à pas incroyablement lents, chevaliers à la triste figure, pénitents en pénitence, s'accrochant aux mains moites de nos gosses pour tenir debout. On a tous plongé dans cette lumière aveuglante comme des mineurs au sortir de la fosse. Une foule se dressait, agglutinée au perron, guettant la mariée et n'y aurait-il eu ce putain de cercueil, Pierre aurait été, eu égard à son âge, un jeune marié tout à fait convenable. Manquait le riz, manquait les cloches, et un rien de joie de vivre, manquait Gwen, merde, des fois on était encore obligés de se tirer violemment par l'épaule.

Il y a eu un petit cafouillage, le temps que tout le monde rajuste ses lunettes de soleil. On s'échangeait des clopes et on lançait vers le ciel des jets de fumée bleue pendant que le cercueil réintégrait son corbillard après avoir subi sa douche d'eau bénite, ainsi armé d'une puissante imputrescibilité, idéale pour qui prétend à l'éternité. Jadis, les arbres servant à la construction des navires étaient enfouis des décennies entières dans les vasières de fond d'estuaire, de manière à les débarrasser de toute impureté. L'industrie chimique avait fait depuis des progrès considérables, on pouvait aujourd'hui compter sur la viabilité de nos cercueils.

Qualité, service et prix, tels étaient les objectifs de la maison Le Goff, espace funéraire. Les deux employés, toujours aussi professionnels, ont fait glisser le cercueil dans leur camion. Ils portaient des gants noirs. Ils ont fermé les deux vantaux arrière et bye bye la Gwen. On ouvrait, on fermait, on ouvrait, on faisait des cachotteries, une fois je te la montre, une fois je te la fais disparaître, à quoi jouait-on depuis plusieurs heures, il était temps d'en finir, tout le monde avait soif et une grande partie d'entre nous avait simplement envie d'inaugurer une cuite mémorable par une bière bien fraîche. La camionnette a démarré et nous qui étions juste à l'arrière avons reçu en pleine poire une bonne bouffée de gasoil brûlé, les derniers pets de la défunte. Pour être honnête, c'est d'abord les gosses, étant donné leur taille, qui en ont avalé le plus gros, ne nous laissant que des bribes. De toute façon, c'est toujours les gosses qui trinquent, c'est le métier qui rentre.

Alex et moi, on s'est retrouvés au premier rang du cortège, en chemise blanche, fidèles hallebardiers de Sa Royale Majesté, précédant Pierre et ses petits. Certaines femmes parmi les mères et tantes qui nous suivaient avaient rabattu une voilette noire sur leur visage. Les plus jeunes portaient des lunettes noires et les plus âgées une voilette, c'était comme ça. Et ce voile de résille les rendait tragiques. Elles étaient petites, les paysannes de chez nous, mais elles étaient hardies et généreuses. Les hommes les accompagnaient, gauches dans leurs costumes étriqués, roulant entre leurs doigts leurs casquettes comme s'ils égrenaient un chapelet. Leurs yeux étaient du bleu d'un vitrail de Chartres et leur peau avait souffert du vent et du sel. C'étaient nos pères et c'étaient nos mères, ils avaient trimé comme des bêtes de somme pour pouvoir nous envoyer à l'école, à la grande école, disaient-ils, et ils étaient fiers de nous. Nous étions parfois bien ingrats, on avait dédaigné le monde qu'ils nous avaient concocté de leurs certitudes comme on aurait détourné le regard d'un pot-au-feu maison avec des poireaux du jardin et de la viande de génisse engraissée dans la prairie de Toul-ar-Goat, au profit d'une pizza surgelée, mais nul n'avait tort en cet après-midi de mai, nous marchions dans un même défilé sur le chemin de la réconciliation. On avait obéi ensemble au son de la bombarde et prié dans l'église paroissiale du Dieu universel et romain. Peu importait la place de chacun dans le cortège et les règles de l'ordre funèbre, je suis certain qu'ils étaient profondément soulagés et heureux de nous voir tous ici réunis, les jeunes, les vieux, les ceci et les à moitié cela, ceux de la ville et ceux d'ici, marchant à pas lents vers le petit cimetière de Kerascoet, Finistère, dont certains n'avaient jusqu'à ce jour jamais entendu prononcer le nom et c'est une chose bien particulière et bien troublante que de voir la rue d'un village soudain envahie d'une foule silencieuse et d'entendre résonner entre les murs des maisons les pas lourds de cette meute soumise.

Kerascoet est un petit village aux maisons bâties d'ardoises noires, nous sommes au pays des mines, liquidées depuis la fin du siècle dernier. Les murs sont noirs ainsi que les toits, d'un noir lustré qui paraît mouillé. Ici, on a toujours l'impression qu'il pleut ou qu'il vient de pleuvoir, on ne peut regarder le ciel sans faire la gueule. Jadis, le cimetière jouxtait l'église dans l'enclos, mais, la population augmentant, le nombre de sépultures aussi, il fallut se résoudre à quitter le centre pour installer un nouveau cimetière. Bien auparavant, je parle des temps médiévaux, mais on a constaté ce phénomène dans certaines régions jusqu'au XVIIe siècle, les morts étaient enterrés au sein même des églises. Il s'agissait de se trouver le plus près possible du saint tabernacle. Bien entendu, nobles et clercs, et même quelques bourgeois contre espèces sonnantes et trébuchantes s'appropriaient les meilleures places autour de l'autel et se faisaient inhumer sous de larges dalles d'ardoise ou de granit, de telle sorte qu'en allant communier, on passait sur le corps de madame la marquise de Poulpiquet ou celui du vicaire général Queffurus. Les autres, ceux de la plèbe, se contentaient des allées latérales, à l'ombre des lourds piliers. Une mince couche de terre recouvrait leur dépouille mais en temps de disette, chiens et cochons rendus par la faim à moitié sauvages déterraient de leurs pattes ou de leur groin ici un bras, là une jambe, et des lambeaux de chair putréfiée traînaient de la manière la plus répugnante qui soit. On aura compris que dans une telle promiscuité les microbes se propageaient comme dans un bouillon de culture, ouvrant un large boulevard à la prochaine épidémie qui décimait des populations déjà gravement affaiblies par la faim. Ce n'est qu'à la charnière entre le Moyen Âge et la Renaissance qu'on se décida à prendre des mesures autoritaires car pour les gens de l'époque, enterrer un chrétien hors les murs était sacrilège. C'est la victoire des autorités sanitaires sur ces ancestrales mentalités qui finalement amena la notion de périmètre sacré, ceint par une couronne de pierre, autour de l'église. Le placître – je m'étonne que ce mot ne soit pas dans le dictionnaire – devint le nouveau lieu des morts et l'ossuaire prit sa place dans l'enclos. Ici, les vivants rencontraient les morts entre l'église et le village ; ce placître était un sas entre les deux mondes, étrangers mais terriblement intimes. Les morts habitaient au centre de la communauté et à chaque jour suffisait sa peine et sa peur. Une femme relevant de couches se devait d'ailleurs de passer au-delà du muret de pierre délimitant le monde sacré du profane afin de se confesser avant de pouvoir retrouver sa place dans la communauté. Ainsi vivaient nos ancêtres, *farouchement intimes avec la mort.*

La population se développant tout au long du XIXe siècle et jusqu'au milieu du XXe, on a dû dans la plupart des villages se résoudre une nouvelle fois à déménager ses morts, cette fois-ci hors le bourg. Or c'est à cette époque que la mort devint peu à peu taboue, ce qui tombait pile poil. La belle mort aristocratique, fougueuse et fatale, avait laissé place à la mort clinique et piteuse de l'ordre bourgeois. La mort était de mauvais goût, alors du balai, les macchabées.

De nos jours, la tendance est d'expédier funérarium et tout le reste dans les zones industrielles, à la périphérie des villes, non loin de la déchetterie. Authentique ! Les morts nous enquiquinent, nous mettent mal à l'aise. Ils deviennent des étrangers parqués dans les zones prévues à cet effet au terme de la loi, comme il y a dans toute commune de plus de cinq mille habitants des emplacements réservés aux gens du voyage.

Les cimetières ne sont des èndroits macabres que pour les profanateurs et les frappés, les cimetières ne sont des endroits tristes que pour les malheureux. Moi qui n'étais ni l'un ni l'autre j'y trouvais beaucoup de charme. Petit, en vacances chez Mémé, la promenade au cimetière était un rite que j'adorais. On allait chaque dimanche après-midi quand le temps nous le permettait dire bonjour à Pépé. Le portail en fer couinait, un frisson délicieux nous glaçait le dos, mais je tenais la main de ma grand-mère – la tronche de mes cousines, jalouses comme des poux – et plus rien ne pouvait ne menacer. On relevait les pots de fleurs renversés par le vent, on s'éclaboussait de signes de croix en veux-tu en voilà, le cimetière était bondé de gens de la famille, des tontons moustachus morts à la guerre – on avait comme les autres payé notre dot à République – et dont on voyait le portrait en noir et blanc dans un cadre de porcelaine, des cousins revenus d'Indochine porteurs de bien curieuses maladies, et surtout, comble d'excitation, ceux qui nous arrachaient les plus pieux signes de croix, les enfants morts en bas âge. Tout ce monde-là était bien sûr solidement protégé par les souvenirs en toc rapportés de Lourdes ou de Lisieux. On apprenait à lire sur les tombes, à revoir nos soustractions par le calcul des dates. 1978 moins 1887, celui-là avait eu son compte, la prière ne s'éternisait pas. La fille du maréchal-ferrant avait été assassinée la veille de Noël par un militaire de l'école de Saint-Cyr devenu fou de jalousie. On mettait la main devant la bouche pour retenir un cri qui ne venait jamais, on écarquillait les yeux pour en savoir davantage. Il l'avait, disait Mémé, traînée dans la neige et jetée dans l'étang du Dourdu, et les traces de sang avaient conduit les gendarmes jusqu'au lieu du martyre. Mais elle mourut jeune fille, précisait-elle. Mes cousines soupiraient de soulagement. Un cimetière est un album de photos un peu ternes.

Je marchais avec les autres derrière le corbillard de Gwen et je pensais aux choses douces et rasurantes de l'enfance, peut-être que je n'aurais pas dû.

Le cimetière de Kerascoet se trouvait à la sortie du bourg, à trois cents mètres, pas plus, de l'église. Trois cents mètres à suivre le ronflement de la camionnette roulant à bas régime. C'était facile, tout en descente. Dans des temps plus anciens, il était d'usage d'emprunter des itinéraires tortueux de manière que le défunt ne puisse retrouver son chemin pour revenir tourmenter les vivants.

Il était quatre heures, le soleil était encore chaud, trop pour que les oiseaux se remettent à chanter, la musique s'était tue. Il n'y aurait plus jamais de musique maintenant, c'était le dernier voyage. Des chevaux auraient été autrement plus solennels, caparaçonnés de noir et d'argent, leurs sabots auraient résonné dans les rues du village comme pour marteler la lente agonie d'un chemin de croix toujours recommencé. Christ était monté au Golgotha, nous descendions vers le cimetière, agglutinés derrière le corbillard, telle une tribu de pingouins trouillards allant lâchement livrer un des leurs au Grand Orque en paiement du tribut quotidien, accepte, ô vénérable tyran des mers, notre humble présent. Son rot retentissait tandis qu'on pédalait dans la banquise, trop heureux d'y avoir échappé une fois de plus.

À l'entrée, nous étions devant la grille béante comme au bord de l'estuaire, là où les eaux salées se mélangent aux eaux douces. On se préparait à déposer le corps sur un canot de granit, lequel voguerait sur les flots jusqu'aux rives du pays de la jeunesse éternelle qui promettait des saveurs exquises, des fruits bien mûrs et la tiédeur des corps. J'espérais de tout mon cœur qu'on n'allait pas se gourer de navire. Les Grecs anciens nous auraient envoyés sur la barque de Charron pour traverser l'Achéron.

Pour les deux types des pompes funèbres, c'était l'heure de passer le relais aux fossoyeurs. Ils étaient en week-end, se verseraient un pastis à l'apéro, parleraient de la jeune femme enterrée en basculant la tête, c'est comme ça, on n'y peut rien, que veux-tu que j'y fasse ! On a descendu la carriole, opération délicate, le sol était recouvert de gravier et le terrain en pente, on n'était pas au bout de nos peines, craignant de vivre le moment le plus pathétique mais tout, depuis ces derniers jours, n'était qu'un harcèlement de rituels. On n'en finissait plus d'agiter nos mouchoirs. À la réflexion, c'était tant mieux. Cet enterrement n'avait rien de macabre, c'était une cérémonie que nous découvrions avec curiosité. Gwen aura au moins eu la chance, le privilège de mourir au milieu des vivants, chez elle, dans ses terres d'Armorique, baignées par le souffle tiède d'un suroît de printemps. Nous dessinions une carte du Tendre à l'envers, non plus pour la séduire mais pour s'en séparer, nous suivions un labyrinthe qui nous conduisait à l'adieu définitif. La rupture devait être jalonnée d'épreuves auxquelles nous nous soumettions tacitement. Après avoir réussi ce parcours, nous aurions le droit et nous saurions lui dire adieu.

On a posé le cercueil sur deux tréteaux, au milieu de l'allée la plus large, sous la croix de mission, et la foule a fait cercle autour, dressant un horizon de croix et de silhouettes alternées. Des chardonnerets tournoyaient au-dessus de nous. Ces oiseaux portaient sur leur poitrail la marque rouge du sang du Christ, c'étaient donc des anges. Nous étions heureux qu'ils soient au-rendez-vous. Le curé s'est posté devant le cercueil, les mains croisées et les avant-bras cachés sous d'amples manches. Le même seau d'argent était placé sur un tabouret de l'autre côté du cercueil. Une dernière fois, il a saisi le goupillon pour le bénir de plusieurs aspersions puis il a écarté les bras pour prononcer la dernière oraison, enfin il est parti tout seul, remontant l'allée centrale, la tête penchée vers le sol, méditatif devant l'Éternel, docteur en lois obsolètes, à quoi, deux, trois ans de la retraite. On a vu sa silhouette s'évaporer dans la chaleur et on s'est retouvés seuls, entre nous, plus muets que les tombes. *Ite missa est*. Le caractère sacré restait intact. Un cercle s'était formé autour du cercueil et Pierre semblait en être la charnière.

Il avait quelque chose à nous dire. Il s'est raclé la gorge.

Les rois, les grands de ce monde, guerriers celtes et princesses de Cornouaille et de Domnonée se faisaient inhumer parés de leurs plus beaux bijoux et avec leurs meilleures armes, épées de bronze incrustées d'émeraudes, bracelets d'or d'Abyssinie. Les hommes du Nord disparaissaient dans leurs drakkars en flammes, les Ghanéens faisaient de leurs cercueils de véritables œuvres d'art en forme de fusées multicolores ou de voitures de course.

Pierre avait sans doute réfléchi à ces références. Quelque chose de moins impersonnel, bredouilla-t-il enfin, reniflant, faisant passer sa fille d'un bras à l'autre et ravalant ce qui lui restait de larmes.

— Vous voyez le morceau de contreplaqué scellé sur le côté du cercueil ?

Tout le monde a tourné la tête, bien sûr, intrigué et à la fois vexé de ne pas s'être posé la question plus tôt, oui, tout le monde voyait, drôle d'idée, intéressant.

— On a pensé, continua Pierre, on s'est dit pourquoi pas, si les enfants, tous les enfants... on a apporté des crayons...

Des larmes commençaient à couler dans tous les sens, nom d'un chien, il fallait bien vidanger tout ça d'une manière ou d'une autre mais non, plus on chialait, plus on sécrétait des larmes, et c'était contagieux, tout le monde sait ça, la source semblait intarissable, des tuyaux raccordés à des pompes plongeaient dans les nappes phréatiques de nos cerveaux-éponges, tout un système de plomberie se mettait en branle et cette eau saturée de sel jaillissait au-delà des paupières, on aurait pu chialer par les oreilles ou par le trou du cul, on l'aurait fait. Il nous faisait languir, le salaud, depuis le temps qu'on avait donné notre langue au chat.

— Des crayons de couleur, continua-t-il entre deux hoquets, pour que les enfants, mais pas seulement les enfants, tous ceux qui veulent puissent mettre un mot, faire un petit dessin, un signe parce que... (et là il a pris une pause, ravalé sa salive, écarquillé les yeux, les gens détournaient la tête, fixaient le sol) parce que comme ça, oui, répétait-il, parce que ce serait moins impersonnel, comprenez, moins froid. Gwen aimait les gosses, leurs dessins, les couleurs et ce n'est pas fini, on a également pensé, vous voyez…

À ce moment-là, il a sorti un Kleenex de sa poche et s'est mouché avant de poursuivre. Ça a retenti dans tout le cimetière.

— Vous voyez les paniers au pied du cercueil ?

Tout le monde baissa les yeux, oui, tout le monde voyait.

— On y a mis des petits cailloux et des coquillages. Vous vous souvenez combien Gwen aimait la mer ? Les enfants sont allés hier après-midi les ramasser sur les dunes de Sainte-Marguerite, des cailloux, des petits bouts de verre polis par l'eau et le sable, de toutes les couleurs. Je voudrais, continua Pierre, que chacun en prenne une petite poignée et la jette dans le caveau. Voilà. Que ce soit un signe d'amitié, un morceau de nous tous qu'elle puisse emporter avec elle.

Une chape de plomb s'est écrasée sur le cimetière de Kerascoet, ce n'était pas un silence, c'était un fluide, une onde qui s'abattait sur nous tous et nous faisait frissonner malgré la chaleur. Nous étions retournés à l'âge minéral, pierres parmi les pierres, au milieu des croix. Un sortilège, un vent de glace nous avait métamorphosés. Il s'était passé le même prodige non loin d'ici, il y a de cela cinq mille ans, à Carnac, quand des guerriers venus du Sud avaient soudain été transformés en menhirs et cloués en terre par le grand druide, *ad vitam aeternam*. Quelqu'un a froissé le silence d'un toussotement et un gosse s'est approché timidement du cercueil. Il a saisi un gros crayon jaune, puis c'est une petite fille à tresses qui l'a rejoint, puis un autre gosse et un autre encore, et tout un attroupement d'enfants s'est formé autour du cercueil. On n'avait pas prévu assez de crayons. Sans la vigilance des parents, une bagarre générale était à craindre. Et tout naturellement les enfants se sont mis à dessiner, et des soleils jaunes et joufflus sont apparus aux quatre coins du cercueil, des bonshommes et des dames avec de grandes robes rouges se sont mis en place pour une danse, et des fleurs et des maisons qui ressemblaient à des maisons illuminèrent le cimetière, et aussi des bateaux, à voile bien évidemment, des voiles multicolores, et nous les grands, nous regardions, ébaubis, s'élaborer sous nos yeux ce retable païen. Un petit blond avec des lunettes s'acharnait laborieusement à dresser le calvaire qu'il avait vu face à l'église. C'était un sacré boulot, il fallait d'abord dessiner les quatre marches du socle avant d'y ajouter le fût et d'équilibrer les deux bras de la croix. Sur chacun des bras se tenait un petit bonhomme riquiqui, il avait su repérer les larrons, le bon et le mauvais, puisque l'un tirait la langue et l'autre non, et le Christ, le Christ crucifié, il le fit blanc vêtu d'une culotte rouge et il garda son crayon rouge pour mettre une tache de sang sur les mains et sur les pieds. Ici et là, il apporta consciencieusement quelques améliorations. Après avoir pris dix secondes de recul il fit couler d'un trait en zigouigoui le sang jusqu'au pied du socle. Finalement, il abandonna son crayon à sa voisine qui avait besoin du rouge pour finir un bouquet de tulipes. En voilà un au moins qui avait retenu la leçon qu'ici-bas rien n'était donné. D'autres s'étaient essayés au prêtre dans sa robe pourpre mais la plupart s'en étaient tenus aux fleurs et aux soleils. C'était un spectacle fascinant. Les plus grands dessinaient au-dessus des plus petits. Une fresque grandiose et si petite à la fois prenait forme, un long poème horizontal avec comme thème principal le printemps. Le cercueil était devenu le mur d'une école maternelle. De temps en temps, un enfant se faisait éjecter par une maman soucieuse de laisser la place aux autres, et tant bien que mal, l'ensemble prenait corps. Les sales gosses, ils nous faisaient miroiter l'Espérance.

Léna passa entre nous avec des petits paniers d'osier. Chacun y saisit une poignée de coquillages pour la mettre dans sa poche en attendant la mise au tombeau, dernier tableau du triptyque. Cette scène avait eu le mérite de nous déglacer. On souriait avec indulgence devant ce troupeau de bambins qui tiraient la langue avec la volonté inébranlable de bien faire, on commençait à parler plus fort, dans les limites du raisonnable, il est difficile de dialoguer à voix haute dans un cimetière et même les plus petits le ressentaient. Mais tous avaient conscience de la magie de l'instant. Nous étions en train d'inhumer notre Gwen au fond de la grotte de Lascaux. Gwen perdait son anonymat, elle pourrait frimer plus tard dans le cimetière. Le bois le plus rare et les poignées, toutes d'or qu'elles fussent, ne pourraient rivaliser face à une telle concurrence, c'était gagné d'avance. Les gosses se frottaient les mains pour effacer le pastel collé à leurs doigts et reculaient devant leur chef-d'œuvre, car nul doute, c'était un chef-d'œuvre.

Ils se rappelleront plus tard, Margot, Max, Félix, Théo, Clémentine, Pauline, Louis, Marie, Nina, Lili, Malo, Violette et les autres, qu'un trésor est enfoui, quelque part dans un caveau du cimetière de Kerascoet. Eux seuls connaîtront l'endroit exact et la signification de ces hiéroglyphes obscurs, oui, ils se rappelleront leur premier enterrement et seront étonnés, un jour, aux obsèques d'une mémé, qu'aucune séance de dessin n'ait été prévue. Tout était pour eux aujourd'hui nouveau et après les étranges cérémonies qu'ils avaient dû subir depuis la veille, le coloriage du cercueil ne devait être qu'un rituel de plus, celui-là moins ennuyeux que les autres.

Ces enfants étaient malins, ils avaient astucieusement camouflé un cercueil pour qu'il échappe à la vigilance de Cerbère, le chien aux trois têtes, gardien du royaume d'Hadès. Dites-moi, aboyait le molosse, est-ce un cercueil que vous transportez là ? Non, monsieur, c'est une machine à remonter le temps, un vaisseau interplanétaire. Estampillée de cette façon, Gwen n'avait plus aucun souci à se faire, ces dessins la protégeaient des forces du mal.

Quelque chose de moins impersonnel, avait demandé Pierre. Chiale pas comme ça, triste sire, on envoyait ta gonzesse au firmament des Justes, au cœur de la chapelle Sixtine.

Le catafalque s'est à nouveau ébranlé, poussé par je ne sais qui, ou porté, je ne sais plus, sans doute par les fossoyeurs chargés de la besogne, tant d'images qui m'échappent. Le caveau se trouvait au bout du cimetière, en haut d'une côte assez raide. Par cette chaleur, la montée était éprouvante, fallait pédaler sec. Elle ne nous aurait rien épargné, la garce.

Une partie de l'assistance avait disparu, la mise au tombeau est réservée aux proches et par pudeur, par délicatesse, ils avaient rejoint leurs pénates, la tête pleine de choses vues. On a suivi le cercueil, les mains dans les poches, titillant machinalement les petits cailloux et les débris de verre qu'on nous avait distribués. On devinait leur forme, pour la couleur c'était plus difficile. J'espérais en avoir un bleu, ce sont les plus rares. Pour l'essentiel ils sont marron et jaune, plus ou moins translucides. Les filles qui n'avaient pas de poches les gardaient au creux d'une main, l'autre serrant celle d'un enfant. Du haut du cimetière, à l'endroit où on allait inhumer Gwen, il y avait une vue superbe sur la vallée et on dominait cette forêt de croix de pierre où se déclinait toute la gamme des gris, du granit anthracite au pâle kersantite tacheté d'éclats de quartz contre lesquels frappaient les rayons du soleil. Reposer ici ou ailleurs. Le caveau de la famille de Gwen ressemblait aux autres, socle gris surmonté d'un Christ souffrant, les noms, les prénoms et les dates, la dynastie. On arrivait enfin à la sortie du tunnel, paradoxal quand on sait qu'on abandonnait Gwen aux profondeurs humides des entrailles telluriques.

Un des fossoyeurs a posé sa veste sur une tombe voisine puis il est descendu dans le caveau. Le cercueil a glissé lentement, retenu par une corde que tenait son collègue. Des graviers et des morceaux de terre glissaient sur la dalle en ciment et on entendait résonner comme de grosses gouttes de pluie s'abattant sur un étang. Le caveau était aménagé à la manière d'un compartiment de wagon-lit, mais toutes les places, bien que réservées depuis longtemps, n'étaient pas occupées. Dégourdie, Gwen avait profité de son avance pour s'emparer de l'emplacement d'un autre, hop, ni vu ni connu, qui va à la chasse perd sa place.

On s'est tous retrouvés en file indienne, pour lancer chacun à notre tour nos bijoux arrachés aux dunes de Sainte-Marguerite, verser notre obole à la déesse-mère. Ça apporterait un peu de sel à la terre, un goût d'océan chez ces irréductibles des Montagnes. La jonction de l'Armor et de l'Argoat était enfin réalisée, le grand consensus pour Gwen la bretonne. Le caveau devenait plage.

On balançait aussi des fleurs en vrac, la journée avait été si chaude qu'elles étaient déjà bien flétries, tout cela formait un heureux désordre. On aurait eu sous la main des castagnettes et des cuillères en argent, des pépites d'or et des emprunts russes, on les aurait envoyés avec plaisir au fond du caveau, et je suis certain qu'il n'aurait pas été besoin de négocier indéfiniment pour que les gosses vident leurs poches de leurs billes multicolores. On n'avait rien inventé. Des archéologues ont trouvé des pollens de rose trémière dans une tombe de Mésopotamie datant de soixante mille ans.

Un petit garçon ne voulait pas en perdre une miette, trônant sur le tertre de terre attenant et surveillant du haut de son poste de guet le bon déroulement des opérations. C'était un personnage énigmatique, une sorte de Petit Prince aux cheveux jaunes, un groom des hautes sphères chargé de vérifier le versement de l'impôt : vos cailloux, s'il vous plaît ! C'est almorts qu'il se pencha si bas pour regarder au fond de la crypte qu'il glissa soudain du tertre. Il perdit son équilibre, se sentit happé par les profondeurs, je voyais ses grands yeux bleux hésitant entre la terreur et une sorte de renoncement sournois, une main s'est tendue *in extremis*. Il s'y est accroché solidement avant d'escalader la falaise. Deux secondes plus tard, Indiana Jones réapparaissait à l'air libre, convaincu d'avoir échappé au dernier moment à la horde de requins qui déjà lui mordillaient les orteils. Tout le monde a besoin d'une maman, même Indiana Jones, surtout Indiana Jones. J'ai une maman, moi. À quarante ans, elle me fait encore des remarques quand je suis mal rasé. Ses réprimandes sont des caresses.

Toi, Loïc le Petit Prince, il te faudra à présent grandir sans. Sans cette odeur de lait sucré qui émanait d'entre ses seins, sans cette voix aigre-douce qui t'ordonnait d'aller te laver les mains avant de passer à table, sans cette jupe pour y éponger tes larmes. Un jour, j'ignore lequel, je sais que tu viendras me demander, s'il te plaît, dessine-moi une maman. Pas certain qu'on sache.

J'ai cherché Aline, je l'ai prise par la main, on a suivi l'allée qui menait vers la sortie, rejoints par Alex et Léna. Ne restait que Pierre, entouré de la famille, ne se résignant pas à partir, se demandant si tout avait été bien fait selon le rituel et la volonté des uns et des autres. Ce petit groupe paraissait encore ahuri devant la brutalité de l'événement, se voulait convaincu d'une erreur, il y a tant de légendes d'enterrées vivantes, on était encore en présence d'une regrettable méprise, une énorme bévue, des types en blouse blanche allaient arriver en courant, stéthoscope au vent, pin pon, pin pon, laissez passer siouplaît, il y a eu une confusion dans nos services, erreur d'ordinateur, ou bien alors la Sainte Vierge allait apparaître, se lever, mettre de l'ordre dans tout ce bazar et rétablir une fois pour toutes Justice et Paix sur Terre. Ils ont tournoyé autour du tertre quelques minutes, épaule contre épaule, des têtes s'entrechoquaient, des visages se tournaient dans notre direction. On a entendu les sanglots étouffés de Marie-Annick se mêler à la brise fraîche et aux cris aigus des chardonnerets qui en cette fin d'après-midi recommençaient à chanter, on les a vus se diriger à pas lents vers nous, se retournant de temps en temps en direction des deux fossoyeurs qui attendaient sans impatience d'être seuls avant de procéder à la fermeture du caveau. Ils connaissaient leur métier. Ils feraient glisser la dalle de béton à sa place, enfin ils combleraient le trou de terre de manière à garantir l'inviolabilité du lieu.

Les tombes des ancêtres sont la légitimité des vivants. Ici, vous ne serez vraiment intégrés dans un village, une communauté, qu'à partir du moment où une dalle de marbre gris portera votre nom. Jusque-là, on vous supportera à titre de transplanté. J'ai connu des paroisses où il fallait se prévaloir de trois générations dans le cimetière avant de pouvoir se prétendre des leurs. J'exagère à peine, savez-vous que vous êtes ici en terre chrétienne où les tombes sont le sacré du sacré ? Les tribus d'Amérique du Nord nommaient leur territoire « terre des ancêtres » et les tombes étaient des bornes qui définissaient leurs frontières. Ce n'est qu'au-delà que la terre était vierge, étangère.

Ici la plaie devait se refermer. Nous avions tous accompli notre devoir, on n'aurait pas pu mieux faire. Gwen était de son vivant du genre à râler, à chercher toujours la petite bête, le grain de sable, vous alliez au cinéma, elle trouvait toujours quelque chose à redire, soit la mise en scène était terne, les décors, du toc, pas bon public la Gwen, Isabelle Adjani n'était pas à la hauteur du rôle de la reine Margot, jalouse de surcroît, toujours quelque chose qui clochait, quoi. Présidente du jury, il n'y aurait pas eu de palme décernée cette année-là. Alors nous, bien sûr qu'on y a pensé, qu'on s'est tous sentis un peu jugés de là-haut. Je l'entendais houspiller de ses nuages, snobant ses funérailles, prétendant un rien hautaine, l'ingrate, que ç'aurait pu être pire.

On a laissé la porte du cimetière grande ouverte, on est allés chez Phine, place de la Libération. Désormais, elle était vraiment morte et enterrée, six pieds sous terre, plus besoin de se foutre des baffes, de se boucher le nez, on avait passé le stade des dernières suspicions. On a marché en pleine lumière, lentement, deux par deux. On s'est retrouvés au comptoir, un demi chacun, putain jamais une bière fraîchement tirée à la pression n'avait été aussi bonne. Le bistrot s'est rempli en quelques minutes et les deux jeunes joueurs de baby-foot n'avaient plus qu'à conclure leur partie dans les plus brefs délais. C'était un charmant bsitrot de campagne avec son comptoir rustique, une tête de sanglier trônant au-dessus de l'horloge et des petites cariatides en bois sculpté représentant des personnages en costume breton qui soutenaient les étagères, rustiques également. Sur le mur latéral, un grand panneau affichait les résultats sportifs.

Pendant qu'on y était dans les mauvaises nouvelles, En Avant de Guingamp s'était encore pris une sacrée raclée sur son terrain face à Monaco.

Fred a payé la tournée avec un billet de cent francs qu'il regardait comme si c'était le dernier, et Alex a remis ça, Aline a demandé qu'on rajoute de la limonade dans son verre et je ne sais plus qui a commandé une menthe à l'eau mais de manière générale, c'était la bière, le fût allait y passer. Gwen aurait été là, elle aurait commandé je ne sais quoi, elle n'aimait pas la bière et ce n'était pas encore l'heure du blanc. Le liquide nous coulait dans le gosier et le filtre de nos clopes était le bout d'un sein qu'on tétait avidement. Un lait aigre nous envahissait la gorge, nous emplissait la poitrine, on en ronronnait d'aise. *Yec'hed mat !*

Non, Gwen n'aimait pas la bière, j'annonçais ça comme si je m'étais fait son légataire testamentaire mais Pierre a hoché la tête. Santé, a proclamé Alex et on a cogné nos verres l'un contre l'autre, tchin, santé, *yec'hed mat*, à la vôtre, on savait encore rire, jaune ou pas, mais ainsi réimbibés de bière, c'était le début de la cicatrisation, fallait bien commencer à un moment ou à un autre alors pourquoi pas maintenant, ici chez Phine Le Gall. Il y avait trop de mousse dans nos verres et elle restait collée à nos lèvres comme une moustache d'écume maère qu'on essuyait du revers de la manche. Les gosses traînaient dans nos pattes, on leur payait des sucettes et des Coca. Une fois qu'ils avaient obtenu leur paille, ils repartaient jouer dehors, on leur disait de faire gaffe aux bagnoles, on ordonnait aux grands de s'occuper des petits. J'ai voulu remettre ma tournée mais deux bières suffisaient, prétendaient-ils. On allait bientôt prendre le goûter, fallait pas compter qu'ils nous laissent rentrer à la maison le ventre vide. Fut un temps, c'était un repas complet qui vous attendait, la soupe, la charcuterie, le rôti de veau, un vrai gueuleton, pinard à volonté. Ça finissait par un gros morceau de far et on sortait la goutte. Aujourd'hui le jour, on se contentait d'une collation.

C'était une belle salle, ils avaient dressé trois grandes tables dans le même sens, au centre était celle des gosses, ça se voyait au nombre de bouteilles de limonade, et une quatrième, perpendiculaire, était réservée à la famille. On s'est tassés une cinquantaine là-dedans baignés une odeur de crêpes et de café chaud, et c'est là qu'on a vu rejaillir les premiers sourires, comme des diamants soudain dépoussiérés, que c'était une des façons, peut-être pas la seule, mais pas la plus mauvaise en tout cas, de reprendre goût à la vie. Au fond de la salle, une estrade était destinée à l'orchestre. Des fresques avaient été réalisées sur les murs. On voyait des silhouettes se trémousser sous les palmiers.

Quand j'étais plus jeune, l'idée de les voir bouffer à la sortie du cimetière me révulsait. Je me demandais comment on pouvait passer aussi naturellement et aussi vite des larmes aux libations, du chagrin au boudin, et je me refusais à faire partie de cette bande de rustres se repaissant sur la dépouille de leurs pères, cannibales et parricides. Mes tantes me rappelaient alors qu'à mon âge, on avait besoin de manger, une crêpe au moins, un morceau de gâteau. Je haussais les épaules en esquissant le sourire le plus méprisable dont j'étais capable à l'époque, j'ai fait des progrès depuis. Un morceau de gâteau, pfff. Le monde était à feu et à sang et mes tantes s'inquiétaient de ma croissance. Je ne rêvais pas. Je racontais à ceux qui étaient assis en face de moi, Aline et Clarisse, Alex et Fred, comment tout cela me débectait, alors qu'aujourd'hui, hein, pourquoi pas, j'aurais pris volontiers une petite crêpe, avec du beurre. Le beurre jaune fondait au soleil. De jeunes filles passaient entre les tables distribuer le café dans de grands bols en porcelaine. Elles étaient habillées d'une jupe noire et d'un chemisier blanc, pas trop courte la jupe, avait précisé la patronne, et pas trop décolleté le chemisier. Oui, c'était le signe qu'on avait changé, le fait de manger des crêpes, de s'en tartiner une deuxième, qu'on avait mûri, on va dire vieilli, c'est plus la peine de tourner autour du pot. Mon petit gamin de quatre ans m'observant un matin m'avait demandé pourquoi j'avais ces traits au-dessus des poils des yeux, oui, on avait aussi cette chance de vieillir, on savait maintenant que ce n'était plus donné à tout le monde. On avalait des crêpes avec du beurre jaune, on en prenait une deuxième, la part à Gwen, on se goinfrait de gâteau breton pur beurre, ça se voyait au premier coup d'œil à la couleur, jaune agricole, jaune colza, on n'était pas du genre à se laisser berner par les conseils amaigrissement du supplément Dimanche du *Télégramme*, on se tâtait la bidoche, on se martelait au réveil de claques sur le ventre, ça faisait caisse de résonnance, on allait vieillir le cul bordé de beurre.

Peu à peu, les visages redevenaient normaux, les lunettes noires avaient disparu et le rouge des yeux s'était estompé. Les nanas firent la queue pour les toilettes, pas seulement pour pisser après deux heures d'église et de cimetière, mais pour se refaire une beauté, se rafraîchir les joues, remettre un peu de rouge sur les lèvres, oui, on en avait maintenant le droit. Les mecs étaient sortis, pas la patience d'attendre, laissant les murs souillés de vagues grises, flots d'urine ondulant sur une longue fresque de pierre, dessinant des silhouettes de fantômes. Plus personne ne pleurait, on se congratulait, c'était réussi, c'était une belle journée, on se donnait des rendez-vous en s'échangeant des numéros de téléphone, rien de tel qu'un bon enterrement pour renouer des liens. Les vacances approchaient et c'était le moment d'établir des plannings.

Un goûter était encore organisé chez Jean et Marie-Annick, pour ceux qui voudraient manger un morceau avant de reprendre la route. On n'osait pas dire apéro, mais tout le monde savait déjà qu'on sortirait des bouteilles. À tout prix, il fallait revenir à la vie quotidienne.

— Un jaune ?

— Un jaune.

Faudrait faire un tour du potager et demander à Marie-Annick quel pacte elle avait signé avec le diable pour avoir d'aussi beaux glaïeuls cette année. Dame, de la terre et de l'eau, répondrait-elle, et un peu d'huile de coude. On pourrait éventuellement poser deux ou trois questions sur l'avancement du maïs et lever la tête en dénonçant le ciel. Il faudrait monter les marches du perron, s'essuyer les pieds et la patronne demanderait de ne pas faire attention au désordre. La formule était rituelle, elle aussi. Après, on passerait à table. Cette fois-ci, il y aurait du pâté maison, et du lard pour ceux qui voudraient, des tranches de saucisson, les petis plats dans les grands, et de l'andouille, de Guémené s'il vous plaît. Il y aurait deux bouteilles de pinard sur la table, du trois-quarts pour l'occasion, cuvée du patron. L'épisode le plus sacré et le plus connu de la vie du Christ reste quoi qu'on en dise la Cène. Ils se contentent de pain et de vin, l'écriture n'évoque aucun autre menu, mais on est à table. On entendrait des bruits de fourchettes contre la porcelaine et ce serait bizarre, tous mettraient un point d'honneur à ignorer totalement l'objet de la réunion, ainsi que la photo posée sur le Frigidaire. Gwen avait disparu, avait-elle au moins seulement existé, personne ici n'en aurait mis sa main au feu.

Ils avaient le cœur gros, ils purgeaient. Et puis il fallait à nouveau se séparer, un enterrement est une succession d'adieux, l'adieu au corps, l'adieu au cercueil, l'adieu à la famille, aux amis, à chaque étape on se débarasse de quelque chose, et l'on se retrouve plus nu qu'un ver au soir des obsèques, et glacé, nom de Dieu, glacé, transi de froid, des mois pour se réchauffer à nouveau, des années, j'en connais qui ne se réchaufferont plus, qui erreront en soufflant dans leurs mains, en se frottant les épaules.

Nous étions au moment du départ, dans la cour, la portière de la voiture ouverte, les enfants déjà à l'intérieur, qui pignaient, qui en avaient par-dessus la tête de cet enterrement, enquiquinant à mourir, pas près d'y retourner, et c'est à cet instant qu'il fallait dire un mot, il n'y avait pas trente-six mots, du courage, Marie-Annick, et du repos, ma pauvre, t'en as bien besoin, une bonne nuit de sommeil avant d'y voir plus clair, et bien sûr qu'elle pouvait compter sur nous. Nos baisers étaient gluants. Seigneur, j'imagine un père et une mère, une fois le monde parti, quand la lumière se fait moins vive, que le soleil commence à disparaître derrière la haie de cyprès et qu'il faut penser à traire les vaches parce que le beurre ne se fera pas tout seul. Des fois, je vous jure, faut prendre sur soi.

On a embrassé Pierre. On se reverrait ce soir chez eux, enfin chez lui, bien obligés désormais de se soumettre à cette nouvelle syntaxe, à tout à l'heure, prends garde à toi. On case les gosses et on se retrouve vers huit heures, lui assurait-on.

On est montés dans la bagnole. J'ai fait le plein d'essence à la sortie du bourg, juste après la pancarte Kerascoet. Quand est-ce qu'on y reviendrait, à la Toussaint ou dans un an, ou de temps en temps, dire un petit bonjour, poser sur la tombe des fleurs des champs, des coquillages, des morceaux de mica chipés sur les allées, combien de fois retournerons-nous encore à Kerascoet, trou du cul du monde ? La première année bien sûr, sans doute la seconde, jusqu'au jour ou elle disparaîtra de notre champ visuel, où on ne pourra plus lui donner un aspect autrement que par le biais d'une photographie. Pour nous tous, Kerascoet n'évoquera plus jamais rien d'autre que le deuil, qu'une absence immense.

Un jour, à la lecture des journaux, on en réentendra parler, un incendie criminel dans une discothèque, une manifestation des producteurs de porcs, que sais-je, un gagnant du Super-Loto. Quoi qu'il arrive, Kerascoet nous ramènera à une pierre tombale. Je discutais le bout de gras avec le type de la station pendant qu'il me faisait le plein. Belle journée, n'est-ce pas? Je lui ai signé un chèque. On est quelle date, on est où? J'ai écrit le jour et le lieu, Kerascoet, j'ai regardé ma montre pour me rappeler la date. On a repris la route de la maison, les enfants étaient sages, épuisés, ils somnolaient. Le soleil frappait le plastique qui couvrait les épis de maïs et la réverbération était cruelle, c'étaient des torrents de plomb qui descendaient de la Montagne et le soleil était rouge, et les ombres devenaient gigantesques, la campagne semblait se couvrir de brocolis géants qui ne cessaient de se développer, d'engraisser, et rien n'arrêtait cette profusion, c'était un cancer qui gagnait le pays tout entier, aucun défolient n'en viendrait à bout, on se croyait en Bretagne, on traversait la jungle de Bornéo, je cherchais une machette.

J'ai posé ma main sur la cuisse d'Aline, je lui griffais ses collants avec mes ongles. J'aurais voulu qu'elle dise quelque chose, j'aurais voulu la faire parler, elle qui n'est jamais la première à se taire, j'avais envie de lui foutre des baffes. Une bonne torgnole bien méritée à travers la gueule, ça lui apprendrait à vivre, à ne pas faire semblant d'être à moitié morte alors qu'elle pétait la santé. Elle a posé sa main sur la mienne, l'a pressée légèrement. Les mots viendraient plus tard, avec parcimonie peut-être, mais ils sortiraient de nos bouches peu à peu, filtrés par la fuite du temps. Comme il serait doux pour nous tous de revenir au train-train quotidien du jour au lendemain, d'avoir sa pelouse à tondre et de râler contre le trèfle qui étouffe le gazon, d'espérer la victoire de la gauche aux législatives et de mettre en pratique l'ancien projet de refaire la salle de bains. Mais Gwen venait de nous plonger dans un sacré pétrin. Elle nous mettait au pied du mur, nous demandait maintenant d'avaler le monde. Fallait continuer à se battre, nous soufflait-elle de sa tombe, à se bagarrer, pour rien, pour un arpent de dune, un bout de sentier, pour venger Mozart, pour chaque aube à naître, pour planter des pommiers, ne jamais abdiquer, ne plus s'endormir de peur de ne pouvoir se réveiller.

— On n'a qu'une vie, Gwen, on est peu de chose, s'excusait-on.

— Nigauds, rétorquait-elle, vous avez toute la vie ! Cueillez le jour, accomplissez des miracles, multipliez les pains, allez ramasser des éclats de verre sur la grève et transformez-les en diamants.

On allait vers l'été, vers l'ouest, aux frontières de la géographie. Je me cramponnais au volant. J'ai aperçu au sommet d'une côte la mer en flammes. Deux fjords trapus s'en allaient disparaître sous les collines grasses du Ménez Hom. Le ciel était chargé d'une lumineuse ivresse. Au loin, on distinguait les falaises noires bordant la rade et la rade était un immense chaudron où bouillonnait une soupe de sang, le sang des entrailles de la terre qui ruisselait depuis les crêtes des monts d'Arrée. Aline pleurait doucement. La beauté du monde lui incendiait les yeux.

La nuit blanche

Du même auteur :

Romans – récits – nouvelles

Garce d'étoile. Sur les chemins de Compostelle, Bretagnes éditions, Brest, 1990, réédition poche Coop Breizh, 2003.

Le Beurre et l'Argent du beurre, Blanc-Silex, 2002, réédition poche Coop Breizh, 2005.

Félicité Grall, Robert Laffont, 2004.

Mutations, chez l'auteur, 2005.

Un bon dieu pour les ivrognes, Coop Breizh, 2006.

Albums

Yann et le petit menhir qui voulait devenir phare, illustrations de Patrick Abgrall, Coop Breizh, 2003.

L'École de la place, photographies de F. Grolhier, Coop Breizh, 2004.

Ce livre a d'abord paru en 2000
chez Nil éditions.
Il a obtenu le Prix Pierre Mocaër des Écrivains bretons
et le Prix Édouard et Tristan Corbière.

Couverture : photographie de Philip Plisson.

www.coop-breizh.com

ÉDITEURS DE BRETAGNE

ISBN 2-84346-280-0

Kerangwenn - 29540 Spézet/Speied

Achevé d'imprimer le 25 août 2006
par Keltia Graphic à Spézet (29)
pour le compte des éditions Coop Breizh.
Dépôt légal 3e trimestre 2006.